Schnapsidee

Jürgen Reitemeier
Wolfram Tewes

Verlag topp+möller
Detmold 2016

Bibliografische Information der Deutschen Nationalbibliothek
Die Deutsche Nationalbibliothek verzeichnet diese Publikation in der Deutschen Nationalbibliografie; detaillierte bibliografische Daten sind im Internet über http://dnb.dnb.de abrufbar.

ISBN 978-3-936867-66-4

Erste Auflage 2016

Verlag und Gesamtherstellung: topp+möller, Detmold

Schnapsidee

Geschafft! Aus einer „Schnapsidee“ ist ein Buch geworden. Und mehr denn je sind sämtliche Inhalte frei erfunden. Dennoch bedurfte es diesmal aufwändigerer Recherchen als sonst. Schließlich gehört Berlin noch nicht zu Lippe. Und es ist nicht so einfach, den letzten Winkel des Bundestages und der Abgeordnetenbüros zu erkunden. Diese Möglichkeit hat uns der SPD-Bundestagsabgeordnete Burkhard Blienert, gemeinsam mit der Mitarbeiterin des deutschen Bundestages Sandra Lechelt, eröffnet. Vielen Dank für die wirklich hervorragende Führung, die aufschlussreichen Gespräche und die netten Anekdoten.

Burkhard Blienert war es auch, der uns mit dem altgedienten Bundestagsabgeordneten Jakob Maria Mierscheid bekannt gemacht hat.

Beim Ausmerzen der Fehler haben uns Ille Rinke, Christiane Fischer, Andreas Kuhlmann, Frank Mühlenmeier und Andreas Naumann mit Rat und Tat zur Seite gestanden. Ihr Lieben, herzlichen Dank dafür.

Das Cover-Bild wurde wie immer von Alfons Holtgreve geschnitzt.

Last, but not least, gilt ein großes Dankeschön unseren Ehefrauen. Sie haben uns, großzügig wie sie sind, alle Zeit der Welt eingeräumt, um dieses Buch schreiben zu können.

1

Wie jedes Mal blieb Brenke auch heute vor dem *Café Einstein Stammhaus* stehen und betrachtete die beiden Stolpersteine vor dem Eingang des Restaurants. Er war Stammgast in dieser Gastronomie, seit er Abgeordneter des Bundestages war. Das Essen war ausgezeichnet, der Service ebenfalls, und im Obergeschoss gab es eine gnadenlos gute Bar.

Vor einigen Jahren war er, nachdem er das Restaurant längere Zeit nicht mehr besucht hatte, über zwei Metallquader gestolpert, die nur ein paar Millimeter aus dem Boden herausragten. Brenke wusste natürlich, was es mit den metallenen Pflastersteinen ganz generell auf sich hatte, doch seit dem Moment, in dem sie ihn aus dem Gleichgewicht gebracht hatten, konnte er sie beim Betreten der Gaststätte nicht ignorieren und einfach über sie hinweggehen. Also beschloss er herauszufinden, warum die Steine des Anstoßes ausgerechnet an dieser Stelle eingelassen worden waren.

Google hatte ihm verraten, dass die im Stile der italienischen Renaissance erbaute Villa dem jüdischen Privatbankier Georg Blumenfeld und seiner Ehefrau Margarete Lucia gehört hatte, bevor das Paar 1939 aufgrund der nationalsozialistischen Rassengesetze enteignet wurde. Georg Blumenfeld nahm sich das Leben, und auch seine Ehefrau beging 1941 „als letzten Akt der Selbstbehauptung" Selbstmord.

Nachdem Brenke durch diese kleinen Metallsteine auf die traurige Geschichte der ehemaligen Besitzer aufmerksam geworden war, hatte er lange überlegt, ob es sich ziemte, nach der Tragik, die den Blumenbergs widerfahren war, weiterhin den Freuden des Lebens in deren ehemaliger Wohnstätte zu frönen. Brenke hatte sich dazu entschieden, es zu tun. Und jedes Mal, wenn er ins *Café Einstein* kam, trank er den ersten Whisky nach dem Essen in der Bar *Lebensstern* in stillem Gedenken an die beiden Blumenfelds und schwor ihnen, alles dafür zu tun, dass diese braune Brut in Deutschland niemals mehr das Sagen bekommen würde. Erst dann wich die Ernsthaftigkeit des Moments der Leichtigkeit, die Brenke seit vielen Jahren für sich in Anspruch nahm. Anderen Menschen wäre seine Angewohnheit vielleicht seltsam vorgekommen, doch außer ihm kannte niemand sein kleines Ritual. Für ihn war es eine passende Umgehensweise mit der tragischen Geschichte der Blumenfelds, die ihm half, sein Leben auf seine Weise weiterzuführen.

Als Brenke damals als junger Abgeordneter nach Berlin gekommen war, hatte er sich für seine Freizeit Orte gesucht, wo er selten oder nie seine Abgeordnetenkollegen aus dem Bundestag traf. Es war ihm natürlich nicht gelungen, doch er hatte sich alle Mühe gegeben. Von dem *Café Einstein Stammhaus* in der Kurfürstenstraße hatte er gelesen, dass es sich um eine Künstlerkneipe handele. Und da er viele seiner Abgeordnetenkollegen für Banausen hielt, für die Kunst nur dann eine Rolle spielte, wenn ein paar Fotografen und Journalisten in der Nähe waren, hatte Brenke gedacht, in einer Künstlerkneipe würde er den Politikern des Bundestages nicht begegnen. Wie man sich doch irren konnte. Dennoch hatte er das Restaurant mit der wunderbaren Bar in sein Repertoire von besuchenswerten Kneipen aufgenommen.

Heute jedoch war Brenke im Auftrag der Kanzlerin unterwegs, die ihn gegen seinen Willen in den Verteidigungsausschuss geschoben hatte. Seit einigen Monaten musste er sich nun in der Arbeitsgruppe „Weiterentwicklung Bundeswehr“ gemeinsam mit einem Haufen Militaristen und Lobbyisten den Hintern plattsitzen. An diesem Abend hatten die Männer des einflussreichen Unternehmens Firmness Consulting and Business, kurz FCB, zu einem Arbeitsessen im kleinen Kreis eingeladen. Dazu hatten sie sich ausgerechnet eines von Brenkes Lieblingslokalen ausgesucht, nämlich das *Café Einstein Stammhaus*. Am liebsten hätte er den Termin unter Angabe von fadenscheinigen Gründen abgesagt, doch die Chefin duldete kein Schwänzen. Nicht in diesem Falle!

„Ich will wissen, welche Rolle der dicke MM spielt!", hatte die Kanzlerin zu Brenke gesagt. Mit dem Kürzel spielte sie auf Markus Miekatz an, den treusten Staatssekretär der Verteidigungsministerin. „Ich habe es in der Nase. Da wird irgendetwas verhackstückt, das mir nicht gefallen wird."

Und als Brenke nach diesem Gespräch mit seiner Chefin noch einmal in sich hineinhorchte, stellte er fest, dass auch er ein kleines bisschen neugierig geworden war. Warum hatte man ausgerechnet ihn zu dieser illustren Runde dazugebeten? War der Einfluss der Kanzlerin so groß, dass es ihr gelungen war, einen Mann wie ihn bei einem Treffen einzuschleusen, bei dem er an sich mehr störte als nützte?

Und so saß Brenke nun mit besagtem MM, einem ehemaligen Bundeswehroffizier namens Roland Horn und diesem undurchsichtigen Bernhard Dietz, dem Chef von FCB, zusammen. Das Essen war wie immer vorzüglich gewesen. Und nachdem sie ihren Espresso getrunken hatten, waren sie nach oben in die Bar gegangen. Auf dem Weg dorthin kam ihnen die Schauspielerin Margaritha Bönisch entgegen. Sie schien hoch erfreut, Brenke zu sehen, und begrüßte ihn mit einem Wangenkuss.

„Schön, dich zu sehen. Damit hatte ich jetzt gar nicht gerechnet. Was ist, Rudolf, unternehmen wir noch etwas?"

Während die anderen Männer Brenke so verblüfft anstarrten, als hätte der ihnen gerade offeriert, dass der Etat des Verteidigungsministeriums künftig halbiert werden müsse, grinste dieser nur etwas linkisch und sagte: „Ich muss dir leider einen Korb geben, meine liebe Margaritha. Dienst ist Dienst." Brenke zuckte mit den Schultern, und die Schauspielerin streichelte ihm zärtlich über die Wange, bevor sie ihren Weg nach unten fortsetzte.

Die Männer nahmen im hintersten Raum der Bar Platz. Das Unternehmen Firmness Consulting and Business hatte den Raum ab 21 Uhr reserviert. Eine Gruppe von Männern, die behaupteten, zum ältesten Stammtisch der Welt zu gehören, nämlich dem Flurverein Detmold, räumte den Politikern nach dieser wichtigen Auskunft bereitwillig das Feld.

„Mensch, Brenke, die Bönisch", posaunte der Staatssekretär heraus. „Woher kennen Sie die denn? Jetzt behaupten Sie bloß nicht, dass dieses rattenscharfe Weib ursprünglich aus dem Hinterland von Höxter stammt."

Die Männer von FCB lachten, und Brenke überhörte den Kommentar geflissentlich.

Kurze Zeit später stand eine Flasche Mineralwasser auf dem Tisch und vor jedem Mann ein Glas mit Hochprozentigem. Brenke hatte keine Bestellung aufgeben müssen. In diesem Lokal wusste man, was er trank.

„Dass Sie der faulste Abgeordnete des Bundestages sind, wusste ich ja schon lange", frotzelte der dicke Miekatz. „Jetzt weiß ich aber auch, warum. Während andere Volksvertreter an ihrer Karriere basteln, treiben Sie sich in den interessantesten Bars und Kneipen Berlins herum. Mich wundert es, dass Ihr Kreisverband Ihnen nicht schon längst den Stuhl vor die Tür gesetzt hat. Und noch mehr wundert es mich, dass Sie mit ihrer Faulheit bei unserem Fraktionsvorsitzenden und der Kanzlerin durchkommen. Wie machen Sie das nur, Brenke?"

„Ich bin sogar so faul, Miekatz, dass ich Ihnen nicht einmal auf diese Frage eine Antwort geben werde", entgegnete Brenke, ohne auch nur eine Gefühlsregung ob der despektierlichen Worte des Staatssekretärs erkennen zu lassen.

„Na, lassen wir das, Brenke", schlug Miekatz in versöhnlichem Ton vor. „In nächster Zeit werden Sie einiges zu tun bekommen. Die Angelegenheit ist noch nicht spruchreif, aber ich gehe davon aus, dass zwischen FCB und dem Verteidigungsministerium demnächst ein kleines, aber feines Geschäft über die Bühne gehen wird."

Brenke sah den Staatssekretär erst verwundert an. Doch dann signalisierte er dem Dicken seine absolute Aufmerksamkeit.

„Sie wissen ja, Brenke, dass es mit unserer Truppe nicht zum Besten gestellt ist. Auch wenn der Baron damals, als er noch Verteidigungsminister war, die ersten Schritte zur Reform der Bundeswehr eingeleitet hat, so war die Abschaffung des Grundwehrdienstes doch nur der erste Schritt.“

Brenke überlegte, was der Staatssekretär im Schilde führen könnte.

„Wir müssen weiter modernisieren“, plauderte Miekatz scheinbar unbeschwert vor sich hin. „Das Zauberwort heißt Privatisierung. Ohne die werden wir bei der Bundeswehr nicht weiterkommen. Und genau bei Ihnen, in Ostwestfalen, fangen wir an. So ist es jedenfalls geplant. Sie wissen ja, dass die Engländer aus der Senne abziehen. Da gibt es natürlich Begehrlichkeiten. Nicht nur die Grünen wollen den Nationalpark. Selbst in unserer Partei gibt es eine Menge Mitglieder, die sich mit diesem Blödsinn ebenfalls anfreunden könnten.“

Brenke überlegte, ob er MM eröffnen sollte, dass auch er einer Nationalparkidee in der Senne nicht abgeneigt war. Doch er hielt sich lieber bedeckt. Ihn interessierten nämlich Miekatz’ Pläne und vor allem, was die Firmness Consulting and Business mit der ganzen Sache zu tun hatte.

„Der Kommandeur der Rommel-Kaserne Augustdorf und auch andere Militärs wollen den Truppenübungsplatz natürlich behalten. Doch dieses zusätzliche Projekt würde unseren sowieso schmalen Etat erheblich belasten. Die Ministerin und ich haben allerdings schon eine gute Lösung gefunden.“

Brenke zog die Augenbrauen hoch, und Miekatz feixte.

„Das Stichwort lautet Ein-Euro-Geschäft. Die Firmness Consulting and Business legt die Münze auf den Tisch, und die Senne gehört FCB. Das Unternehmen verpflichtet sich dazu, den Truppenübungsplatz Senne zum modernsten Europas zu machen. Die Bundeswehr darf dieses hypermoderne Areal anschließend zehn Jahre lang kostenfrei nutzen. Alle anderen NATO-Partner müssen von Anfang an blechen.“ Sofort fielen Brenke mindestens zehn Argumente ein, die gegen den Privatisierungsplan sprachen. Der Abgeordnete hielt sich jedoch zurück. Er war nicht hier, um zu argumentieren, sondern er saß mit diesen Männern zusammen, um herauszufinden, was sie vorhatten.

„Für mich ist das eine der größten Win-win-Situationen der letzten Jahre", meldete sich nun auch Roland Horn zu Wort. „Als Militärberater der Ministerin dränge ich nun schon seit Jahren auf die Modernisierung einiger Truppenübungsplätze. Und im Fall des Truppenübungsplatzes Senne würde diese Maßnahme auch der ostwestfälischen Wirtschaft zugutekommen. Der Abzug der britischen Armee würde sicherlich durch diese Maßnahme ein Stück weit kompensiert."

Brenke schwieg.

„Was ist denn, mein Lieber", gab sich Miekatz jovial. „Haben Sie jetzt schon die Hosen voll? Angst vor der Arbeit, die auf Sie zukommen wird? Mein lieber Brenke! Sicher, da wird einiges an Überzeugungsarbeit zu leisten sein. Da müssen Sie garantiert auch bei dem einen oder anderen Landrat ein dickes Brett bohren, aber Sie werden ja nicht alleine gelassen. Wenn wir es clever anfangen und ein breites Bündnis der konservativen Kräfte zusammenschieben, dann wird dieses Projekt ein Meilenstein für ein innovatives Ostwestfalen mit Zukunft."

Brenke brauchte einen Schnaps und dann noch einen. Er konnte sie nicht mehr hören – diese Parolen und Schlagwörter, die so hohl waren wie eine Trommel. Von wegen innovatives Ostwestfalen, wegweisendes Projekt – hier wurde etwas eingestielt, das nur deshalb etwas mit Ostwestfalen zu tun hatte, weil die Senne ganz zufällig hier lag und nirgends sonst. Vor allem ging es wahrscheinlich um Geld, um sehr viel Geld, von dem kein Mensch seiner Heimatregion je etwas sehen würde.

Und es ging um noch etwas, etwas viel Gravierenderes. Doch darüber wollte Brenke heute nicht weiter nachdenken. Im Moment hatte er genug von allem. Außerdem machte sich langsam, aber sicher der Alkohol bemerkbar. Der sorgte für eine angenehme Gleichgültigkeit, und die wiederum ließ es zu, dass er die Gespräche des Abends an sich vorbeiziehenlassen konnte, als handelte es sich dabei um schlechte Musik.

Dem Desinteresse folgte die Müdigkeit, und so bestellte sich Brenke noch einen Schlürschluck, bedankte sich bei den Männern von Firmness Consulting and Business, die zu verstehen gaben, dass sie die Zeche zahlen würden. Und so blieb für ihn nichts weiter zu tun, als sich mit einer schon schwer gewordenen Zunge zu verabschieden.

Vor sich hin dösend wankte der angetrunkenen Brenke Richtung U-Bahnstation. Doch schon nach wenigen Metern wurde er von einem kleinen Mann mit fettigen langen Haaren angesprochen.

„Ganz schöne Schleimer, diese Kerle von Firmness Consulting and Business, finden Sie nicht auch, Brenke?"

Der Bundestagsabgeordnete hob verdutzt seinen Kopf und blickte in ein Gesicht, das ihn an das Frettchen erinnerte, welches er seinem Sohn vor mehr als zwanzig Jahren einmal geschenkt hatte.

Der Mann grinste ihn an. Dabei wurde eine Reihe ungepflegter gelber Zähne sichtbar. Brenke fand den Kerl, der ihm gegenüberstand, unsympathisch. Aber die Tatsache, dass das Frettchen seinen Namen kannte und wusste, mit wem er in den letzten Stunden zusammengesessen und geredet hatte, zwang ihn zur Aufmerksamkeit.

„Woher wissen Sie, wie ich heiße?"

„Bestimmt nicht aus dem Fernsehen", zischelte der unsympathische Fremde. „Denn anders als Ihre Berufskollegen unternehmen Sie ja alles, um nicht in der Öffentlichkeit zu erscheinen. Na, lassen wir das." Der Frettchenmann machte eine wegwerfende Handbewegung. „Ich muss mit Ihnen reden."

Brenke unterbrach sein Gegenüber.

„Hören Sie, ich weiß nicht, woher Sie meinen Namen kennen. Aber zu einem anderen Zeitpunkt würde ich mir durchaus die Mühe machen, das herauszufinden. Und ich würde mir auch die Zeit nehmen, mir Ihr Anliegen anzuhören. Aber nicht jetzt. Ich hatte einen langen Tag, und mittlerweile habe ich auch noch ein paar Schnäpse getrunken. Ich bin müde und kaputt."

Brenke kramte in seiner Jackentasche, zog eine Visitenkarte heraus und reichte sie dem Mann. Der bleckte wieder seine Zahnruinen und sagte: „Brauche ich nicht. Ich finde Sie!" Im nächsten Moment hielt er Brenke etwas Kleines, Silbernes unter die Nase. „Sehen Sie sich die Informationen an, die auf diesem Stick gespeichert sind. Wenn Sie die gelesen haben, lässt es sich besser reden."

Brenke nahm den kleinen Speicher in Empfang und starrte ihn ratlos an. Als er aufblickte, war das Frettchen bereits verschwunden. Verwundert schüttelte Brenke den Kopf. Was war das denn für ein Typ?, dachte er, während er den Stick in seine Jackentasche steckte.

Wenig später sprach ihn schon wieder jemand an, diesmal eine Frau. Als er sich umdrehte, sah er keine zwei Meter entfernt Margaritha Bönisch stehen.

„Na, ist das Arbeitsessen beendet?", fragte sie. Lächelnd kam sie auf ihn zu und hakte sich bei ihm ein. Brenke war etwas verwundert über die Vertrautheit, die die Schauspielerin seit einiger Zeit ihm gegenüber an den Tag legte, denn so oft war er der schönen Frau bislang nicht begegnet. Doch es gefiel ihm, dass Margaritha Bönisch ihn anscheinend mochte.

2

Zwei Männer tasteten sich an der Wand des spärlich beleuchteten langen Flures entlang. Der eine von ihnen, ein dicker, feister Kerl, murmelte etwas vor sich hin. Wahrscheinlich, um sich etwas abzulenken. „Alcatraz“, brummelte er. „Genau der richtige Name für dieses Ambiente. Das sieht hier wirklich aus wie im Knast.“

„Sei ruhig!“, zischte ihm sein Kumpan zu. Die Männer umrundeten einen Pfeiler und erreichten eine scheinbar endlos lange Treppe, die in der Dunkelheit verschwand. Der Dicke hielt etwas Metallenes, Kaltes in der Hand. Er schwitzte. Aufgeregt sah er sich um, als wollte er sichergehen, dass er nicht beobachtet wurde. Sein Blick blieb an einer hell erleuchteten Fensterfront des Kanzleramtes hängen. Arbeitete die Chefin etwa noch? Das konnte doch nicht sein, es war halb drei morgens. Schlief die Frau denn nie? Und sah sie jetzt womöglich gerade aus dem Fenster und nahm die schemenhaften Bewegungen hier im Jakob-Kaiser-Haus wahr?

Dem Dicken war bei der ganzen Aktion ganz und gar nicht wohl zumute. Er war ein Schreibtischtäter. Mit Papieren jeglicher Art kannte er sich aus, Action hingegen war ihm zuwider. Doch sein Partner hatte ihn gezwungen, mitzukommen. Der Dicke hatte nach Ausflüchten gesucht und gemeint, man müsse doch nicht alles selbst machen, und schon gar nicht die Drecksarbeit, die könne doch jemand anderes erledigen, schließlich habe er sehr gute Beziehungen zur hauseigenen Securityabteilung. Doch ihm wurde deutlich gemacht, dass diese Kontakte nicht gefragt waren.

„Warum setzt du es nicht gleich in die Zeitung?“, konterte sein Begleiter höhnisch. „Begreif doch, keine Zeugen! Je weniger Leute von unseren Aktionen wissen, umso sicherer sind wir aufgestellt. Kaum auszudenken, wenn uns so ein Schwachkopf vom Sicherheitsdienst das Zimmer aufschließt und anschließend rumerzählt, dass wir uns nachts die Büros der Abgeordneten ansehen.“

Dieses Argument konnte der Dicke nachvollziehen, auch wenn es ihm nicht gefiel. Ebenso wenig gefiel ihm die Tatsache, dass er das erste Mal in seinem Leben ein solches Brecheisen in der Hand hielt und es auch noch benutzen sollte. Auf diese Art von Aufregung konnte er sehr gut verzichten.

„Wenn du glaubst, ich könnte mit so einem Ding umgehen, dann hast du dich aber gewaltig geschnitten", maulte er vor sich hin.

Der andere Mann legte den Finger auf den Mund. „Hör auf zu jammern und lass uns später reden", zischte er. „Wer weiß, wer sich nachts hier sonst noch so rumtreibt. Ich habe mal von einem Bundestagsabgeordneten gehört, der in seinem Büro schläft, weil er zu geizig ist, sich eine Wohnung zu mieten. Und überhaupt, wir müssen ja nicht mehr Aufmerksamkeit erregen als nötig."

Die Männer gingen eine Treppe hinauf, erreichten das nächste Stockwerk und schlichen erneut einen langen Flur entlang. Plötzlich blieb der Dicke stehen. So abrupt, dass sein Partner beinahe gegen ihn geprallt wäre. Verdammte Dunkelheit.

„Hier irgendwo muss das Büro sein", zischte der Dicke dem anderen zu. Der leuchtete mit dem Licht seiner Taschenlampen-App die nächsten Türschilder ab. Beim vierten wurde er fündig und deutete mit der Hand darauf. Hilflos, fast verzweifelt, musterte der Dicke das eiserne Werkzeug in seiner Hand. Schon im nächsten Moment wurde ihm das Brecheisen mit einer harschen Bewegung entrissen. Der Dicke reagierte mit einem erleichterten Seufzen. Einige Sekunden später war ein kurzes Krachen zu hören, dann sprang die Tür auf.

„Wenn du bei der Bundeswehr gewesen wärst, hättest du es jetzt auch drauf, eine Tür aufzubrechen, du Sesselpupser", meinte der zweite Mann ironisch und drückte dem Dicken das Werkzeug wieder in die Hand. „Sieh zu, dass du das Teil für immer verschwinden lässt."

Im nächsten Moment hatte er die oberste Lade des Schubladenschranks aufgerissen und leuchtete mit seinem Handy hinein. Sie war leer, wie fast alle anderen. Im Schummerlicht, das von draußen hereinfiel, stieß der Dicke auf ein Schlüsselbund und ein paar Notizen, die in einem Schreibtischfach lagen. Die Schlüssel reichte er an seinen Kollegen weiter. Während der Dicke die spärlichen Unterlagen sichtete, drückte der zweite Mann jeden Schlüssel von links und rechts in eine Plastilinmasse. Bevor er diese Prozedur auch mit einem etwas größeren, außergewöhnlich geformten Modell durchführte, zeigte er es dem Dicken.

„Sieh dir den Kameraden mal an, der gehört zu einem Tresor. Weißt du, wo wir den finden können?"

Wenige Minuten später – die beiden Männer hatten alles, was ihnen interessant erschien, kontrolliert, aber nichts Bedeutsames gefunden – zischte der Dicke: „Ich glaube, wir haben nichts übersehen. Das war ja noch weniger, als ich erwartet hatte. Früher dachte ich immer, dieser Sozi namens Mierscheid ist der faulste Abgeordnete des Bundestages. Doch da bin ich mir jetzt nicht mehr so sicher. Mittlerweile glaube ich, dass der Abgeordnete, der am wenigsten arbeitet, in unserer Fraktion sitzt. Und dass das Büro von Mierscheid häufiger frequentiert wird als dieses hier. Wahrscheinlich sind wir die ersten Menschen, die einen Fuß über die Schwelle dieses Büros gesetzt haben. Komm, lass uns hier verschwinden."

„Langsam, langsam", zischte der zweite Mann. „Einige kleine Wanzen können hier gar nicht schaden. Gib mir zwei Minuten, um ein paar gute Verstecke für die Dinger zu finden." Mit großer Gelassenheit machte er sich daran, das Büro zu inspizieren.

Der Dicke war mittlerweile durchgeschwitzt, und seine Herzfrequenz nahm von Minute zu Minute zu. Er hatte Angst und wollte nur noch von hier weg. Für ihn war es bis vor zwei Stunden unvorstellbar gewesen, wie man einen Einbruch begehen und dabei so kaltschnäuzig und gelassen bleiben konnte wie sein Partner. Für diesen schien eine solche Tat jedoch so normal zu sein wie der Einkauf in einem Supermarkt. Darum maulte der Dicke unzufrieden: „Wanzen in dieses Büro, was ist das denn für ein Schwachsinn? Das ist Verballern von Steuergeldern. Bis diese Dinger mal zum Einsatz kommen, haben sich die Batterien längst von selbst entladen.“

3

Das Wochenende hatte es in sich gehabt. Stadtfest in Brakel, Schützenfest in Erkeln. Nächste Woche standen die Schützenfeste in Borgentreich, Fürstenau, Hohenwepel und Ossendorf auf der Agenda. Diese Veranstaltungen hatte Brenke im Kopf. Mit Sicherheit gab es noch weitere Termine, an denen seine Anwesenheit gewünscht war. Das war keine Freizeit, das war der pure Stress. Aber er musste sich als Abgeordneter der „Schwatten“ bei einem Großteil dieser Feierlichkeiten blicken lassen. Vielleicht würde er in der einen oder anderen Gemeinde ein etwas größeres Fass Bier springen lassen, um sich so von der Anwesenheitspflicht freizukaufen. Aber grundsätzlich war an den Wochenenden Präsenz im Wahlkreis gefragt. Vor der Bundestagswahl wurde abgerechnet, auch in seiner Partei. Wenn seine Gegner ihm nachweisen konnten, dass er seinen Wahlkreis gänzlich vernachlässigte, dann wäre das nicht ganz ungefährlich für ihn. Je länger er Bundestagsabgeordneter in Berlin war, umso mehr Provinzfürsten versuchten, während seiner unvermeidlichen Abwesenheit an seinem Stuhl zu sägen. Brenke hing zwar nicht an seinem Bundestagsmandat, aber mittlerweile an seinem Leben in Berlin. Er konnte sich beim besten Willen nicht mehr vorstellen, zurück auf seinen Bauernhof zu gehen, um hier wieder den Landwirt zu spielen.

Sein Bauernhof war es im Übrigen sowieso nicht. Das Anwesen gehörte seiner Frau. Und seitdem er auf diesem Hof lebte, hatten ihn seine Schwiegereltern klar und deutlich spüren lassen, dass er nur ein Habenichts, ein armer

Schlucker war. Und später, als die Liebe ihm und seiner Frau abhandengekommen war, da verhielt sich auch seine Frau entsprechend. Er hatte einen Ausweg aus diesem Elend gebraucht. Für ihn war das der Bundestag und der damit verbundene Umzug nach Bonn und später nach Berlin gewesen. Diese Variante stellte für ihn eine Möglichkeit dar, der familiären und dörflichen Enge zu entgehen. Außerdem hatte sein Sohn mittlerweile den Laden übernommen. Er war stolz auf den Jungen. Denn der war Bauer mit Leib und Seele und machte es zehnmal besser, als er selbst es je gekonnt hätte.

Auf diesem Hof war allerdings kein Platz für zwei Herren. Mit seinem Sohn hätte er sicher einen Modus Vivendi gefunden. Doch mit seiner Frau und den mittlerweile greisen Schwiegereltern wäre dies unmöglich. Eine Legislaturperiode musste er also noch durchhalten, dann konnte er seinen Abgeordnetenjob an den Nagel hängen. Und bis dahin hätte er für sich auch Lebensmodelle entworfen, die keinesfalls im Landkreis Höxter angesiedelt waren, und schon gar nicht auf dem ungeliebten Bauernhof.

Gedankenverloren war Brenke durch die Flure des Gebäudes gelaufen, in dem die Büros der Bundestagsabgeordneten untergebracht waren. Nun stand er vor seinem Arbeitszimmer und versuchte die Tür zu öffnen. Verdammt, warum passte dieser Schlüssel nicht? Irgendetwas hakte da doch. Oder hatte jemand etwas ins Schloss gesteckt, wodurch der Schließmechanismus nicht mehr in Ordnung war? Brenke drückte die Klinke herunter und lehnte sich gegen die Tür. Mit einem leisen Knarren öffnete sie sich.

Brenke staunte nicht schlecht. Das Schloss war aufgebrochen worden, und um den Einbruch nicht sofort auffliegen zu lassen, hatte man die Tür anschließend mit doppelseitigem Klebeband in den Rahmen gepappt.

Einen Augenblick war Brenke geneigt, sein Büro zu betreten. Doch dann erinnerte er sich an die zahllosen Krimis, die er im Fernsehen gesehen hatte. Da bekam man immer mächtig Ärger, wenn man unachtsam einen Tatort betrat, weil man dabei ja alle Spuren verwischte und den Tatort auch sonst kontaminierte. Also drückte Brenke die Tür wieder in den Rahmen. Das Klebeband erfüllte seinen Zweck immer noch, so dass die Tür geschlossen blieb. Dann ging er zurück zum Eingang, um den Sicherheitsdienst zu benachrichtigen.

„Wie, Sie wollen einen Einbruch anzeigen?", fragte der Pförtner irritiert. „Wenn Sie einen Einbruch melden wollen, dann müssen Sie zur Polizei gehen. Hier in der Wilhelmstraße befinden sich nur Abgeordnetenbüros. Hier kann man keine Anzeigen aufgeben."

„Ich weiß, dass sich in diesem Gebäude die Büros der Bundestagsabgeordneten befinden", erwiderte Brenke ungehalten. „Schließlich bin ich selbst stolzer Besitzer eines solchen Büros in diesem Gebäude. Und genau in dieses Büro ist eingebrochen worden."

Der Bedienstete sah Brenke an, als hätte der gerade verkündet, dass er seinen Job verlieren würde, weil der Bundestag zurück nach Bonn verlegt werden würde.

„Sie halten mir wohl für blöde, wa? In unsere Büros bricht niemand ein. Det is unmöglich". Der Pförtner war so perplex, dass er in seinen Kiezdialekt verfiel. „Hörnse ma. Det Gebäude, det is so sicher, da kommt nich mal ne Maus rein, wenn ik det nich will. Wenn hier einer einbricht, dann muss der an mir vorbei. Und wenn der an mir vorbeikäme, dann würde ik det merken, ob's 'n Einbrecher is oder nich. Bei mir is aber keener vorbeijekommen. Also is bei Ihnen auch nich eingebrochen worden. Is det klar?"

Brenke raufte sich die Haare. „Hören Sie, guter Mann. Ich will jetzt augenblicklich Ihren Chef sprechen!"

„Der kann Ihnen ooch nich helfen. Aber wennse meinen, bitte, dann sprechense eben mit dem Chef. Mir soll et recht sein." Der Pförtner griff zum Telefon.

Der Chef des Wachdienstes konnte es kaum fassen, als er wenig später gemeinsam mit Brenke die aufgebrochene

Tür des Büros inspizierte. „Das kann nicht sein", murmelte er jetzt schon zum vierten Mal vor sich hin. „Das kann nicht sein!" An Brenke gewandt meinte er: „Unautorisiert kommt man genauso schwer in den Bundestag, wie man ein Kamel durchs Nadelöhr geschoben kriegt. Sie kennen doch die Prozeduren, die wir vornehmen, um die allgemeine Sicherheit in allen Gebäuden zu gewährleisten. Und nachts kommt hier keiner rein, der hier nicht hingehört. Es sei denn, da schießt sich jemand den Weg mit einer Panzerfaust frei."

Brenke war einen Moment sprachlos. Dann formulierte er einen ungeheuerlichen Gedanken.

„Sie meinen also, es müsste jemand Internes gewesen sein? Ein Abgeordneter oder ein Bundestagsbediensteter?"

„Das haben Sie jetzt gesagt, Herr Abgeordneter", antwortete der Wachdienstchef mit einem konspirativen Unterton. „Aber in größerer Runde würde ich diese Vermutung niemals äußern. Ich finde meinen Job nämlich gar nicht so schlecht."

Brenke musste raus, er musste nachdenken. Und er trat einfach aus dem Büro auf die Straße und ließ sich treiben. Irgendwann bummelte er den Schiffbauerdamm entlang und bog dann in die Friedrichstraße ab. Zugegeben, es gab schönere Orte in Berlin. Doch das war ihm im Moment egal. Brenke musste nachdenken. Wer von seinen Abgeordnetenkollegen brach in sein Büro ein? Das war doch der größte Schwachsinn. Er nutzte sein Büro fast nicht und bewahrte dort auch nichts von Bedeutung auf. Es fehlte auch nichts. Das war alles sehr seltsam.

Plötzlich wurde Brenke in seinem Gedankenfluss gestört. Er war mit seiner Schulter gegen etwas Weiches gestoßen, das verdammt gut roch. Verwirrt drehte er den Kopf in die Richtung, in der sich das Hindernis befand, und blickte in zwei leuchtend grüne Augen. Sie gehörten zu Margaritha Bönisch. Als sie Brenke erkannte, lachte sie. „Rudolf, mein Lieber, du wandelst ja völlig entrückt durch Berlins Straßen. Bist du verliebt?"

Brenke fühlte ein leichtes Ziehen im Bauch. Schon bei ihrer letzten Begegnung vor zwei Tagen im *Café Einstein* und auch während des gemeinsamen Heimwegs hatte er dieses Gefühl bemerkt. Gemeinsamer Heimweg war natürlich nicht ganz richtig. Nachdem er ihr vor dem Restaurant begegnet war und sie ein Stück gemeinsam gegangen waren, hatte sich Brenke angeboten, sie bis vor ihre Haustür zu begleiten. Die Wohnung lag in Kreuzberg. Durch diese nette Extratour war es für Brenke eine lange Nacht geworden. Und jetzt stand er wieder vor dieser atemberaubenden Frau und stammelte unzusammenhängende Worte vor sich hin. Frauen brachten Rudolf Brenke in der Regel nie aus dem Konzept, und grundsätzlich war er einer kleinen Affäre nicht abgeneigt. Doch bei Margaritha Bönisch war es etwas anderes. Sie sorgte bei ihm auf eine angenehme Art und Weise für Verwirrung.

Margaritha Bönisch lächelte wieder. Dieser Anblick sorgte bei Brenke nicht unbedingt für mehr Souveränität.

„Ich bin auf dem Weg zum Mittagessen“, plauderte die schöne Frau ungezwungen drauflos. „Hast du Lust, mich zu begleiten?“

Brenke brachte kaum einen Ton heraus. „Ja, doch, gerne“, sagte er schließlich und nickte eifrig.

„Hier gleich um die Ecke, in der Oranienburger Straße gibt es ein nettes Lokal, wo man toll singapurisch essen kann, das Mirchi. Ich liebe asiatisches Essen. Ist das für dich okay?“

Brenke nickte weiter wie ein Wackeldackel, obwohl die asiatische Küche bei ihm nicht an vorderster Stelle rangierte und er noch nie etwas Singapurisches gegessen hatte. Doch mit dieser Frau würde er überall und alles essen, dachte er. Und so gingen sie gemeinsam die Oranienburger Straße entlang.

Margaritha Bönisch plauderte munter drauflos. „Bei mir in Kreuzberg gibt es auch eine Filiale vom Mirchi, witzigerweise in der Oranienstraße. Könnte man ja glatt verwechseln, die beiden Standorte …“

Im Restaurant fanden sie einen netten Platz und studierten eifrig die Speisekarte.

„Was hältst du davon, wenn wir zunächst eine Tagessuppe nehmen?“, schlug Margaritha Bönisch vor. Brenke tat das, was er schon seit geraumer Zeit tat. Er nickte.

„Und dann nehme ich Barisal. Das sind gemischte Linsen, langsam über Nacht im Tandoori-Lehmofen geschmort mit Zwiebeln, Tomaten und Koriander. Und was nimmt du, Rudolf?“

„Lachs Palai“, sagte Brenke und las aus der Karte vor: „Zartes norwegisches Lachsfilet in einer feurig-roten Marsala-Currysauce, zubereitet nach einem traditionellen Rezept von der Mutter der beiden Eigentümer. Das hört sich doch gut an, oder?“

„Feurig-rote Marsala-Currysauce“, wiederholte Margarete Bönisch versonnen.

„So ein bisschen Schärfe habe ich ganz gerne“, erklärte Brenke, doch als er bemerkte, dass Margaritha Bönisch diesen Satz auch missverstehen könnte, wurde er ein bisschen verlegen.

Die Tagessuppe war hervorragend. Brenkes Lachs Palai sah hervorragend aus. Wenn es nur halb so gut schmeckte, wie es aussah, dann würde er künftig öfter singapurisch essen gehen, beschloss er. Vorsichtig probierte er etwas Lachs. Der war noch besser, als Brenke es in seinen kühnsten Vorstellungen gehofft hatte.

„Hervorragend“, bestätigte er und nahm jetzt ein großes Stück von dem Fisch, tauchte es in die Soße und schob den Happen in den Mund. Genüsslich zerdrückte er den zarten Lachs zwischen Zunge und Gaumen. Im nächsten Moment wich alle Farbe aus seinem Gesicht. Schweißperlen traten auf seine Stirn, und dann bekam er Schnappatmung. Er musste sich zwingen, den Bissen hinunterzuwürgen. Anschließend griff er sich sein Wasserglas, stürzte den Inhalt hinunter, füllte es erneut und trank es wieder in einem Zug leer, doch es half nichts. Die Schleimhäute in seinem Mund brannten, als versuchte jemand sie mit einem glühenden Eisen zu bearbeiten. Brenke war im Begriff, ohnmächtig zu werden. In diesem Moment fasste eine kühle zarte Hand nach ihm. Sein Kopf wurde an Margaritha Bönischs Brust gedrückt. Sie legte ihm eine feuchte Serviette auf die Stirn. Doch dieses angenehme Gefühl bewirkte ebensowenig wie die zuvor getrunkenen Gläser Wasser. „Boah, ist das scharf", röchelte Brenke.

4

Unmittelbar vor der Abfahrt nach Donop zuckte ein greller Lichtblitz am Straßenrand auf. Wütend schlug der Fahrer aufs Lenkrad und schimpfte so laut, dass der schlafende Mann auf dem Rücksitz kurz aufschreckte, dann aber ruhig weiterschnarchte.

Während der Mercedes an der Ortseinfahrt Donop mit immer noch zu hoher Geschwindigkeit vorbeischoss, machte sich Hans-Werner Krois, der hinter dem Steuer saß, Vorwürfe. Eigentlich hatte er das Schild mit dem Tempolimit rechtzeitig gesehen, hätte alle Zeit der Welt gehabt, das Tempo zu drosseln. Aber er war abgelenkt gewesen. Seit Blomberg fuhr ein dunkelblauer BMW hinter ihm her, hielt stets den gleichen Abstand, fuhr langsamer, wenn Krois abbremste, und schneller, wenn Krois beschleunigte. Sogar drei Überholmanöver, eines davon ziemlich riskant, hatte der BMW mitgemacht. Hans-Werner Krois war ein sachlicher Mann, keiner, der hinter jedem Busch einen Feind sah, aber dieses sture Verhalten fand er eigenartig. Wie überhaupt diese ganze Fahrt etwas Absonderliches hatte.

Der Mercedes gehörte nicht ihm, sondern dem Mann, der laut schnarchend auf der Rückbank lag. Dabei handelte es sich um seinen Nachbarn Rudolf Brenke mit dem großen Bauernhof direkt neben seinem eigenen. Er war im Hauptberuf Bundestagsabgeordneter und schien das Leben in der Hauptstadt zu genießen. Gestern Abend war er auf einer Versammlung seiner Partei in Warburg gewesen und hatte anschließend mit seinen Parteifreunden ausgiebig gefeiert. Am heutigen Samstag war er für den frühen Nachmittag als Hauptredner einer Delegiertenkonferenz in Lemgo vorgesehen. Doch er war außerstande gewesen, selbst Auto zu fahren. Da seine Ehefrau sich strikt geweigert hatte, ihn zu fahren, weil das seinen viel zu heftigen Alkoholkonsum auch noch fördern würde, hatte Brenke seinen Nachbarn Hans-Werner Krois gebeten, ihn nach Lemgo zu chauffieren. Krois, der seinen Hofbetrieb stark zurückgefahren hatte, war froh über die Abwechslung. Früher hatten Brenke und er sich nicht gut verstanden, wie das bei fast gleichaltrigen Nachbarn häufig der Fall ist. Revierstreitigkeiten eben.

Doch inzwischen hatten beide ihren sechzigsten Geburtstag gefeiert, und die Rivalität hatte sich gelegt. Zu krass klafften ihre gesellschaftlichen Positionen auseinander. Der gescheiterte Landwirt und der gefeierte Bundestagsabgeordnete – da waren die Rollen klar, und der gute Verlierer Krois war sogar ein bisschen stolz auf seinen prominenten Nachbarn.

Schon kurz nachdem sie auf die Ostwestfalenstraße gekommen waren, hatte sich Brenke auf dem Rücksitz nicht mehr wachhalten können und war sanft zur Seite gekippt. Seit Steinheim schnarchte er friedlich. Krois schmunzelte, als er ihn im Rückspiegel beobachtete. Das würde ja eine mitreißende Ansprache in Lemgo werden. Dann war der BMW in sein Blickfeld geraten und hatte ihn stark beschäftigt. Etwas schadenfroh stellte Krois fest, dass der BMW auch nicht das Tempo reduziert hatte und folglich ebenfalls geblitzt worden sein musste. Wenigstens etwas.

Den BMW-Fahrer schien das aber nicht aus der Fassung zu bringen, denn er holte jetzt stark auf und fuhr direkt hinter dem Mercedes. Krois konnte nun das Gesicht des Fahrers erkennen. Er trug trotz des eher trüben Wetters eine Sonnenbrille. Obwohl auch nach der Abfahrt das Tempolimit bei siebzig Stundenkilometern lag, beschleunigte Krois. Er wollte doch mal sehen, ob der andere mitziehen würde. Zum Glück bekam der Eigentümer des Wagens ja nichts davon mit, da er weiterhin selig schlief.

Nach etwa zweihundert Metern begann eine weitausholende Rechtskurve. Ein Verkehrsschild bestätigte das Tempolimit und wies außerdem auf ein Überholverbot hin. Die Rechtskurve, die ganz harmlos begonnen hatte, wurde im weiteren Verlauf zunehmend schärfer. Krois wurde nervös. Er fuhr schneller, als sein Gefühl für Sicherheit es eigentlich zuließ, und spürte den Druck der Fliehkraft über dem Lenkrad. Gern hätte er etwas abgebremst, aber dann bestand die Gefahr, dass der extrem dicht auffahrende BMW ihm ins Heck krachte. Krois spürte Hitzewallungen. Kurz bevor er den Scheitelpunkt der Kurve erreicht hatte, scherte der BMW nach links aus, beschleunigte mit röhrendem Motor und zog am Mercedes vorbei. Krois traute seinen Augen nicht. Als die Autos auf gleicher Höhe waren, riss er entsetzt den Kopf nach links und starrte in die undurchdringlichen Sonnenbrillengläser des Fahrers, der die Seitenscheibe heruntergelassen hatte. Er hielt etwas Schwarzes in der Hand, hob es höher. Als Hans-Werner Krois erkannte, dass es sich um einen Revolver handelte, war es für ihn schon zu spät.

Das Glas seiner Seitenscheibe zersprang in tausend winzig kleine Bruchstücke, der schwere Mercedes gab der Fliehkraft nach, driftete schlingernd auf die Gegenfahrbahn und schlug mit der linken Seite gegen den massiven Betonpfeiler einer Brücke, prallte dort wieder ab, drehte sich mehrfach um die eigene Achse und rauschte dann durch den Straßengraben die Böschung hinauf und kam auf dem Feld zum Stehen.

Als der Notarzt eintraf, bot sich ihm ein Bild des Grauens. Der völlig zerstörte Mercedes war auf die rechte Seite gekippt und lag im Graben. Am Straßenrand standen zwei Polizisten, die sich bemühten, den Verkehr um den Unfallort herumzuleiten. Dabei wurden sie von einem etwa fünfzigjährigen Mann gestört, der wie besessen auf sie einredete. Als der Notarzt einen ersten, vorsichtigen Blick ins Innere des Unfallwagens warf, schreckte selbst er zusammen. Der Fahrer des Autos lag über dem Lenkrad, sein Hinterkopf war praktisch nicht mehr vorhanden. Selbst dem abgebrühten Notarzt raubte der Anblick vorübergehend den Atem. Mittlerweile war auch ein Feuerwehrwagen eingetroffen. In diesem Moment erkannte der Notarzt eine weitere Gestalt, die völlig verdreht zwischen der Rückseite des Fahrersitzes und der Rückbank lag. Die Person, allem Anschein nach ein Mann, versuchte sich offenbar aus dieser Lage zu befreien.

Die Feuerwehrleute öffneten die Fahrertür und die hintere Tür. Die beiden Rettungssanitäter, die mit dem Notarzt gekommen waren, befreiten den Mann vorsichtig. Er lebte, aber sobald die Sanitäter ihn im Rettungswagen untergebracht hatten, wurde er bewusstlos. Schlimme äußere Verletzungen waren bei ihm auf den ersten Blick nicht zu erkennen. Den Mann konnte der Notarzt getrost den erfahrenen Sanitätern überlassen.

Nun erst blieb ihm Zeit, sich um den Fahrer zu kümmern, für den aber ganz offensichtlich jede Hilfe zu spät kam. Der Notarzt wandte sich schwer atmend vom Mercedes ab und ging zu den Polizisten hinüber. Die waren immer noch mit dem Mann beschäftigt, der völlig hysterisch ständig wiederholte:

„Totaler Wahnsinn! Überholt der einfach in einer Kurve. Der hätte auch mich erwischen können!“

Die Polizisten, die eigentlich genug mit der Verkehrslenkung zu tun hatten, versuchten, ihn zu beruhigen. Aber der Mann war nicht zu bremsen.

„Ein BMW war das. Dunkelblau. Totaler Wahnsinn sowas."

Einer der Polizisten schaute den Notarzt an und sagte leise: „Wenn es stimmt, was der Mann sagt, dann hat ein BMW diesen Mercedes in der Rechtskurve überholt und wahrscheinlich so geschnitten, dass der Mercedes ins Schleudern kam. Der Zeuge kam den beiden Autos fast im selben Moment entgegen. Er hat tatsächlich einen sehr kompetenten Schutzengel gehabt. Ich kann seine Aufregung gut verstehen."

Der Notarzt, der als einziger den toten Fahrer etwas näher betrachtet hatte, schwieg. Höchstwahrscheinlich war sehr viel mehr passiert als nur ein allzu gewagtes Überholmanöver. Er ging zum Rettungswagen, ließ sich von einem der Sanitäter versichern, dass das noch lebende Unfallopfer zwar bewusstlos, aber sonst den Umständen entsprechend stabil sei, und wandte sich dann den Feuerwehrleuten zu, die eben damit beginnen wollten, den Fahrer aus dem Auto zu holen.

„Warten Sie noch, bis die Polizei den Mann freigibt!", wies er die Männer an. „Helfen können wir ihm sowieso nicht mehr.

Als der Rettungswagen mit dem verletzten Bundestagsabgeordneten losgefahren war, tauchte ein weiteres Polizeifahrzeug auf. Neben dem uniformierten Fahrer entstieg dem Auto ein junger, schlaksiger Mann, dessen verlegenes Konfirmandengesicht so gar nicht zu seiner Körperlänge von rund einem Meter neunzig passen wollte. Zögernd ging er auf das Unfallauto zu. Hinter ihm kam ein deutlich älterer Mann, einen halben Kopf kleiner, aber entschieden kompakter gebaut, mit zauseligen grauen Haaren und einem mürrischen Gesichtsausdruck. Kurz vor dem Unfallauto schob er den Jüngeren einfach zur Seite und baute sich vor dem Notarzt auf.

„Mein Name ist Schulte", stellte er sich mit brummiger Stimme vor, „Polizeirat Schulte, Kreispolizeibehörde Detmold."

Während er sprach, schaute er ins Innere des Unfallautos und sah auf den zerstörten Hinterkopf des Fahrers. Nur ein leichtes Zittern des Mundwinkels verriet, wie sehr ihn dieses Bild berührte.

„Eigentlich bin ich für Unfälle nicht zuständig. Mein Thema sind Gewaltdelikte. Aber mein Kollege, der als Erster an der Unfallstelle war, hat uns mitgeteilt, dass es sich hier offenbar nicht um einen ganz normalen Unfall handelt. Und wie ich das so sehe, wird er wohl recht haben." Er deutete auf seinen langen Begleiter und sagte beiläufig: „Ach ja, das ist übrigens mein Kollege Manuel Lindemann." Dann zeigte er auf den Mercedes. „Können Sie schon irgendetwas einigermaßen sicher sagen?"

Der Mediziner berichtete von dem anderen Mann, der vor der Rückbank gelegen hatte und nun auf dem Weg ins Klinikum Detmold war.

„Der hat einiges einstecken müssen, aber den bekommen wir durch. Um den mache ich mir keine Sorgen. Er hatte übrigens eine leichte Fahne, aber das wird wohl nichts mit dem Unfallhergang zu tun haben. Hier haben wir seine Papiere. Ich hatte noch keine Zeit, sie mir anzuschauen."

Der Mediziner versuchte, sich nicht anmerken zu lassen, wie sehr ihn die äußere Erscheinung dieses Polizeirats irritierte. Er selbst war nicht neu in diesem Geschäft und hatte schon mit den unterschiedlichsten Polizisten zusammenarbeiten müssen. Aber dieser Schulte hatte etwas an sich, das so ganz und gar nicht zu einem Polizisten passte. Sicher, sein Blick war offen und wohl auch ohne Hintergedanken. Aber dieser Mann hatte auch etwas Unsolides, Ungezähmtes an sich. Er trug eine verwaschene Jeans, ein kariertes Hemd, das sich über dem Bauch bedrohlich spannte, und eine alte, speckig glänzende Lederjacke. Kein Mann, den seine alte Mutter gern als Schwiegersohn in die Arme geschlossen hätte.

Der Notarzt ging näher an den Unfallwagen heran und wartete, bis die beiden Polizisten direkt neben ihm standen.

Er wies auf die zerstörte Seitenscheibe und den Hinterkopf des Fahrers oder besser das, was davon übriggeblieben war. Der junge Polizist würgte ein wenig, als er ins Innere des Autos sah und feststellte, welche Spuren der Unfall dort hinterlassen hatte.

„Selbstverständlich kann hier nur ein Fachmann Näheres sagen", meinte der Arzt. „Aber ich kann mir beim besten Willen nicht vorstellen, wie allein der Unfall diese furchtbare Verletzung herbeigeführt haben könnte. Vielleicht haben die beiden Insassen sich während der Fahrt gestritten, und der Mann auf der Rückbank hat ihm … Ach, das soll besser die Obduktion ergeben. Ich bin nur der Notarzt, und der kann hier beim besten Willen nichts mehr ausrichten."

Dem Polizisten schien dies einzuleuchten. „Ich habe gehört, es gäbe hier auch einen Unfallzeugen. Wissen Sie, wo der steckt?"

Der Notarzt schüttelte den Kopf. „Keine Ahnung! Ich hatte anderes zu tun, als mich um den zu kümmern. Fragen Sie besser die beiden Beamten, die schon vor mir hier waren und den Verkehr um uns herumgeleitet haben. Denen hat dieser Mann, das habe ich mitbekommen, schon ein Ohr abgekaut, wie man so sagt."

Nachdenklich schaute der Arzt den beiden so ungleichen Polizisten nach, die nun zu ihren Kollegen in Uniform hinübergingen.

5

Polizeirat Jupp Schulte hasste Krankenhausbesuche. Selbst wenn sie rein dienstlich waren. Der Geruch, die Atmosphäre, die kranken Menschen auf den Fluren, die unangenehme Ahnung, irgendwann hier auch mal als Patient sein zu müssen und dann ebenfalls wie ein Gespenst durch die endlosen Gänge zu schleichen, das alles machte ihn immer wieder restlos fertig. Im letzten Jahr hatte er einige Male seinen väterlichen Freund und Vermieter Anton Fritzmeier hier besucht und war jedes Mal froh gewesen, das Gebäude wieder verlassen zu dürfen.

Diesmal roch es auf der Station, die er aufzusuchen hatte, nach Abendessen. Schulte wartete auf einen Reflex seines Magens, der sonst immer, wenn es nach Essen roch, knurrend sein Recht einforderte. Doch keine Reaktion. Auch sein Magen hatte offenbar in dieser bedrückenden Umgebung auf Standby geschaltet. Schulte betrat das Schwesternzimmer der Station, stellte sich vor und fragte einen jungen Pfleger nach der Zimmernummer des Patienten Rudolf Brenke.

„Brenke?“ Der Jüngling tippte etwas in seinen PC. Dann schaute er Schulte prüfend von oben bis unten an und sagte:

„Zimmer 18. Aber ich muss erst den Oberarzt fragen, ob der Patient belastbar ist.“

Weg war er.

Was sollte das denn jetzt? Der Unfall lag zwei Tage zurück. Sein Kollege Lindemann hatte mehrfach im Klinikum anrufen müssen, um das Okay zu einem Besuch zu erhalten. Und jetzt machte sich dieser Krankenpfleger wichtig.

Schulte war ein Mann mit zahlreichen Begabungen – das Warten gehörte allerdings nicht dazu. So war sein Erregungspegel bereits empfindlich gestiegen, als der Oberarzt endlich kam und ihn, wie vorher schon der Pfleger, von oben bis unten musterte. Schulte ballte die Fäuste in der Hosentasche, beherrschte sich aber.

„Was wollen Sie denn von dem Patienten?“, fragte der Arzt. „Hat er was angestellt?“

Schulte holte tief Luft und atmete lange und gründlich aus.

„Ich mache Ihnen einen Vorschlag, Herr Doktor“, antwortete er so süffisant, wie er nur konnte. „Sie machen Ihre Arbeit und sagen mir, ob Herr Brenke vernehmungsfähig ist oder nicht. Dann gehen Sie wieder zu Ihren anderen Patienten, die sicher dringend Ihrer Hilfe bedürfen. Ich erledige dann die Polizeiarbeit ganz allein. Können wir uns darauf einigen?“

Bevor der verblüffte Arzt dazu kam, seine Autorität wiederherzustellen, rief eine Krankenschwester hinter seinem Rücken laut: „Herr Doktor, Notfall in Zimmer 31. Es ist eilig!“

Der Arzt warf Schulte einen wütenden Blick zu, dann machte er eine resignierte Handbewegung, drehte sich um und lief los. Schulte ging den Flur entlang, bis er vor der Zimmernummer 18 stand. Er klopfte an. Als keine Reaktion kam, trat er einfach ein. Es war ein Zweibettzimmer, aber nur eines der Betten war belegt. Klar, dachte Schulte, so ein Bundestagsabgeordneter ist natürlich privat versichert. Im Bett lag ein Mann in Schultes Alter, der sich aber wesentlich besser gehalten hatte. Rudolf Brenke schaute ihn misstrauisch an, als erwarte er nichts Gutes von seinem Besucher. Schulte hielt dem Abgeordneten seinen Dienstausweis vor die Augen, stellte sich vor und nahm dann auf einem Sessel Platz. Als er sich bei Brenke erkundigte, ob er bereit sei, ihm einige Fragen zu beantworten, stimmte dieser zwar zu, schien aber durch irgendetwas irritiert zu sein. Er schaute sein Gegenüber mit einer Intensität an, die den Polizisten einigermaßen verwirrte.

Schulte eröffnete das Gespräch mit der Mitteilung, dass der Fahrer des Autos beim Unfall ums Leben gekommen war. Aufmerksam beobachtete er Brenkes Reaktion. Der zeigte sich heftig erschüttert. Es dauerte eine ganze Weile, bis er murmelte:

„Das ist meine Schuld! Ich habe ihn überredet, mich nach Lemgo zu fahren. Ohne mich säße er jetzt friedlich zu Hause bei seiner Ehefrau. Und das alles nur, weil ich …“

Brenke stockte, suchte nach den richtigen Worten. Als lange nichts kam, hakte Schulte nach:

„Weil Sie was?“

Brenke riss sich zusammen und erzählte langsam und stockend, wie es zu dieser tragischen Autofahrt gekommen war. Am Ende schlug er die Hände vors Gesicht und sagte verzweifelt:

„Cordula hat recht, ich bin ein rücksichtsloser Egoist.“

„Wer ist Cordula?“, fragte Schulte.

„Meine Ehefrau“, antwortete Brenke. „Wir haben uns auf der Penne in Warburg kennengelernt. Wir sind nun seit über dreißig Jahren verheiratet, und seit mindestens fünfundzwanzig Jahren hasst sie mich.“

Plötzlich legte sich in Schultes Hirn ein Schalter um, und er verknüpfte auf einmal verschiedene Namen und Erinnerungsfetzen. Aus Brenke, Warburg und Cordula fügte sich ein Puzzle zusammen. Ganz vorsichtig fragte er:

„Kann es sein, dass wir uns kennen? Von damals? Aus der Schule?“

Brenke schien eine ähnliche Erkenntnis überkommen zu haben. „Jupp? Sind Sie … bist du Schulten Jupp? Unser Klassenflegel?“

Eine Erinnerung gab die nächste. Sie stellten fest, dass sie tatsächlich die beiden letzten Schuljahre in einer Klasse verbracht hatten. Sie waren keine dicken Freunde gewesen, hatten aber auch keinen Streit miteinander gehabt. Insgesamt waren sie sich in herzlicher Gleichgültigkeit verbunden gewesen und hatten sich seit dem Abitur nicht wiedergesehen.

„Und du bist Polizist geworden“, stellte Brenke fest. „Das hätte ich nicht gedacht. Dafür warst du doch überhaupt nicht der Typ.“

„Na, ja“, brummte Schulte, „manchmal schlägt das Leben ganz überraschende Haken.“ Er erzählte, dass er noch kurz vor dem Abitur in einer Nacht zwei Frauen geschwängert hatte, er notgedrungen eine der beiden heiraten und der anderen Alimente hatte zahlen müssen.

„Da musste ganz schnell Geld her“, fuhr er schmunzelnd fort, „da blieb keine Zeit zum Studieren. Wie war es bei dir? Was hat dich in den Bundestag getrieben?“

Über diese Frage musste Brenke offenbar erst einmal nachdenken. „Langeweile!“, sagte er schließlich. „Und Cordula. Du kennst sie bestimmt noch von damals, sie war zwei Klassen unter uns. Wir hätten nie heiraten dürfen, aber auch Cordula war plötzlich schwanger, und ihr Vater bestand auf der Hochzeit. Zum Dank hat Cordula seinen großen Bauernhof überschrieben bekommen. Durch die Heirat war ich plötzlich auch wohlhabend. Jedenfalls formal – dafür aber, wie sich später herausstellte, mit einem Drachen von Ehefrau geschlagen. Die Arbeit auf dem Hof und auch das Landwirtschaftsstudium haben mich von Anfang an entsetzlich gelangweilt. Um mich abzulenken und um mal zu Hause rauszukommen, bin ich in die Politik gegangen. Und was soll ich sagen – ehe ich mich versehen hatte, saß ich im Bundestag. Ist gar nicht schlecht da. Wenn du nicht übertrieben ehrgeizig bist, kannst du dir in Berlin ein schönes Leben machen. Ohne Ehefrau im Nacken.“

„Und warum hast du dich nicht scheiden lassen?“

„Bist du verrückt? Ihr alter Herr war ja nicht dumm. Der hat mir einen Ehevertrag aufgedrückt, der sich gewaschen hatte. Und ich Blödmann habe den damals auch noch unterschrieben. Glaub mir, Jupp, im Falle einer Scheidung wäre ich verdammt, den Rest meines Lebens zum Sozialamt zu laufen. Weißt du, ich bin Landwirt, da findest du so schnell keinen anderen Job. Und bei einer Scheidung wäre für mich kein Cent rausgesprungen, obwohl ich mich auf dem Hof jahrelang krummgearbeitet habe. Nee, lass mal, bevor ich von Hartz IV leben muss, nehme ich lieber Cordula in Kauf. Und seit ich Bundestagsabgeordneter bin, sehe ich sie ja fast nicht mehr, und den Hof führt mittlerweile mein Sohn.“

Plötzlich wurde er wieder sehr ernst.

„Und jetzt habe ich meinen Nachbarn auf dem Gewissen. Wisst ihr schon, warum er … wie das passiert ist?"

„Das wollte ich eigentlich von dir wissen", entgegenete Schulte.

Brenke schüttelte resigniert den Kopf. „Ich habe keine Ahnung. Ich lag auf dem Rücksitz und habe tief und fest geschlafen. Eigentlich bin ich erst im Krankenhaus wieder richtig aufgewacht. Ich verstehe das alles nicht. Krois war ein routinierter Autofahrer. So einer fährt doch nicht einfach vor einen Brückenpfeiler. Und dann noch auf der anderen Straßenseite. Hatte er einen Herzinfarkt oder was Ähnliches?"

Schulte sah, dass Brenke sich bittere Vorwürfe machte. Der Mann hatte ein Recht auf vollständige Information.

„Es gibt Hinweise darauf, dass es kein normaler Unfall war, Rudolf", sagte er so ruhig wie möglich. „So ein Auto der gehobenen Oberklasse wie das, in dem du und dein Nachbar unterwegs waren, verfügt durchaus über einen anständigen Sicherheitsstandard. Unsere Kollegen von der Spurensicherung haben die Vermutung geäußert, dass dein Nachbar mit größter Wahrscheinlichkeit überlebt hätte, wenn es sich nur um einen Unfall gehandelt hätte. Eine weitere Ungereimtheit ergibt sich aus seinen Verletzungen. Deinem Nachbarn fehlt der gesamte Hinterkopf. Der Wagen hat aber mit der linken Seite einen Brückenpfeiler gerammt. Durch den Aufprallimpuls hat sich der Wagen mehrfach um die eigene Achse gedreht. Er ist so rotierend weiter die Böschung hoch und auf dem freien Feld zum Stehen gekommen. Hätte dein Nachbar also schwere Verletzungen im Gesicht, wäre diese Tatsache durchaus erklärbar gewesen. Doch die Airbags haben ganze Arbeit geleistet. Die vordere Seite des Kopfes ist fast unverletzt. Der hintere Teil sieht so aus, als wäre er mit einem schweren Gegenstand zertrümmert worden. Es kann sich aber auch um eine Schussverletzung handeln."

Brenke konnte nicht fassen, was Jupp Schulte ihm da gerade eröffnete. Doch dieser ließ keine Unterbrechung zu, sondern fuhr unbeirrt fort: „Wir wissen es noch nicht ganz genau, aber vieles spricht dafür, dass auf den Fahrer des Wagens geschossen wurde. Er war vermutlich schon tot, als er vor den Brückenpfeiler gekracht ist.“

Brenke starrte ihn entsetzt an, brachte aber kein Wort heraus.

„Es gibt noch viele Fragezeichen“, erklärte Schulte. „Wir haben noch kein Geschoss gefunden und auch sonst keine Hinweise, wieso der Hinterkopf deines Fahrers so deformiert wurde. Aber wir sind uns einigermaßen sicher. Hast du irgendeine Ahnung, wer geschossen haben könnte?“

„Ich? Nein, natürlich nicht“, stammelte Brenke fassungslos, „wer sollte denn auf Krois schießen? Und warum? Das ist ja der helle Wahnsinn.“

„Das sieht ganz danach aus.“

In diesem Moment kam der junge Pfleger ins Zimmer und gab Schulte resolut zu verstehen, dass er jetzt aber gehen müsse. Der Oberarzt stehe vor der Tür, um seine Visite zu machen.

Vor einer Stunde war Jupp Schulte gegangen. Gleich im Anschluss war der Oberarzt zur Visite gekommen und hatte Brenke vermittelt, dass er riesiges Glück im Unglück gehabt habe und dass nichts dagegen spräche, wenn er am nächsten Tag entlassen würde.

Nun lag Rudolf Brenke in seinem Krankenhausbett und konnte trotz Beruhigungsmitteln nicht verhindern, dass seine Gedanken immer um dasselbe Thema kreisten. Wie er es auch drehte und wendete, es ergab keinen Sinn, dass jemand vorsätzlich auf seinen Nachbarn Krois geschossen haben sollte. Dennoch war es passiert. Entweder war dies die Tat eines Wahnsinnigen oder … Er traute sich kaum, den Gedanken zu Ende zu denken, aber er erschien ihm von Sekunde zu Sekunde einleuchtender. Die Kugel hatte nicht Krois, sondern ihm gegolten. Er als Bundestagsabgeordneter, als

Mitglied des Verteidigungsausschusses, war eine Person des öffentlichen Lebens. So einer erweckt Neid, er polarisiert, er zieht die Wut politischer Desperados auf sich.

Aber bringt man deshalb jemanden um, überlegte Brenke. Klar, die Politikerkaste war im Bewusstsein vieler Menschen zur unglaubwürdigsten Personengruppe dieser Republik geworden. Bewegungen wie Pegida standen zwar für eine rechte, ja sogar für eine neonationalsozialistische Gesinnung. Aber wenn man genau hinsah, war diese Bewegung neben den zweifellos rechten Anführern auch ein Sammelbecken für unzufriedene Menschen, die sich nur in der Masse das trauten, wozu sonst zehn Glas Bier und eine dunkle Kneipe nötig waren. Zusammen mit anderen wagten sie, ihre Wut öffentlich herauszuschreien. Und die richtete sich nicht nur gegen Migranten, gegen Globalisierung und Europa oder gegen Dinge, die man einfach nicht mehr verstand. Die richtete sich auch gegen die großen Parteien und deren Politiker und gegen die Presse und die etablierten Medien.

Ein Phänomen wie Pegida war schon eine gefährliche, eine explosive Angelegenheit. Und natürlich könnte es sein, dass aus solchen Kreisen jemand heraustrat, der sich genötigt sah, allen „Ungerechtigkeiten“ dieser Welt den Kampf anzusagen, notfalls auch mit der Waffe.

Brenke raufte sich die Haare. Konnte es wirklich sein, dass mittlerweile Front gegen Politiker gemacht wurde? Aber wenn das so war, warum richtete sich der erste Angriff gegen eine solche Nullnummer, wie er es war? Brenke machte nur das Nötigste, um Mitglied des Bundestages zu bleiben. Außerhalb des Landkreises Höxter kannte ihn kein Mensch, ausgenommen ein paar Frauen, mit denen er in den letzten Jahren Affären gehabt hatte, und einige Leute aus Berlin, mit denen er seine Freizeit verbrachte. Wieso also sollte man ihn umbringen?

Brenke überlegte. Wen hatte er zum Feind? Ihm fiel niemand ein außer … Aber nein, das konnte er sich nicht vorstellen. Doch der Gedanke ließ sich nicht verdrängen. Er hatte sich in seinem Kopf herausgebildet und war nun so präsent, dass er ihn laut aussprach. Die Worte: „Niemand außer meiner Frau“, entwichen seinem Mund und hallten im Krankenzimmer wider.

Nein, das konnte nicht sein. Natürlich hasste seine Frau Cordula ihn. Sie hatte allen Grund dazu. Genau wie er allen Grund dazu hatte, sie zu hassen. Ja, Brenke konnte seine Frau nicht mehr ausstehen. Und das seit Jahren, aber er hatte noch nie einen Gedanken daran verschwendet, ihr den Tod zu wünschen. Seitdem es zwischen ihnen nicht mehr lief, und das war schon lange Zeit so, hatte er seine gesamte Energie darauf verwendet, sich ein schönes Leben ohne seine Frau einzurichten. Deshalb war er in den Bundestag gegangen. Nur deshalb! Aber umbringen, nein, das war keine Option. So dachte auch seine Frau Cordula nicht, davon war Brenke ziemlich überzeugt. Es musste andere Gründe geben.

Sicher, es war sein Auto gewesen, auf das geschossen worden war, daran ließ sich nichts deuteln. Der Attentäter hatte vielleicht nur den Wagen identifiziert und verfolgt und war nicht auf die Idee gekommen, dass dessen Besitzer schlafend auf der Rückbank gelegen hatte, wo er nicht zu sehen war. Völlig logisch, dass er dann den Mann am Lenkrad für Brenke gehalten hatte.

Man hatte es auf ihn abgesehen und nicht auf Krois, das war für Brenke jetzt sonnenklar. Der Täter hatte ihn verfehlt, aber er würde es über kurz oder lang mitbekommen, dass er den Falschen erwischt hatte. Und dann?

Diese Schlussfolgerung hätte ihn unter anderen Umständen in die Panik getrieben, doch die unwiderstehliche Macht der starken Beruhigungsmittel setzte nun ein und verlieh seinen Überlegungen eine unwirkliche Ruhe und Gelassenheit.

Brenke begann erneut sein Leben und insbesondere seine jüngste Vergangenheit zu durchforsten, um herauszufinden, warum ihm jemand nach dem Leben trachtete. Er zermarterte sich sein Hirn. Und auf einmal war es ihm klar. Vor seinen Augen erschien das Gesicht eines Mannes, das dem des Frettchens ähnelte, welches er, Brenke, seinem Sohn vor vielen Jahren geschenkt hatte. Das Gesicht grinste, gelbe Zahnruinen wurden dabei sichtbar. Augenblicklich wusste Brenke, dass dies die richtige Spur sein musste. Es war dieser silberne USB-Stick, den er achtlos in seine Jackentasche gesteckt hatte, froh darüber, den Mann losgeworden zu sein, von dem er ihn bekommen hatte. Natürlich, auf diesem Stick mussten sich so brisante Informationen befinden, dass jemand nicht einmal vor Mord zurückschreckte.

Verdammt, wo war dieser vermaledeite kleine elektronische Speicher abgeblieben? Welche Jacke hatte Brenke an besagtem Abend getragen, als ihm das Frettchen den USB-Stick in die Hand gedrückt hatte? Und wo steckte dieser Mann? Brenke musste beides finden, den Mann und den Stick, und zwar schnell und in umgekehrter Reihenfolge. Er musste hier raus, raus aus diesem verdammten Krankenzimmer. Schließlich ging es um sein Leben.

Brenke drückte den Alarmknopf, wollte den Pfleger kommen lassen und ihn auffordern, sofort Schulte zurückzurufen. Doch als die Krankenschwester wenig später ins Zimmer kam, fand sie Brenke schlafend vor. Sie deckte ihn zu und verließ leise den Raum.

6

„Nun beruhigen Sie sich doch!“

Die junge Polizistin Pauline Meier zu Klüt saß seit zehn Minuten dem Mann gegenüber, der am Tag zuvor den tödlichen Unfall auf der Ostwestfalenstraße beobachtet hatte. Leider war er immer noch genau so aufgeregt wie direkt nach dem schrecklichen Ereignis. Doch die hübsche blonde Frau war als Tochter eines lippischen Landwirtes mit eisernen Nerven und einer Seelenruhe ausgestattet, wie man sie wohl nur in dieser Region findet. Als hätten sie hier alle eine Überdosis Valium geschluckt, sagte ihr Chef Schulte immer, wenn ihm diese Ruhe zu viel wurde.

„Also nochmal: Sie kamen aus Lemgo und fuhren Richtung Blomberg. Da sahen Sie was?“

„Ich war gerade an der ersten Abfahrt nach Donop vorbei, da kam diese Linkskurve. Also immer von Lemgo aus gesehen, versteht sich.“ Der Zeuge fuchtelte mit beiden Händen durch die Luft, um die Kurve zu visualisieren, und fuhr fort, immer noch schnell und erregt: „Mir kamen auf einmal zwei Autos entgegen. Nebeneinander, in der Kurve, stellen Sie sich mal meinen Schrecken vor!“

„Das tue ich ja“, winkte die Polizistin ab. „Weiter!“

„Also da war dieser schwarze Mercedes, der nachher vor den Brückenpfeiler gekracht ist. Und neben ihm, mitten auf der Fahrbahn, ein dunkelblauer BMW. So ein kleinerer, ein 3er war das, glaube ich. Das ging alles so schnell. Der fuhr jedenfalls unheimlich dicht an den Mercedes heran, als wenn er ihn aus der Kurve drängen wollte. Ja, und als ich fast auf gleicher Höhe mit den beiden war, da fing der Mercedes schon an zu schleudern. Und der BMW gab Vollgas. Ich war zu Tode erschrocken und hatte Mühe, die Spur zu halten. Aus irgendeinem Reflex heraus habe ich aber trotzdem in den Rückspiegel geschaut und gesehen, dass der BMW voll in die Bremsen gegangen ist, während der Mercedes quer über die Fahrbahn schoss und volles Rohr den Brückenpfeiler rammte. Ich habe auch sofort gebremst und bin aus dem Auto gesprungen. Da konnte ich die ganze Bescherung sehen. Schrecklich!“

„Und was hat der BMW gemacht?“

„Ja, das war unglaublich. Der hatte so stark abgebremst, dass er schon fast stand. Aber als ich ausstieg, gab er Vollgas und fuhr mit quietschenden Reifen auf und davon. Fahrerflucht. So eine Drecksau.“

„Konnten Sie sich die Nummer merken?", fragte Pauline Meier zu Klüt mit wenig Hoffnung.

„Wie stellen Sie sich das denn vor?", antwortete der Zeuge empört. „Ich stand unter Schock. Stehe ich ja immer noch ein bisschen. Nee, ich bin zu dem Mercedes hingelaufen. Als ich dann diesen armen Kerl am Lenkrad gesehen habe, ist mir erstmal schwindelig geworden. Dann bin ich zurück zu meinem Auto und habe die Bul… die Polizei angerufen. Mehr kann ich leider nicht sagen."

„Hatten Sie den Eindruck, dass in dem Moment, in dem beide Autos auf gleicher Höhe waren, ein Schuss gefallen ist?" Auch hier machte sich die Polizistin wenig Hoffnungen und wurde sogleich bestätigt.

„Ein Schuss? Wieso ein Schuss?", fragte der Zeuge völlig verdattert. „Wer soll denn auf wen geschossen haben?"

Die junge Frau winkte resigniert ab und wechselte das Thema. „Haben Sie erkennen können, wie viele Leute in dem BMW saßen? Oder war der Fahrer allein?"

Der Mann kratzte sich am Kinn und überlegte.

„Das ging ja alles furchtbar schnell. Aber wenn Sie mich so fragen, dann gab es noch einen Beifahrer. Ja, da bin ich mir ziemlich sicher. Ob hinten im Auto noch andere saßen, kann ich aber beim besten Willen nicht sagen."

7

„Im Mai ist es am schönsten in Lippe." Diese Behauptung gab Anton Fritzmeier jedes Jahr aufs Neue zum Besten. In dieser Zeit gab es ein paar Wochen, da konnte man das Gras wachsen sehen, meinte er. Schulte teilte mittlerweile die Ansicht des alten Bauern.

Es war kurz nach sechs am Morgen, und er war schon auf dem Weg zur Kreispolizeibehörde. Wenn ihm das vor zehn Jahren jemand prophezeit hätte, Schulte hätte ihm einen Vogel gezeigt. So spät wie möglich ins Bett und so lange pennen wie es eben ging – das war Schultes Devise gewesen, als er noch ein junger Mann war. Doch es ging einfach nicht mehr. Morgens um fünf hatte er so dermaßen Rückenschmerzen, dass an Schlaf nicht mehr zu denken war. Also hatte er die komfortablere Variante gewählt und war aufgestanden. Bevor er losgefahren war, hatte er schon seine Runde mit dem Hund gedreht und über die Veränderungen gestaunt, die die Natur über Nacht zuwege gebracht hatte. Und nun saß er in seinem Auto und freute sich auf die erste Tasse Kaffee in seinem Büro.

Er musste an seinen früheren Mitschüler Rudolf Brenke denken. Der hatte quasi Landflucht begangen und war als Bundestagsabgeordneter nach Berlin abgewandert. In einer solchen Stadt könnte sich Schulte, das wusste er heute, einfach nicht wohlfühlen. Als junger Mann war er damals anderer Meinung gewesen. Als er seinerzeit in den gehobenen Dienst eintrat, war es sein größter Wunsch gewesen, in einer Großstadt Polizist zu sein. Er konnte sich noch genau daran erinnern, wie niedergeschlagen er gewesen war, als er den Brief bekam, in dem ihm sein zukünftiger Dienstort mitgeteilt wurde. Als er gelesen hatte, dass es Detmold werden würde, hatte Schulte erwogen, seinen Dienst als Polizist zu quittieren. Er hatte nach Berlin, Hamburg oder Köln gewollt.

Doch die Menschen ändern sich, Schulte musste es sich eingestehen. Mal ein Wochenende in Berlin, warum nicht? Aber dann wollte er zurück ins Lipperland, das war klar. Hier war sein Zuhause und hier wollte er alt werden. Er ließ die Natur auf sich wirken und räkelte sich behaglich im Autositz. Augenblicklich schoss ein stechender Schmerz in seinem Rücken. Tränen stiegen ihm in die Augen. Hatte er eben noch gemeint, hier wollte er alt werden? Was für ein Unsinn, dachte Schulte, hier war er alt geworden.

Mit gekrümmtem Rücken, Ärzte nannten das wohl Schonhaltung, schleppte sich der Polizist in sein Büro. Als er

Minuten später hinter seiner ersten Tasse Kaffee saß, fiel ihm sein alter Schulkollege Rudolf Brenke wieder ein. Gestern im Krankenhaus, das war schon eine komische Begegnung gewesen. Brenke und er waren in die gleiche Klasse gegangen. Doch sie waren sich in der Freizeit fast nie über den Weg gelaufen. Klar, sie hatten auf der einen oder anderen Party mal zusammen Bier getrunken, aber das war's dann auch schon.

Der tragische Unfall hatte die beiden Männer wieder zusammentreffen lassen. Brenke hatte unglaubliches Glück gehabt, mal abgesehen von ein paar kleineren Verletzungen war er nicht zuschaden gekommen. So ein Daimler hatte schon einen gewissen Sicherheitskomfort, solange einem nicht der Hinterkopf weggepustet wurde.

Brenke machte sich schwere Vorwürfe, weil er glaubte, für den Tod seines Nachbarn verantwortlich zu sein. Schließlich hatte Brenke ihn dazu überredet, ihn zu der Parteiveranstaltung zu fahren. Das war natürlich Quatsch, dachte Schulte. Manchmal war das Schicksal einfach ungnädig. Darauf hatte niemand Einfluss, auch Brenke nicht. Dennoch würde er einige Zeit benötigen, um psychisch mit den tragischen Folgen des Unfalls zurechtzukommen.

Jemand klopfte an Schultes Tür. Ins Zimmer trat eine attraktive Frau um die Fünfzig, die Gerichtsmedizinerin aus Münster. Schulte erhob sich eilig von seinem Stuhl, umrundete den Schreibtisch und ging der Ärztin entgegen.

„Frau Dr. Sonnenschein, lange nicht gesehen. Sind Sie heute ohne ihren Schatten, Frau Lamberti, unterwegs? Wie geht es Ihnen?"

„Ja, Herr Schulte, heute komme ich ohne meine Sekretärin. Seit Längerem schon schulden Sie mir ein gutes Essen. Sie erinnern sich doch sicher an die Wette damals, als ich Ihnen vorhersagte, dass die Tatwaffe ein Fleischhammer sei."

Schulte konnte sich nicht erinnern. Er tat aber so, als wäre er voll im Bilde.

„Außer der lippischen Leiche ist bei uns die Gerichtsmedizin leer. Ich habe Zeit. Da habe ich mir gedacht, ich könnte mir später doch mal Detmold ansehen. In diesem Zusammenhang fiel mir dann noch die offene Wettschuld Ihrerseits ein. Auch wir aus dem Münsterland lassen uns gerne hin und wieder mal einladen.“

„Gut, dann gehe ich nachher mit Ihnen ins Städtchen“, freute sich Schulte.

Es klopfte erneut. Jetzt war es Pauline Meier zu Klüt, die ins Büro tat. Ihr folgte Renate Burghausen.

Fünf Minuten später saß die gesamte Mordkommission einschließlich der dazugehörigen Fachleute zusammen – außer Hauptkommissar Hartel, den Schulte unter einem fadenscheinigen Vorwand nach Bielefeld geschickt hatte. Als Hartel nachfragte, ob er den Termin nicht vielleicht verschieben könne, da er sonst ja nicht bei der Besprechung anwesend sein könne, meinte Schulte lapidar: „Da passiert ohnehin nichts. Falls doch, halte ich dich auf dem Laufenden.“

Stühlerücken und Gemurmel bestimmten die Geräuschkulisse, bis Schulte sich räusperte. Augenblicklich trat Stille ein. Schulte übernahm die Moderation und erteilte den beiden Kolleginnen von der Gerichtsmedizinierin das Wort.

„Der Fahrer des Autos war tot, als der Wagen mit dem Brückenpfeiler kollidierte“, begann Frau Dr. Sonnenschein. „Jemand hat ihm mit einer großkalibrigen Waffe die Schädeldecke weggeschossen.“

„Und zwar mit einer Kugel Kaliber .357 Magnum Hohlspitz-Munition“, war die piepsige Stimme von Renate Burghausen zu vernehmen. „Wir haben Teile des Geschosses im rechten Holm des Fahrzeugs gefunden. Die Kugel hat erst den Hinterkopf des Fahrers zerlegt. Sie hat dann die Kopfstütze des Beifahrersitzes durchschlagen. Dadurch hatte sie Gott sei Dank erheblich Energie eingebüßt und ist dann in der rechten B-Säule des Mercedes stecken geblieben.“

Lindemann übernahm. „Wir sollten uns den Waffenschrank von Rudolf Brenke einmal genauer ansehen. Der hat nämlich einen Revolver Smith & Wesson auf seiner Waffenbesitzkarte eingetragen."

Schulte sah den Mann im Kommunionsanzug zweifelnd an. „Ist doch eher unwahrscheinlich, dass der Fahrer mit Brenkes Waffe erschossen wurde, oder?"

Lindemann verzog das Gesicht und schob umständlich seine Brille zurecht. Diese Geste, das wusste Schulte, war so etwas wie ein Widerspruch.

„Also gut, Lindemann", lenkte der Polizeirat ein. „Du sollst deinen Willen bekommen. Wir sehen uns die Waffe an."

8

Die Lektüre der Morgenzeitung hatte seinen Blutdruck schlagartig in exorbitante Höhen schießen lassen. Die Schlagzeile lautete: „Ostwestfälischer Bundestagsabgeordneter überlebte mysteriösen Autounfall." Diese Nachricht hatte ihn schwer getroffen. Nicht etwa, weil ihm etwas an Brenkes Leben lag. Das war ihm ebenso unwichtig wie das von vielen hunderttausend anderen Menschen. Einzig wichtig war ihm, dass dieser Unfall und der dabei ums Leben gekommene Mann niemals mit ihm in Verbindung gebracht werden durften.

Der Einbruch in Brenkes Abgeordnetenbüro vor einigen Tagen, zu dessen Teilnahme man ihn quasi genötigt hatte, war schon eine gravierende Grenzüberschreitung des Verhaltenskodex gewesen, den er vor vielen Jahren einmal für sich kreiert hatte. Er hatte sich Richtlinien gegeben, die ihn im Laufe der Zeit schon vor vielen Skandalen bewahrt hatten. Doch mit dem Einbruch hatte er seine Wertewelt das erste Mal über den Haufen geworfen. Einmal und nie wieder, das hatte er sich geschworen. Ein Tötungsdelikt oder gar ein Mord, den er zur Erfüllung seiner Ziele begehen müsste, war für ihn völlig außer Reichweite. Doch anscheinend hatte er sich mit einer mächtigen, skrupellosen Organisation zusammengetan, die nicht einmal davor zurückschreckte, Menschen umzubringen.

Heute Nachmittag hatte er sich mit einem der verantwortlichen Männer verabredet, um noch einmal endgültig die Modalitäten zu klären. Er war nicht der nützliche Idiot und wollte es auch niemals werden. Er wollte als Ehrenmann und Visionär in die Annalen der Geschichte eingehen.

Erneut sah er auf seine Armbanduhr. Die Tatsache, dass er nun schon fast eine halbe Stunde auf seinen Gesprächspartner wartete, machte ihn wütend. Anscheinend war der schon an einem Punkt angelangt, an dem allgemeine Wertschätzung keine Rolle mehr spielte. Sein sogenannter Partner hatte längst seine Machtkarte gezogen und unternahm jetzt die ersten Versuche, ihn zu beherrschen. Doch wenn der glaubte, dass das so ohne Weiteres möglich sei, hatte er sich gewaltig geschnitten. Er war lange genug Politiker, um sich von solchen Spielchen nicht mehr beeindrucken zu lassen. So manchen Machtkampf hatte er bestanden und war auch heute nicht gewillt, klein beizugeben.

Wieder sah er auf seine teure Armbanduhr. Fünf Minuten würde er dem Kerl noch geben. Wenn der diese Zeitspanne verstreichen lassen würde, wäre Schluss für heute. Denn dann würde er seine Brocken zusammenpacken und für heute Feierabend machen. In den nächsten Tagen würde er für bestimmte Leute nicht zu sprechen sein. Schließlich wollten in erster Linie die etwas von ihm. Er selbst kannte mindestens drei Organisationen, die sich die Finger nach so einem Deal lecken würden, wie er ihn gerade einfädelte.

Er griff gerade nach seiner Aktentasche, da klopfte es an seiner Tür. Horn, der ehemalige Bundeswehroffizier, betrat mit einer devoten Haltung das Büro.

„Mein lieber Miekatz, es tut mir wirklich leid, dass Sie warten mussten. Ich hatte ein Gespräch mit unserer Verteidigungsministerin. Die hatte Sitzfleisch, das kann ich Ihnen sagen.“

Obwohl der Dicke weiterhin verärgert war, überspielte er es und dirigierte mit einer jovialen Handbewegung den ehemaligen Bundeswehrsoldaten zu seiner Sitzgruppe.

„Ja, das kenne ich. Wenn die Chefin erst einmal ins Reden kommt, dann muss man Zeit haben. Die hat bei mir schon so manchen Anschlusstermin gekippt.“

Horn bekam einen erleichterten Gesichtsausdruck. „Da bin ich ja froh, mein Lieber, dass Sie Großzügigkeit walten lassen. Na, lassen wir das und kommen wir zu den wesentlichen Dingen des Lebens. Sie wirkten heute Morgen am Telefon sehr aufgeregt. Ich hoffe, es ist nichts Schlimmes passiert.“

Anstatt einer Antwort drehte Miekatz wortlos die Zeitung um, die auf dem Tisch lag, und deutete mit seinem fleischigen Daumen auf die Schlagzeile des Artikels, der von Brenkes Unfall berichtete.

Der Bundeswehroffizier las den Artikel aufmerksam.

„Da hat Brenke aber Glück gehabt, würde ich mal sagen. Aber in seiner Haut möchte ich dennoch nicht stecken. Wahrscheinlich wird er seinen Nachbarn gebeten haben, ihn zu fahren. Und jetzt macht sich Brenke sicher schwere Vorwürfe und glaubt womöglich, dass er den Tod seines Nachbarn zu verantworten habe.“ Der Offizier wiegte seinen Kopf von links nach rechts. „Unangenehme Sache so was.“

„Unangenehm sicher, aber das berührt mich nicht sehr“, bemerkte Miekatz mit eisiger Stimme. „Vielmehr interessiert mich, was wir beziehungsweise Sie damit zu tun haben, mein lieber Horn.“

Der Soldat machte ein verärgertes Gesicht. „Sagen Sie mal, Miekatz, lesen Sie zu viele schlechte Krimis?“

„Jetzt mal ganz ehrlich, Horn. Vor ein paar Tagen habe ich mir nicht träumen lassen, dass ich jemals in das Büro eines Abgeordnetenkollegen einbrechen würde“, entgegnete Miekatz mit Eiseskälte. „Und heute Morgen muss ich das in der Zeitung lesen!“ Der Staatssekretär tippte wieder heftig mit seinem dicken, fleischigen Daumen auf den Zeitungsartikel. „Da habe ich mich natürlich gefragt, was ist als Nächstes dran, und was kommt noch? Worauf habe ich mich da eingelassen, Horn?“

„Mal ganz ehrlich, Miekatz!“ Horn war die Zornesröte ins Gesicht gestiegen. „Glauben Sie denn wirklich, dass solche Aktionen wie ein Einbruch zu meinem Alltagsgeschäft gehören? Wenn wir nicht aus verlässlicher Quelle einen Hinweis bekommen hätten, dass dieser Brenke über Informationen verfügt, die nicht nur unsere Geschäfte gefährden, sondern auch die nationale Sicherheit, dann hätte ich mich niemals zu so einer Aktion bereiterklärt. Die Veröffentlichung dieser Informationen würden ein verdammt schlechtes Licht auf die Firmness Consulting and Business und auf die Bundeswehr werfen – und übrigens ein noch schlechteres Licht auf Sie und Ihr Verteidigungsministerium. Natürlich hätte ich auch jemanden vom BND schicken können, der für uns die Drecksarbeit gemacht hätte. Glauben Sie mir, Miekatz, ich habe meine Kontakte. Aber das habe ich nicht getan. Ich wollte nicht noch mehr Mitwisser. Ich habe genau wie Sie gegen geltendes Recht verstoßen, um unsere Sache nicht zu gefährden.“

Wieder herrschte eine eisige Stille. Dann ergriff Horn erneut das Wort. „Glauben Sie mir, Miekatz, die Sache mit dem Einbruch ist mir genauso unangenehm wie Ihnen. Zudem haben wir nicht einmal was gefunden. Aber jemanden zu töten, zu ermorden, das gehört nicht zu meinem Repertoire. Und Personen, die einen Mord als Handlungsmöglichkeit in Erwägung ziehen, mit denen habe ich nichts zu tun. Ich war viele Jahre Soldat und bin für dieses Land und dessen

Grundwerte durchs Feuer gegangen. In dieser Zeit sind mir Werte hinsichtlich Gesetz und Ordnung vermittelt worden, die mir heilig sind."

Wieder diese eiskalte Stille. Miekatz begann nervös auf seinem Stuhl herumzurutschen.

„Und damit das ein für alle Male klar ist, Miekatz! Mit Leuten, die mir unterstellen, ich würde mich nicht an Recht und Gesetz halten, mit denen will auch ich nichts zu tun haben."

Der Dicke hob beschwichtigend seine Hände. „Ist ja schon gut, Horn, ist ja schon gut. Wir, Sie und ich, ticken an dieser Stelle sehr ähnlich. Der Einbruch hat mich einfach etwas aus dem Tritt gebracht. Ich bin nun mal kein Krimineller. Wenn wir Vertrauen zueinander gefasst haben, wird es sicher eine erquickliche Zusammenarbeit zwischen uns geben. Und Sie können mir glauben, Horn, die Tatsache, dass Sie sich über meine Unterstellung echauffieren, ist die angenehmste Reaktion, die Sie mir gegenüber an den Tag legen konnten."

Horn warf dem Dicken einen immer noch ärgerlichen Blick zu.

„Ich schlage vor, lieber Horn, wir beenden diesen kleinen Disput und verbuchen ihn unter Missverständnis. Und zum Zeichen meines guten Willens lade ich Sie jetzt zu einem schönen Essen ein."

„Noch einmal, Miekatz, wir brauchen neue Strukturen. Sie wissen selbst, dass wir mit den kleinsten soldatischen Einsätzen in irgendeinem verdammten Land dieser Erde jedes Mal erst durch den Bundestag müssen. Und jedes Mal müssen wir einen Kratzfuß vor diesen arroganten Altpazifisten machen. Jedes Mal machen uns diese linken und grünen Spinner das Leben schwer. Und wenn sie dann gnädigerweise irgendwann den Finger heben, dann ist die Welt an uns vorübergezogen. Und die Amis, die Chinesen und die Russen haben alles unter sich geregelt."

Horn hatte sich in Rage geredet.

„Wir brauchen flexible Strukturen, um die Amis in Schach zu halten. Wir brauchen kleine private Einheiten, die wir im Auftrag der Bundeswehr von jetzt auf gleich in Krisengebiete schicken können, um unsere Interessen zu wahren, ohne dass auch nur ein Parlamentarier Wind davon bekommt.“

Miekatz wollte nicht weiter darüber reden. Allein der Gedanke an eine kleine Privatarmee im Schatten der Bundeswehr trieb ihm den Schweiß auf die Stirn. Miekatz wollte essen gehen, er wollte die Abgründe dieser Welt mit Hilfe eines guten Menüs vergessen. Doch so leicht machte Horn es ihm nicht.

„Der Baron hat damals mit der Abschaffung des Grundwehrdienstes den Ball auf den Elfmeterpunkt gelegt. Und zwar mit der Zustimmung all dieser linken Fantasten. Sie haben ihn sogar hofiert und gefeiert und haben geglaubt, damit die Welt ein bisschen friedlicher zu machen. Lächerlich! Die haben alle nicht begriffen, dass das der erste Schritt war – in eine neue Dimension der modernen Verteidigungsstrategie und der modernen Kriegsführung. Der Baron hat, wie gesagt, den Ball auf den Elfmeterpunkt gelegt und Sie, lieber Miekatz, müssen ihn jetzt im Tor versenken. Zukünftig dürfen Armeen kein Geld mehr kosten, zukünftig werden sie es verdienen. Und Sie werden dabei sein, mein lieber Miekatz. Sie und ich!“

9

Als Manuel Lindemann am Steuer des Dienstwagens die kurvenreiche Strecke von Brakel in das kleine Örtchen Rheder hinter sich gebracht hatte, gab ihm sein Chef Schulte die Anweisung, mitten im Dorf kurz anzuhalten. Das große, gelb gestrichene Gebäude der Brauerei stach einem sofort ins Auge. Der Name des hier hergestellten Bieres weckte Jugenderinnerungen bei Schulte, und wahrhaftig nicht nur gute.

In seiner Jugend war auf den Dörfern zwischen Warburg und Brakel bei jeder Festlichkeit Rheder Bier im Ausschank gewesen. Damals war es ein berüchtigtes Kopfschmerzbier. Aber seit fast dreißig Jahren, das wusste Schulte, wurde in diesem Gebäude ein ausgesprochen feines Bier gebraut, das auch höchsten Maßstäben genügte.

Er schaute noch einmal auf den kleinen Zettel mit der Adresse von Rudolf Brenke und ließ Lindemann weiterfahren. Eine schmale Straße führte sie auf einen imposanten Hofplatz. Hier hatte sich Brenke also niedergelassen, dachte Schulte und pfiff anerkennend durch die Zähne. Ein prächtiger Bauernhof, selbst wenn der Preis dafür Cordula hieß. Brenkes Ehefrau hatte damals keine allzu große Rolle in Schultes Leben gespielt, sie war nur einige Male in seiner Clique aufgetaucht, wenn ihre häufig wechselnden Liebesbeziehungen dies gerade so ergaben. Schulte hatte nie irgendwelche Sympathien für die stets etwas hochnäsige Großbauerntochter empfunden. Aber da er sie nun seit fast vierzig Jahren nicht mehr gesehen hatte, war ihr Bild in seiner Erinnerung stark verblasst, und er hätte sie auf der Straße wohl nicht erkannt.

Doch als sie nun in der schweren, aufwändig verzierten Eichenhaustür vor ihm stand, hatte er keinerlei Zweifel, dass sie es war. Cordula Brenke war für eine Frau recht groß, immer noch schlank und hatte sich überhaupt körperlich gut gehalten. Aber ihr Blick zeugte von derselben Herablassung wie damals. Als er sich ihr vorstellte, zuerst in seiner dienstlichen Funktion und dann als Bekannter aus alten Zeiten, musterte sie ihn kritisch, ohne jegliche Wiedersehensfreude. Nachdem sie Lindemann mit einem kühlen, abschätzenden Blick taxiert hatte, schien er für sie Luft zu sein. Immerhin ließ sie ihn nach seinem Chef ins Haus eintreten und führte die beiden in ein kleines, schmuckloses Zimmer, das sicherlich nicht die „Gute Stube“ des Hauses war, sondern ein Ort für ungebetene Gäste wie sie.

Die Hofbesitzerin und der Polizeirat nahmen auf den beiden einzigen Stühlen im Raum Platz, und Lindemann blieb nichts anderes übrig, als entgeistert stehenzubleiben. Schulte eröffnete das Gespräch mit der Frage, ob sie sich nun siezen oder in Erinnerung an alte Zeiten duzen sollten. Cordula Brenke hatte dazu eine klare Meinung:

„Wenn ich mich recht entsinne, hatten wir damals kein besonders gutes Verhältnis zueinander. Ich kann daher keinen Grund für ein vertrauliches Du erkennen und möchte gern beim Sie bleiben. Außerdem geht es hier ja um eine rein dienstliche Formalität in Ihrer Eigenschaft als Polizeibeamter."

Schulte schluckte seine Verblüffung herunter. So eine kalte Abfuhr hatte er nicht erwartet. Okay, dachte er, dann werden wir eben dienstlich.

„Frau Brenke", begann er, „es ist natürlich schade, dass Sie keinen weiteren Stuhl im Haus haben. Ich weiß ja, die Landwirtschaft wirft heute nicht mehr so viel ab wie früher, und man muss an allen Ecken und Enden sparen. Für meinen Kollegen ist es natürlich gar kein Problem, dass er stehen muss. Er ist ja noch jung. Stimmt's, Herr Kommissar?"

Lindemann starrte ihn wütend an, wusste aber offenbar nicht, was er sagen sollte. Das war aber auch nicht nötig, denn Frau Brenke sprang auf, verließ den Raum und kam Sekunden später mit einem Stuhl wieder herein, den sie mit verbissener Miene dem schlaksigen Lindemann anbot. Ihre Laune hatte sich dadurch nicht gebessert.

Schulte brachte sie auf den aktuellen Stand der Dinge. Das meiste wusste sie offenbar schon, denn sie wirkte nicht überrascht.

„Ich habe heute schon mit meinem Mann telefoniert", erklärte sie. „Er hat mir auch gesagt, dass Sie wahrscheinlich seinen Waffenschrank sehen wollen, und hat mir sogar verraten, wo der Schlüssel versteckt ist."

„Gut!", sagte Schulte und stand auf. „Dann bringen wir das doch gleich hinter uns."

„Aber“, warf sie ein, „wenn es stimmt, dass unser Nachbar mit Rudolfs Waffe erschossen wurde, dann werden Sie im Waffenschrank wohl nichts finden. Dann wird die Waffe sonstwo sein, aber nicht hier. Dann ist sie entweder trotz Waffenschrank gestohlen worden, oder Rudolf, diese Schlafmütze, hat sie irgendwo herumliegen lassen. Logisch?“

„Logisch“, bestätigte Schulte. „Aber nachschauen wollen wir trotzdem. Reine Formsache.“

Frau Brenke verließ nun das Zimmer, um den Schlüssel zu holen. Dann forderte sie die beiden Beamten auf, ihr in den Keller zu folgen. Dort stand Brenkes Waffenschrank. Er war vorschriftsmäßig verschlossen. Schulte untersuchte ihn gründlich, konnte aber keinerlei Spuren eines gewaltsamen Aufbrechens erkennen.

„Dann hat Rudolf tatsächlich den Revolver irgendwo herumliegen lassen“, kommentierte Frau Brenke. „Sonst müsste ja was zu sehen sein, denn der Schlüssel war da, wo er hingehört.“

Schulte nahm ihr wortlos den Schlüssel ab und öffnete den tresorähnlichen Schrank. Darin fand er zwei Langwaffen, wie sie bei Jägern üblich sind, zwei Jagdmesser und einen Revolver. Verblüfft schaute er Lindemann an, der ratlos mit den Schultern zuckte. Auch Frau Brenke stand die Überraschung ins Gesicht geschrieben.

„Das heißt noch gar nichts“, sagte Schulte, „vielleicht hat er ja zwei Revolver. Wir werden diesen jetzt mitnehmen und herausfinden, ob das die Tatwaffe ist oder nicht.“

Auf dem Weg nach oben schimpfte die Frau ununterbrochen über ihren Ehemann.

„Mit diesem Mann hat man nur Schwierigkeiten. Er könnte es hier auf dem Hof so gut haben. Aber nein, der Wichtigtuer muss in den Bundestag. Will da sein, wo was passiert. Wo die großen Entscheidungen getroffen werden. Hier ist ihm ja alles zu kleinkariert. Dafür ist er sich zu schade. Jetzt hat er den Ärger. Und ich auch.“

„Allerdings, Frau Brenke“, sagte Schulte süffisant, „wenn der Waffenschrank nicht aufgebrochen worden ist, dann wird er wohl aufgeschlossen worden sein. Und damit ist jeder verdächtig, der gewusst haben kann, wo der Schlüssel steckte. Wenn wir davon ausgehen, dass sich der Anschlag eigentlich gegen Ihren Ehemann gerichtet hat, dann fällt der als Verdächtiger schon mal aus. Natürlich kommen Sie selbst in Betracht, denn Sie haben bestimmt irgendwann mal beobachtet, wo er den Schlüssel hingelegt hat, oder Sie haben ihn zufällig gefunden.“

„Ich? Wieso ich? Ich bin doch die Ehefrau.“

„Eben drum.“

Ein Rollstuhl wurde ins Krankenzimmer geschoben. Verwundert sah Brenke den Pfleger und das Transportmittel an, mit dem im Allgemeinen nur Gebrechliche durch die Gegend geschoben wurden.

„Was wollen Sie denn mit dem Ding?“, fragte er skeptisch.

„Sie zur Abschlussuntersuchung bringen“, lautete die lakonische Antwort. „Die Zeiten, in denen man Wochen im Krankenhaus verbracht hat, sind lange vorbei. Das müssten Sie doch am besten wissen. Schließlich haben Sie ja bei der Verabschiedung des Gesetzes die Hand gehoben.“

„Na, nun werden Sie mal nicht frech!“, entgegnete Brenke ungehalten. „Aber was hat mein Abstimmungsverhalten mit Ihrem Auftritt hier zu tun? Und wieso soll ich mich in diese Kutsche setzten?“

„Na, Sie sollen mir ja auf dem Weg ins Untersuchungszimmer nicht schlapp machen“, konterte der Pfleger und grinste.

„Was ist das denn für eine Logik?“, knurrte Brenke. „Entweder bin ich gesund, dann kann ich laufen, oder ich bin nicht gesund, dann muss ich nicht zu einer Abschlussuntersuchung, weil ein Kranker im Bett zu liegen hat.“

„Ihre Sicht der Dinge hat früher gegolten. Heute bestimmt der Kostendruck die Aufenthaltsdauer in der Klinik. Wie schon gesagt, Sie sind der Politiker", meinte der Pfleger respektlos. „Sie haben unser Gesundheitssystem zu verantworten, nicht wir hier im Krankenhaus. Wir sind nur die Mängelverwalter."

„Danke für die eindrückliche Demonstration der Auswirkungen unserer Entscheidungen auf den Alltag in diesem Krankenhaus", brummte Brenke und ließ sich ächzend in den fahrbaren Stuhl fallen.

Als er nach zwanzig Minuten wieder in sein Zimmer gerollt wurde, bot sich ihm ein fürchterlicher Anblick. Die Bettdecke lag zerfetzt auf dem Boden. Die Matratzen waren aufgeschlitzt und lagen kreuz und quer im Zimmer herum. Die wenigen Kleidungsstücke, die Brenke in einem Schrank aufbewahrt hatte, waren zerrissen und ebenfalls im gesamten Zimmer verteilt.

„Derjenige, der Ihnen da beim Packen helfen wollte, war keine großartige Hilfe", bemerkte der Pfleger. Doch Brenke nahm die respektlose Bemerkung gar nicht wahr. Erst der Einbruch in seinem Büro, und jetzt hatte jemand sein Krankenzimmer auf den Kopf gestellt. Da suchte doch einer was. Und Brenke wusste auch, was gesucht wurde. Dieser verdammte mickrige Datenträger, von dem er selbst nicht wusste, wo er ihn gelassen hatte. Doch allein die Tatsache, dass jetzt auch dieser Raum auf den Kopf gestellt worden war, deutete darauf hin, dass man dieses kleine silberne Ding noch nicht gefunden hatte. Also konnte er sich auf weitere Überraschungen gefasst machen.

Nachdem Brenke aufgegangen war, dass die Inhalte des USB-Sticks ein Grund für den Einbruch ins Abgeordnetenbüro und für den Mordanschlag gewesen sein könnte, hatte er die Taschen der Kleidung durchsucht, die er ins Krankenhaus mitgenommen hatte. Aber er hatte nichts gefunden. Einen Moment war er darüber enttäuscht gewesen. Doch dann war

Brenke sogar froh darüber gewesen, dass diese Suche nicht erfolgreich verlaufen war. Gut, dass das Ding nicht hier ist, hatte er gedacht. Dann muss ich es auch nicht irgendwo im Krankenhaus verstecken.

„Herr Brenke?", wurde er aus seinen Gedanken gerissen. Richtig, der Pfleger war ja auch noch da. Brenke war durch das Ereignis so mit seinem Problem beschäftigt gewesen, dass er alles um sich herum vergessen hatte.

„Herr Brenke, was machen wir denn jetzt?", erkundigte sich der Krankenpfleger beinahe verzweifelt.

„Ja, was machen wir?" Brenke schwieg einen Moment. „Sie bringen mich irgendwohin, wo ich warten kann", schlug er vor. „Ich rufe meine Frau an. Die soll mich abholen und mir Kleider mitbringen, und Sie, mein Lieber, Sie rufen die Polizei an. Und zwar nicht irgendjemanden, sondern Polizeirat Schulte."

10

Jupp Schulte konnte sich einfach nicht sattsehen an der Frau, die eben aus ihrem Auto stieg und quer über den großen Hofplatz auf ihn zukam. Die eng anliegende Jeans betonte ihre immer noch atemberaubende Figur, und die kurze Lederjacke gab ihr einen jugendlichen Pfiff, der den Betrachter vergessen ließ, dass diese Frau die gefürchtete Fünfzig bereits erreicht hatte.

Schulte stand auf, ging ein paar Schritte auf sie zu, umarmte und küsste sie. Maren Köster, seine Kollegin und Lebensgefährtin, wies ihn nicht ab, aber sie entzog sich auffallend schnell seiner Nähe. Wäre er etwas sensibler veranlagt gewesen, hätte ihn dies beunruhigt. Aber seine Antenne für die feineren Schwingungen anderer Menschen war wohl etwas zu kurz geraten. Vor allem bei einer so komplexen Persönlichkeit wie Maren Köster reichten Schultes Sensoren bei weitem nicht aus.

Sie setzte sich neben ihn auf eine Bank, entspannte sich aber offenbar nicht. Eine Weile schauten beide auf den weitläufigen Hofplatz. Hier lebte Schulte nun schon seit vielen Jahren als Mieter des Bauern Anton Fritzmeier. Als vor einiger Zeit seine Tochter Ina mit ihrem Sohn in die Nachbarwohnung gezogen war, wurde aus dem überzeugten Einzelgänger Schulte fast so etwas wie ein Familienmensch. Zu seinem Glück hatte nur noch Maren Köster gefehlt. Solange er diese Frau kannte, hatte er um sie geworben. Seit drei Jahren waren sie endlich ein Paar.

Als Schulte probeweise seinen Arm um ihre Schultern legte, schüttelte sie ihn mit einer sanften Bewegung ab. Ihr Blick ging in unbestimmte Ferne, als sie sich sehr gerade machte, seufzte und sagte:

„Jupp, wir müssen reden! So wie ...“

Weiter kam sie nicht, da in diesem Augenblick ein großer Hund um die Hausecke fegte und sie stürmisch begrüßte. Verhalten lachend ließ sie das Ritual über sich ergehen und tätschelte dem Hund liebevoll das zottelige schwarze Fell.

„Lümmel“, sprach sie den Hund an, „du freust dich wenigstens, wenn ich komme.“

Schulte starrte sie verblüfft an.

„Wie? Willst du damit sagen, dass ich mich nicht freue? Wie kommst du darauf?“

Sie fand keine Zeit zu einer Antwort, denn im Schlepptau des Hundes kam ein blonder Junge von etwa zehn Jahren angelaufen. Er bremste vor der Bank ab, zog geräuschvoll die Nase hoch und begrüßte Schulte etwas atemlos mit: „Hey Opa!“ An Maren Köster gewandt, fuhr er fröhlich fort: „Toll, dass du hier bist. Ich kriege noch Geld von dir. Oder hast du das schon vergessen?“

Maren schüttelte schmunzelnd den Kopf. „Linus, du wirst mal genauso charmant wie dein Opa. Aber du hast recht, hier ist dein Geld.“

Sie kramte ihre Geldbörse aus der Handtasche und gab dem Jungen zwei Euro. Linus steckte das Geld mit einem triumphierenden Grinsen in seine Hose.

„Was macht ihr beiden denn für komische Geschäfte?“, fragte Schulte neugierig.

„Eine Wette“, rief Linus. „Wir haben letzte Woche darum gewettet, ob du endlich mal zum Friseur gehst oder nicht. Maren hat dafür gewettet, ich dagegen. Ich habe recht behalten, wie man ziemlich gut sehen kann. So, ich muss ins Haus, sonst gibt's Ärger mit Mama. Die ist in letzter Zeit verdammt streng geworden. Kannst du nicht mal mit ihr reden, Opa?“

„Ich?“, meinte Schulte gespielt empört. „Mein einziger Enkel schließt Wetten gegen mich ab, und ich soll bei seiner Mutter gute Worte für ihn finden? Nee, mein Junge, so nicht. Auch Opas haben eine verletzliche Seele. Nimm den Hund mit rein!“

Als Linus weg war, drückte Maren Köster wieder den Rücken durch. Die Dämmerung hatte den Hof erreicht, es war kühl geworden.

„Jupp“, begann sie aufs Neue, „so geht es nicht weiter. Ich weiß, du bist mit dem, was du unsere Beziehung nennst, vollkommen zufrieden. Aber ich bin es nicht, ganz und gar nicht. Was haben wir denn? Was machen wir zusammen? Was empfindest du wirklich für mich?“

Schulte war sprachlos. Wie immer in solchen Situationen war er wie vor den Kopf geschlagen und fand einfach keine Worte.

„Siehst du“, fuhr sie nach einer kleinen Weile resigniert fort. „Du sitzt einfach da und lässt mich reden. Sagst kein Wort. Ist dir das alles völlig egal?“

„Nein“, stotterte Schulte, dem die Ratlosigkeit ins Gesicht geschrieben stand. „Aber was soll ich denn sagen? Ich …“

„Du sollst anständig chuten Abend sagen, dat reicht schon“, dröhnte plötzlich die markante Stimme von Anton Fritzmeier aus dem Halbdunkel. Der uralte Bauer, immer noch erstaunlich agil, trat lachend näher.

„Habt mich wohl char nich kommen chehört, oder? Ja, ja, wat so richtige Turteltauben sind, die hören und sehen nix vonne Welt.“

Schulte seufzte, sagte aber nichts dazu. Eigentlich hätte er dem alten Mann, den er zu seinen besten Freunden zählte, vermitteln müssen, dass seine Anwesenheit im Augenblick etwas unpassend war. Schon um Maren zu zeigen, dass er ihre Befindlichkeit ernst nahm. Aber er brachte es nicht übers Herz, den Alten wegzuschicken. Er wollte eben mit einer flapsigen Bemerkung für Entspannung sorgen, da erhob sich Maren Köster wortlos von der Bank, lächelte Anton Fritzmeier traurig an und ging mit großen, energischen Schritten zu ihrem Auto. Als sie den Motor aufheulen ließ und vom Hof verschwand, blieben zwei vollkommen ratlose Männer zurück.

„Wat is der denn übere Leber chelaufen?“, fragte Fritzmeier. „Dat macht die doch sonst nich.“

Schulte zuckte nur mit den Schultern.

„Anton, hast du jemals die Frauen verstanden?“

Als Fritzmeier darauf nichts zu sagen wusste, stand auch Schulte auf.

„Willste ’n Bier?“

Friedhöfe mochte Schulte noch weniger als Krankenhäuser. Aber er stand auch nicht freiwillig im feinen Nieselregen und schaute dem Sarg nach, der langsam in das tiefe, trostlose und endgültige Erdloch sank. Schulte hatte den Verstorbenen nie persönlich kennengelernt, aber allein die absurde Tragik seines Todes weckte in ihm Verbitterung und Trauer. Hans-Werner Krois hatte nur seinem Nachbarn einen Gefallen tun wollen. Wie hätte er voraussehen können, dass er Opfer einer Verwechslung werden würde? Keine Chance hatte man ihm gelassen. Rudolf Brenke, dem der Schuss höchstwahrscheinlich zugedacht gewesen war, stand mit gesenktem Kopf in der zweiten Reihe der Trauernden. Seine Frau Cordula hatte sich neben ihm eingereiht, auf Abstand und mit einer Miene, als wolle sie aller Welt zeigen, dass sie mit diesem Mann außer dem gemeinsamen Nachnamen nichts mehr gemein habe.

Nachdem die Ehefrau des Toten und die Familienmitglieder ans Grab getreten waren und sich von Hans-Werner Krois verabschiedet hatten, war das Ehepaar Brenke an der Reihe. Doch anstatt zusammen mit ihrem Mann vorzutreten, machte Frau Cordula einen ebenso schnellen wie entschlossenen Schritt, murmelte ihren Gruß und warf mit dem Schippchen etwas Erde ins Grab. Ihrem völlig verdatterten Ehemann blieb nichts anderes übrig, als abzuwarten, bis seine Frau sich wieder umdrehte und in der Anonymität der Trauergemeinde untertauchte. So stand Rudolf Brenke allein am Grab des Mannes, für dessen Tod er sich, wie er es auch drehte und wendete, verantwortlich fühlte.

Als er der Witwe die Hand reichen wollte, machte diese einen Schritt von ihm weg und sagte mit leiser, fast zischender Stimme: „Dass du dich nicht schämst!“ Noch bevor Brenke sich wieder fassen konnte, fuhr sie deutlich lauter fort: „Stehst hier an seinem Grabe, als hättest du nichts mit seinem Tod zu tun. Dich haben sie gemeint, die Mörder. Dich, den superklugen Abgeordneten. Du hast dir mit deiner Schlaumeierei eine Menge Feinde geschaffen, und Hans-Werner musste das nun ausbaden. Während du gemütlich auf der Rückbank gelegen hast und …“

Ihr erwachsener Sohn versuchte seine Mutter zu besänftigen. Er legte ihr den Arm um die Schulter, redete mit eindringlicher Stimme auf sie ein. Zwecklos. Die immer wütender werdende Frau riss sich los und starrte Brenke an, als wäre er ein Monster.

„Du hast ihn auf dem Gewissen!“, schrie sie.

Vor Schreck wich Brenke einen Schritt zurück, rempelte dabei einen anderen Trauergast an, stammelte reflexhaft eine

Entschuldigung und schaute verzweifelt um sich, als suche er das Loch im Boden, in dem er verschwinden könnte. Doch das einzige Loch weit und breit war das offene Grab. Ihm blieb nichts anderes übrig, als resigniert dem Angriff der Witwe standzuhalten. Doch bevor die vor Wut schäumende Frau auf ihn einschlagen konnte, trat Cordula Brenke mit starrer Miene dazwischen, hakte sich bei ihrem Ehemann unter und zog ihn entschlossen mit sich. Weg vom Grab, weg von der tobenden Witwe, weg von der Trauergemeinde zog sie ihn Richtung Ausgang. Als die beiden an Schulte vorbeikamen, konnte dieser ihre leisen, aber durchaus vernehmbaren Worte hören:

„Noch nie habe ich mich so für dich geschämt. Das hast du jetzt davon, dass du in die Politik gegangen bist."

11

Endlich wieder in Berlin. Noch nie in seinem Leben hatte sich Rudolf Brenke so sehr darüber gefreut, wieder in dieser Stadt zu sein. Die tragischen Ereignisse der letzten Zeit wollte er hinter sich lassen. Und Brenke war davon überzeugt, dass dies nur durch einen Ortswechsel möglich war. Also hatte er sich nach einigen anstrengenden Tagen zu Hause ein Auto gemietet und sich auf den Weg gemacht. Die Zeit der Genesung auf dem Bauernhof seiner Familie hatte ihm seine Frau verleidet, wo sie nur konnte. Von morgens bis abends hatte sie an ihm herumgenörgelt und ihm Vorwürfe gemacht, dass er unverantwortlich mit dem Leben seines Nachbarn umgegangen sei, dass er ihren guten Namen in den Dreck ziehe und dass sein Handeln ihren Eltern gegenüber unverantwortlich gewesen sei. Schließlich seien sie angesehene Leute im Ort und müssten nun auf ihre alten Tage damit leben, dass ihr Schwiegersohn für den Tod des Freundes und Nachbarn verantwortlich sei. Brenke konnte es nicht mehr hören.

Was ihn noch mehr aufregte, war die Tatsache, dass er einfach nicht wusste, wo er den verdammten USB-Stick gelassen hatte. Sofort nach seiner Rückkehr aus dem Krankenhaus hatte er sich auf die Suche nach dem verschwundenen Speichermedium gemacht. Er hatte sein Arbeitszimmer auf den Kopf gestellt. Er hatte in den übrigen Räumen des Hauses nach dem Minispeicher geforscht. Doch vergeblich! Dann hatte er seine gesamte Kleidung durchsucht. Dummerweise war ein Teil der Anzüge, die er aus Berlin mitgebracht hatte, von seiner Frau in die Reinigung gebracht worden. Natürlich hatte er sie gleich nach den Utensilien gefragt, die er womöglich noch in den Taschen der Anzüge hatte stecken lassen. Doch er hatte nur die patzige Antwort bekommen: „Deine Taschen kontrolliere ich schon lange nicht mehr. Dann kann ich auch keine unangenehmen Überraschungen erleben."

Brenke hatte innerlich gekocht und beschlossen, dass er einfach nur von ihr weg wollte, weg nach Berlin. Auf dem Weg in die Hauptstadt hatte er immer wieder über diesen vermaledeiten Stick nachgedacht. Ihm war kein Platz eingefallen, an dem er noch hätte suchen können. Als Brenke die Tür des Hauses aufschloss, in dem er sich vor einiger Zeit eine wunderschöne Loftwohnung gekauft hatte, bekam er plötzlich ein unangenehmes Gefühl im Magen. War auch hier eingebrochen worden? Hatte man seine Wohnung in Berlin ebenso auf den Kopf gestellt wie sein Krankenzimmer und sein Abgeordnetenbüro?

Doch nichts dergleichen! Die Wohnungstür war verschlossen, und alles schien an seinem Platz zu liegen. Entweder war niemand hier gewesen, oder es hatte sich um absolute Profis gehandelt.

Brenke nahm sich ein Bier, setzte sich auf seine Terrasse und ließ sich die Sonne ins Gesicht scheinen. Nächste Woche würde die Fußball-Europameisterschaft beginnen. Solche Turniere waren für ihn immer etwas Besonderes, doch die

Ereignisse der letzten Wochen hatten ihm die Lust darauf verleidet.

Das Klingeln seines Telefons riss ihn aus seinen Gedanken. Auf dem Display erkannte er eine Nummer mit Detmolder Vorwahl. Als er sich meldete, wurde er von einem Schrotthändler namens Kowalski begrüßt. Zu ihm hatte man die Reste seines Autos gebracht, die der Mann nun der Schrottpresse übereignen wollte. Doch zuvor, so berichtete Kowalski, habe er den Wagen leergeräumt. Einen Koffer und einige weitere Utensilien habe er sichergestellt. Die könne Brenke bei ihm abholen.

Die Worte des Schrotthändlers führten dazu, dass umgehend Adrenalin in Brenkes Blutbahn gepumpt wurde. Er schlug sich mit der flachen Hand gegen die Stirn. Genau, dachte er, der Stick war vielleicht im Auto geblieben.

„Herr Brenke, sind Sie noch am Apparat?“, fragte der Schrotthändler vorsichtig.

Brenke konzentrierte sich wieder auf das Telefongespräch.

„Ja, sicher“, stammelte er. „Ich musste gerade über etwas nachdenken, entschuldigen Sie bitte, Herr Kowalski. Haben Sie das Auto schon in die Schrottpresse geschoben?“

„Wollte ich eigentlich morgen machen“, kam die prompte Antwort.

„Sie wissen ja, dass der Unfall, bei dem das Auto zu Schaden gekommen ist, ziemlich mysteriös war. Vielleicht kommt es noch zu einem Gerichtsprozess, und ich muss meine Unschuld beweisen. Wer weiß, was noch in dem Auto liegt und was noch wichtig sein kann. Wenn Sie so nett wären und den Wagen so richtig auf den Kopf stellen würden? Sehen Sie bitte noch einmal gründlich nach, ob Sie irgendetwas finden. Wer weiß, jeder Papierschnipsel kann wichtig sein. Vielleicht ist noch etwas im Kofferraum, das Sie oder auch die Polizisten übersehen haben. Drehen Sie einfach noch mal jeden Teppich um. Ich gebe Ihnen fünfzig Euro, wenn Sie den Wagen noch einmal gründlich durchsuchen."

„Fünfzig Euro?", kam es erfreut von Kowalski. „Klar, das mache ich. Ich setze gleich meinen Jungen darauf an. Der findet alles, verlassen Sie sich darauf."

„Prima, es wird ein Polizist zu Ihnen kommen, Polizeirat Schulte. Bitte händigen Sie nur diesem Mann das Gefundene aus. Auch den Koffer und die Utensilien, die Sie schon aus dem Auto herausgeholt haben. Lassen Sie sich auf jeden Fall vorher den Polizeiausweis zeigen!"

„Mache ich, Chef", bestätigte Kowalski. Dann legte er auf.

Brenke schöpfte wieder Hoffnung. Vielleicht war der Stick ja im Auto oder in seinem Reisekoffer. Den hatte er über den Aufregungen der letzten Tage total vergessen. Er musste sich sofort bei Schulte melden. Brenke rief sein Adressbuch auf und suchte nach der Telefonnummer, da wurde ihm mit einem „Pling" der Eingang einer SMS angekündigt.

Er sah nach, von wem die Textnachricht kam.

„Wir sehen uns übermorgen Mittag im Schwarzen Ferkel! A.", war auf dem Display zu lesen.

Sie hatten sich über eine Woche nicht gesehen. Brenke hatte seiner Freundin Margaritha Bönisch nichts von den schrecklichen Ereignissen in Lippe erzählt, nichts von dem Unglück und nichts von dem Mord. Er wollte sie nicht beunruhigen. Vielleicht wollte er sich auch nur ein bisschen selbst belügen, um die schrecklichen Tage zu vergessen. Sie hatten einen schönen Abend miteinander verbracht und eine noch schönere Nacht. Trotz weniger Stunden Schlaf war Brenke schon wieder wach und genoss den Augenblick. Was für ein Duft! Er fühlte die Wärme, die Margaritha Bönisch verströmte. Immer wieder roch er an ihrem Haar, ganz vorsichtig. Er wollte sie nicht wecken. Er wollte nur alles von dieser Frau intensiv genießen. Nichts mehr und nichts weniger, nur genießen.

Dabei formulierte sich der Wunsch in seinem Kopf: So sollte es bleiben, für immer, dieses wunderbare Gefühl von Glück, diese angenehme Wärme, die nur ein Frauenkörper erzeugen konnte, und dieser Duft, der nur dann entstand, wenn zwei Menschen sich eine Nacht hindurch geliebt hatten, innig und leidenschaftlich. Brenke dachte an die letzten Stunden und an die feurig-rote Marsala-Currysauce – den Zaubertrank, der alles in Gang gebracht hatte. Als er die Schärfe der Soße zu spüren bekommen hatte, die ihm die Schleimhäute wegzuätzen schien, hatte er nur noch ans Sterben gedacht. In diesem Moment hatte Margaritha Bönisch ihn an sich gezogen und ihm mit einem feuchten Tuch die fiebrige Stirn gekühlt. Sie hatte Weißbrot besorgt und Wasser. Dadurch hatte die Schärfe der Soße ganz langsam ihre Wirkung verloren. Doch das intensive Gefühl war geblieben.

Nach dem Essen waren die beiden an der Spree entlanggebummelt. Sie hatten den schönen Frühsommertag genossen, die Wärme der Sonne. Margaritha Bönisch hatte sich wie selbstverständlich in Brenkes Arm geschmiegt, und der hatte selbigen ebenso selbstverständlich um ihre Schulter gelegt. So war das Paar durch das sonnige Berlin gebummelt. Sie hatten Straßenmusikern zugehört und Gauklern zugeschaut. Irgendwann, auch das erschien Brenke jetzt im Nachhinein völlig selbstverständlich, hatten sie sich geküsst. Wieso war all das erst vor ein paar Tagen geschehen? Wie viele Stunden Glück hatten sie verstreichen lassen, in denen sie sich hätten küssen können, sich hätten lieben können?

Nach dem ersten Kuss hatten sie nicht mehr viel geredet. Hatten sich aneinandergeschmiegt, hatten sich gespürt und wieder geküsst, und dann waren die beiden Verliebten wie von Geisterhand geführt zu Brenkes Wohnung gekommen. An den Weg, den sie gegangen waren, konnte sich Brenke nicht eine Sekunde später erinnern. Es war alles einfach an ihm vorbeigezogen. Margaritha Bönisch hatte ihn aus der Welt genommen.

Jetzt räkelte sich diese schöne Frau neben ihm im Bett, drängte sich an ihn und küsste ihn, als wolle sie ihn verschlingen. Ihre Hände streichelten seinen Körper. Sofort war die Leidenschaft wieder entfacht. Sie begegneten sich mit einer Intensität, die Brenke nie erlebt hatte. Und er ließ sie zu, genoss sie.

Später, nachdem sie sich geliebt hatten, war es klar, dass sie den Tag miteinander verbringen würden, ohne dass sie darüber reden mussten. Und als sie endlich ein paar Minuten voneinander lassen konnten, beeilten sie sich, Bett und Wohnung zu verlassen, um etwas zu frühstücken.

12

Jedes Mal, wenn Brenke sich mit seiner Chefin zu den konspirativen Treffen im *Schwarzen Ferkel* traf und dort auf sie warten musste, schmökerte er in der Speisekarte. Dabei suchte er nicht nach einem möglichen Gericht, das er sich später bestellen würde. Nein, er las immer wieder fasziniert in der Historie der Gaststätte.

Als Hommage an diese Zeit haben wir uns entschlossen, den Geist des späten neunzehnten Jahrhunderts, bis hin zu den wilden 20er Jahren, wieder aufleben zu lassen, war auf der Rückseite der Speisekarte zu lesen. *Unter den Helden der Berliner Bohème, die im Schwarzen Ferkel viel tranken und lauthals feierten, war auch Claire Waldoff ein gern gesehener Gast. Die illustre Gesellschaft stritt pointenreich, ihre Mitglieder sangen laut, schleuderten geniale und wilde Gedanken in die puritanische Kaiserzeit, und falls es der Gleichgewichtssinn noch erlaubte, tanzte man nicht selten bis in den frühen Morgen, mitunter auch auf den Tischen.*

Eigentlich schade, dass die Zeiten vorbei waren, in denen die Dichter und Denker im *Schwarzen Ferkel* eingekehrt waren, dachte Brenke. In der Speisekarte wurden viele illustre Personen genannt, darunter die Dichter Richard Dehmel, Max Dauthendey, Otto Julius Bierbaum und Peter Hille. Der Letztgenannte war sogar, wenn auch nur kurz, auf dasselbe Gymnasium gegangen, das Brenke später besucht hatte. Diese Tatsache war zwar purer Zufall, eine Laune der Geschichte, doch irgendwie erfüllte es den Ostwestfalen mit Stolz, dass dieser kleine, bärtige Schriftsteller das Marianum in Warburg besucht hatte.

Brenke grinste. Das war ein Leben, dachte er. Ja, in solchen Kreisen würde er sich auch gerne bewegen. Hier in Berlin gelang ihm das wenigstens zeitweise. Als er noch Bauer im Höxterschen war, hatte er sich bereits zu den Künstlern der Region hingezogen gefühlt. Doch seine Frau Cordula weigerte sich strikt, mit solchen Tagedieben, wie sie diese Menschen nannte, zu verkehren. Und wenn Brenke seine wenigen Kontakte zur dortigen Künstlerszene ohne sie pflegte, hing anschließend tagelang der Haussegen schief.

Was sollen die Leute denken, waren Cordulas einleitende Worte, denen regelmäßig ein heftiger Streit folgte. In der Familie seiner Frau waren Künstler Menschen, die dem lieben Gott den Tag klauten. Bei Cordula und insbesondere ihren Eltern galt man erst als honorig, wenn man mehr als hundert Hektar Land unter dem Pflug hatte. Alles andere zählte nicht.

Eine kleine unscheinbare Frau mit einer Einkaufstasche am Arm schlenderte die Dorotheenstraße entlang und auf das *Schwarze Ferkel* zu. Im Abstand von fünfzig Meter folgten ihr zwei Männer im dunklen Anzug, die so taten, als wären sie rein zufällig an diesem Ort.

Die Chefin ist im Anmarsch, dachte Brenke. Er legte die Speisekarte zur Seite und beobachtete sie. Wenn man der Kanzlerin, so wie sie gerade die Straße entlangging, begegnete, würde man die mächtigste Frau der Welt wahrscheinlich für die nette Mutti von nebenan halten oder sie einfach übersehen.

Brenke war immer wieder von den Fähigkeiten, der Wandelbarkeit und den Kompetenzen dieser Frau beeindruckt. Sie hätte auch als Detektivin arbeiten können. Wenn sie wollte, konnte sie sich fast unsichtbar machen und doch im nächsten Moment so präsent sein, dass allein ihre Anwesenheit einen Raum ausfüllte, selbst den Plenarsaal des Bundestages.

Brenke konnte sich noch genau an seine erste Begegnung mit ihr erinnern. Nachdem er das erste Mal in den Bundestag eingezogen war, hatte er während der ersten Fraktionssitzung neben einer unscheinbaren jungen Frau gesessen. Das Bemerkenswerteste an dieser Frau war ihre Frisur gewesen. Was hat die denn für einen Pottschnitt, hatte Brenke gedacht. Wie gesagt, nur gedacht, niemals ausgesprochen. Denn irgendetwas hatte diese auf den ersten Blick so unscheinbare Person an sich – das war Brenke schon im Dezember 1990 klar gewesen.

Da Brenke als Neuling im Bundestag fast keinen Menschen in der Fraktion kannte und die Zeit, die er als Hinterbänkler hatte, irgendwie totschlagen musste, hatte er seine Sitznachbarin gefragt, ob sie nach der Sitzung mit ihm ein Bier trinken würde. Sie war mitgekommen, und sie hatten sich gut unterhalten. Als die junge Frau ihn nach dem dritten oder vierten Glas Kölsch fragte, was er denn für Pläne in der kommenden Legislaturperiode habe, hatte Brenke lakonisch gesagt: „Keine." Diese Antwort hatte seine Abgeordnetenkollegin sehr verwundert. Knapp einen Monat später wurde sie zur Bundesministerin für Frauen und Jugend gewählt. Sie war durchgestartet, während Brenke auf der hintersten Bank des Bundestages sein Phlegma gepflegt hatte.

Angie, wie Brenke sie seit ihrer ersten Begegnung nannte, hatte mehrfach versucht, ihm den Steigbügel für eine mögliche Karriere zu halten. Doch Brenke wollte nicht. Er wollte nur weg. Weg von dem mittlerweile verhassten Hof seiner Schwiegereltern – ansonsten wollte er seine Ruhe haben. Sie hatte sein Verhalten wahrscheinlich bis heute nicht ganz verstanden, aber sie hatte es akzeptiert.

Und nicht nur das. Angie, die jetzige Kanzlerin, hatte schon damals begriffen, wie wichtig dieser phlegmatische Brenke für sie war. Der würde ihr niemals mit Neid oder Missgunst entgegentreten, nie an ihrem Stuhl sägen. Nein, er würde ihr gegenüber loyal bis auf die Knochen sein, solange sie ihn sein Abgeordnetendasein so führen ließ, wie er es sich ausgesucht hatte. Brenke wollte die Zeit in Bonn und später in Berlin genießen, nicht mehr und nicht weniger. Angie hatte Brenke zu verstehen gegeben, dass auch ein solches Lebensmodell seinen Preis hatte. Und so war er der Spion und heimliche Vertraute der Kanzlerin geworden.

Die unscheinbare Frau hatte das Lokal betreten und setzte sich zu Brenke an den hinteren Tisch, mit dem Rücken zum Eingang. Eine Speisekarte benötigte die Bundeskanzlerin nicht. Sie hatte ihre Bestellung der Wirtin längst via SMS zukommen lassen.

Angie hielt sich nicht mit langen Vorreden auf. „In welches Wespennest hast du gestoßen, Rudi? Du musst ja jemandem heftig auf die Füße getreten haben. So kenne ich dich ja gar nicht."

Rudi, dachte Brenke angewidert und verzog sein Gesicht, wie er glaubte unbemerkt, zu einer Grimasse. Rudi war die Anrede, die er am meisten hasste. Er fragte jedoch mit bemüht gleichgültiger Miene: „Wie kommst du darauf, dass ich jemandem zu nahegetreten bin?"

„Na, so mir nichts dir nichts trachtet man einem Bundestagsabgeordneten nicht nach dem Leben", antwortete die Kanzlerin.

Brenke erzählte ihr von den Ereignissen der letzten Zeit. Vom Treffen im Café Einstein, vom Frettchen, das ihm einen USB-Stick zugesteckt hatte, vom Einbruch in sein Abgeordnetenbüro und von der Verwüstung seines Krankenzimmers. Die Kanzlerin lauschte gebannt.

„Ich kann es drehen und wenden, wie ich will", konstatierte Brenke. „Aber ich bin mir sicher, der Mordversuch und die Einbrüche haben etwas mit diesem verdammten USB-Stick zu tun. Und obwohl ich nicht weiß, was auf dem verdammten Ding gespeichert ist, würde ich um eine Kiste Dom Pérignon wetten, dass es um Firmness Consulting and Business geht. Diese Truppe hat Dreck am Stecken. Das rieche ich. Mit Mist kenne ich mich aus."

Die Kanzlerin nickte bedächtig. Doch bevor sie Brenke ihre Gedanken mitteilen konnte, kam das Essen. Brenke besah sich den Teller der Chefin. Wirsingroulade schien wenigstens hier im *Schwarzen Ferkel* ihr Leib- und Magengericht zu sein.

Während die Kanzlerin genüsslich ihr Mittagessen verzehrte, meinte sie: „Du bist eben manchmal ein bisschen schludrig, mein Lieber."

Brenke verzog genervt sein Gesicht, sagte aber nichts dazu.

„Wie auch immer", fuhr die Kanzlerin versöhnlich fort. „Jedenfalls wissen wir jetzt, dass da irgendwelche Infos im Umlauf sind, die so eine Brisanz haben, dass bestimmte Personen sogar bereit sind zu morden, um an den Inhalt dieser Geheimnisse zu kommen."

„Na super, und nach wessen Leben trachten die großen Unbekannten? Natürlich nach meinem!"

Die Kanzlerin ließ ihr unnachahmliches Lachen hören.

„Na, nun mach dir mal nicht ins Hemd, Rudi. Euch Ostwestfalen bringt man nicht so einfach um. Du wirst es überleben."

Wieder dieses Kanzlerinnenlachen.

„Auf jeden Fall musst du den USB-Stick wiederfinden." Sie sah Brenke nachdenklich an. „Und du brauchst Hilfe, und zwar von jemandem vom BND oder von der Polizei, eben von jemandem, der das Geschäft kennt."

Brenke überlegte. „Hilfe wäre ja nicht schlecht. Aber weißt du, auf welcher Gehaltsliste die Kollegen noch stehen? Sollte mich nicht wundern, wenn unsere Freunde von Firmness Consulting and Business und auch die Miekatz-Truppe bestimmten Leuten einen lukrativen Nebenverdienst bescheren."

Die Kanzlerin überlegte. „Du hast recht, Rudi, wir sollten an dieser Stelle ziemlich vorsichtig agieren. Zumal wir nicht genau wissen, worum es geht. Wir sollten unsere Dienste erst mal außen vorlassen. Aber kennst du jemanden, der was vom Geschäft versteht und dem wir wirklich vertrauen können?"

Brenke überlegte. „Ich habe neulich einen alten Schulkollegen wiedergetroffen, der bei der Kripo in Detmold arbeitet, Josef Schulte. Der hat mit der Politik hier in Berlin nichts am Hut, und wie mir Bekannte aus dem Lippischen gesteckt haben, schert dieser Schulte sich weder um die Vorstellungen vom Landrat, noch beeindruckt ihn sein Vorgesetzter. Ein kleiner Anarchist ist er schon immer gewesen, aber ich glaube, seine Leute sind ihm gegenüber sehr loyal. Er hat eine gute Truppe um sich geschart. Und Schulte hat ein Händchen, sie für seine unorthodoxe Art zu begeistern. Wenn wir den für uns gewinnen könnten, dann hätten wir jemanden, der mit Sicherheit nicht auf zwei Hochzeiten tanzt. Ob Schulte der Angelegenheit inhaltlich gewachsen ist, weiß ich natürlich nicht. Das müssten wir ausprobieren. Aber ich könnte ihn auf jeden Fall mal fragen, ob er bereit ist, mit uns zu kooperieren."

„Mach das, Rudi. Wenn der Mann sich bereit erklärt, mit uns zusammenzuarbeiten, regelt mein Haus die Formalitäten."

Die Kanzlerin tupfte sich mit der Serviette die Lippen ab und sah auf die Uhr „Scheibenhonig, ist das spät geworden. Ich muss los! Hast du sonst noch etwas auf dem Herzen?", fragte die Kanzlerin.

„Ja, Angie, sag bitte nicht andauernd Rudi zu mir."

Die Chefin ließ ihr Kanzlerinnenlachen hören. Eine Minute später ging eine kleine unscheinbare Frau mit einem Einkaufsbeutel am Arm die Dorotheenstraße entlang, gefolgt von zwei unauffälligen Herrn in dunklen Anzügen.

13

Was war das denn? Der Passat zog eine dunkelblaue Qualmwolke hinter sich her. Schulte sah unruhig in den Rückspiegel. Noch nervöser wurde er, als sein Auto anfing zu rucken. Hastig trat er auf Kupplung und Bremse. Doch das alles nützte nichts mehr. Im Motorraum war ein böses Zischen zu hören, dann drang Wasserdampf durch sämtliche Ritzen und Öffnungen, und es gab einen lauten Knall. Das Motorengeräusch verstummte. Schulte befürchtete, dass sein Motorblock in zwei Teile gesprungen war.

„Das wird ein Scheißtag!", fluchte er, stieg aus und schlug mit der flachen Hand mehrfach aufs Autodach, als wolle er den alten Kombi auf diese Art und Weise dazu zwingen, seinen Dienst wieder aufzunehmen. Kühlwasser floss über die Straße. Als Schulte das Rinnsal sah, gab er klein bei. „So, das war's! In diese Kiste investiere ich keinen Cent mehr. Die wird noch zum Schrottplatz geschleppt, und dann gibt es was Neues!", rief Schulte.

In diesem Moment fiel ihm ein, dass er noch zu diesem Kowalski musste, um Brenkes letzte Utensilien abzuholen, die noch in dem Unfallwagen gelegen hatten. Das würde er jetzt sofort machen. Dann konnte er gleich zwei Fliegen mit einer Klappe schlagen.

Außerdem hatte sich der Bundestagsabgeordnete für heute bei ihm angesagt. Er hatte sehr geheimnisvoll getan und Schulte ein wenig neugierig auf das Treffen gemacht. Brenke hatte ihn ausdrücklich gebeten, die Besitztümer aus dem Unfallwagen für ihn bei diesem Schrotthändler Kowalski abzuholen und mitzubringen.

Doch jetzt musste Schulte erst einmal sehen, dass ihn jemand hier aus der Pampa abholte. Im Büro erreichte er seinen Kollegen Manuel Lindemann, der sich gleich bereit erklärte, für Schulte den Fahrdienst zu übernehmen und den Wagen anschließend zum Schrotthändler zu bringen.

Ein Rottweiler lag auf der Einfahrt des Geländes, auf dem sich hunderte von demolierten Autos stapelten. Der Hund döste in der Sonne und machte keinerlei Anstalten, den Weg freizugeben. Lindemann und Schulte sahen sich ratlos an.

„Aussteigen?“, fragte Lindemann unsicher.

Schulte schüttelte den Kopf. „Drück so lange auf die Hupe, bis sich jemand blicken lässt.“

Nach einiger Zeit kam ein sonnengebräunter hagerer Mann mit tiefen Falten im Gesicht zwischen den Autowracks hervor. Als er die Ursache für das Hupkonzert erkannte, lachte er.

„Eine Seele von Hund“, meinte Kowalski, ohne seinen längst erloschenen Zigarettenstummel aus dem Mundwinkel zu nehmen. „Den könnt ihr hier wegtragen. Der würde nichts machen.“

„Das sagen alle Hundebesitzer“, meinte Lindemann lakonisch. „Und wenn man es versucht, wird man von der Bestie zerfetzt.“

Der Mann tippte den Hund mit dem Fuß an und sagte zu ihm: „Verzieh dich, Strolch!“

Der Hund trottete zum Pförtnerhäuschen und legte sich dort auf eine Matratze.

Schulte stellte sich vor. Doch Kowalski, der Schrotthändler winkte ab. „Weiß ich doch, Herr Kommissar, weiß ich doch. Ich habe Sie doch schon auf einem Bild in der Zeitung gesehen und auch neulich am Unfallort. Sie wollen die Klamotten von dem Bundestagsabgeordneten abholen. Wie heißt er doch gleich?“ Der Mann überlegte. „Ach ja, Brenke! Der kommt doch aus dem Höxterschen. Ist das nicht einer von den Schwatten?“

Schulte nickte, und Kowalski plauderte weiter. „Ja, er hat hier extra noch mal angerufen. Der war ganz besorgt um seine Piselinten und hat gesagt, dass ich sie nur Ihnen geben darf.“

Der Schrotthändler ging in das Pförtnerhäuschen und kam wenige Sekunden später mit einer abgegriffenen Umzugskiste im Arm wieder nach draußen.

„So, hier sind die Sachen drin. Ich habe wirklich alle Ecken der Schrottkiste noch mal abgesucht. Als ich die Karre in die Schrottpresse geschoben habe, war da nichts mehr, was nicht zu dem Auto gehörte."

Lindemann nahm die Umzugskiste in Empfang und trug sie zum Polizeifahrzeug.

Schulte hingegen blieb bei dem Schrotthändler stehen. Der wurde unsicher. Schließlich sagte er: „Aber eine Liste von den Klamotten, die im Auto waren, habe ich nicht gemacht. Mein Junge ist ein paar Tage nicht da, und ich hab es nicht so mit dem Schreiben."

Schulte winkte ab. „Nein, ist schon gut. Eine Inventarliste brauchen wir nicht. Aber da wäre noch eine andere Sache. Mein alter Passat ist mir eben stehen geblieben. Vielleicht können Sie den abschleppen? Der steht an der Heidentaler Straße."

Der Schrotthändler griente erleichtert.

„Ach ja, den können Sie dann auch gleich in die Schrottpresse schieben", setzte Schulte nach. „Und anschließend können Sie die Karre beim Straßenverkehrsamt abmelden. Die Papiere liegen im Handschuhfach."

Anscheinend hatte der Schrotthändler mit etwas Unangenehmem gerechnet. Jetzt sah er Schulte eher gelangweilt an. Doch dann hatte er auf einmal ein Leuchten in den Augen und einen schelmischen Gesichtsausdruck.

„Hört sich nicht gut an, Kommissar", meinte er bedauernd. Aber wenn Sie ein neues Auto brauchen, ich hätte gerade eins zu verkaufen. Mein Junge, der hat da so ein Eisenschwein stehen, einen Landrover Defender. Den hat er immer gut gepflegt. Von dem Auto war der bis vor ein paar Wochen ganz begeistert. Doch auf einmal hat er einen Vogel gekriegt und sich einen Porsche gekauft, so einen Neunelfer.

Braucht kein Mensch, das Auto. Aber was willst du machen? Der Kerl ist volljährig."

Die beiden Männer sahen sich schweigend an. Dann fragte der Schrotthändler: „Interesse?"

Schulte nickte.

„Na, dann kommen Sie mal mit." Kowalski ging hinter das Pförtnerhäuschen und bedeutete dem Polizeirat, ihm zu folgen. Dort stand ein gut erhaltener Defender in der Langversion. Das Auto war zwar nicht mehr das Jüngste, aber der Kowalski junior schien es wirklich gut gepflegt zu haben. In dem flaschengrünen Lack spiegelte sich die Sonne.

„Ist fast ein Oldtimer", pries der Schrotthändler das Auto an. „Der wird schon jetzt jedes Jahr fünfhundert Euro teurer. Wenn Sie den kaufen, Herr Kommissar, dann machen Sie nichts falsch. Und einen Anhänger, den zieht der wie nichts."

Schulte sah den Mann an und machte eine eindeutige Bewegung mit den Fingern.

„Für achttausend Euro könnten Sie den Wagen gleich mitnehmen", meinte der Schrotthändler. „Angemeldet ist der ja noch."

Schulte drehte sich nach seinem Kollegen um und fragte: „Sag mal, Lindemann? Hast du eigentlich deine Handschellen dabei? Wenn ja, dann nimm diesen Kerl hier gleich mal fest. Ich finde, Wucherer gehören eingesperrt, und zwar auf der Stelle."

Koslowski hob grinsend beide Hände. „Immer mit der Ruhe, Herr Kommissar. Wir können doch über alles reden."

„Gut, ich habe nämlich keinen Bock auf diese Verhandlungsrituale und auch keine Zeit. Fünftausend! Sie melden den Defender auf meinen Namen um, schleppen den Passat ab und verschrotten ihn. Das ist dann im Preis inbegriffen."

Das Gesicht des Schrotthändlers bekam schmerzverzerrte Züge. Mit der Hand machte er eine Bewegung, mit der er

Schulte als Halsabschneider darstellte. „Ich habe doch schon immer gesagt, Polizisten sind Wegelagerer und die eigentlichen Banditen dieses Landes. Mit denen sollte man keine Geschäfte machen. Aber in Gottes Namen, Herr Kommissar, nehmen Sie das Auto. Ich will es nicht mehr sehen."

Der Mann drückte Schulte den Schlüssel in die Hand. „Den Zweitschlüssel bringe ich in der Kreispolizeibehörde vorbei, wenn ich das Auto für Sie umgemeldet habe."

Kowalski nahm seine Schiebermütze vom Kopf und fuhr sich durch die Haare. „Ach ja, mein Bengel hat da eine schöne Musikanlage eingebaut. Leider zu groß für den Porsche. Wenn Ihnen mal der Sprit ausgeht, müssen Sie nur das Radio anstellen. Der Bass hat so eine Power, der schiebt Sie über die Straße. Da brauchen Sie gar keinen Motor mehr."

14

Schulte hatte noch eine kleine Runde mit seinem neuen Defender durch Lippe gedreht und saß nun glücklich in seinem Büro. Endlich wieder ein vernünftiges Auto. Schulte hatte jahrelang einen Volvo-Leichenwagen gefahren. Als der TÜV ihn von diesem Wagen geschieden hatte, war er todtraurig gewesen. Mit dem Passat, den er sich anschließend zugelegt hatte, konnte er sich nie so richtig anfreunden. Aber das war jetzt Geschichte. Das ungeliebte Auto hatte sich heute Morgen in die ewigen Jagdgründe verabschiedet. Schulte weinte ihm keine Träne nach. Er erhob sich von seinem Schreibtischstuhl und sah aus dem Fenster auf den Parkplatz, auf dem sein neues Fahrzeug stand.

„Schöne Kiste", sagte er zu sich selbst, blickte noch ein paar Momente versonnen auf seine Neuerwerbung und kehrte dann zurück zu seinem Schreibtisch. Dort griff er zum Telefon und bat Lindemann, in sein Büro zu kommen. Sein

Kollege sollte ihn noch einmal auf den neusten Stand beim Fall Brenke bringen. Lindemann hatte offenbar nichts Neues zu erzählen, doch während des gesamten Berichts hatte er so einen spitzbübischen Gesichtsausdruck. Als er zum vermeintlichen Ende gekommen war, schob er hinterher: „Ach ja, da wäre noch was."

Schulte sah ihn auffordernd an und brummte: „Mach's nicht so spannend, Junge!"

Lindemann grinste so dermaßen, dass man meinte, seine beiden Mundwinkel würden gleich seine Ohren berühren.

„Wir haben uns die Waffen von Brenke vorgenommen und eine ballistische Untersuchung durchgeführt."

Lindemanns Grinsen wurde noch breiter.

„Und ihr habt festgestellt, dass das Geschoss, das in der B-Säule des Fahrzeuges gefunden wurde, mit Brenkes Revolver abgefeuert wurde?", vermutete Schulte.

Lindemann nickte.

„Hast du gut gemacht, Lindemann. Wenn du nicht so penetrant gewesen wärst und darauf bestanden hättest, dass wir Brenkes Waffen der ballistischen Prüfung unterziehen, wäre uns dieses Detail durchgegangen."

Lindemann grinste immer noch.

„Und was machen wir jetzt?", fuhr Schulte nachdenklich fort. „Brenke kann es nicht gewesen sein, denn der saß im Fahrzeug. Der Schuss wurde aber eindeutig von außen abgefeuert. Das Geschoss hat die Scheibe der Fahrerseite durchschlagen. Unter diesen Umständen fallen mir nur zwei Möglichkeiten ein. Entweder hat Brenke die Waffe oder den Schlüssel zu seinem Waffentresor jemand anderem gegeben und ihn damit beauftragt, seinen Nachbarn umzubringen, oder ein uns Unbekannter hat sich den Schlüssel zum Waffenschrank angeeignet, Brenkes Nachbarn getötet und dann den Revolver wieder zurück in den Waffenschrank gelegt."

„Gegen Variante eins spricht die Tatsache, dass Brenke ganz schön lebensmüde wäre, wenn er sich wissentlich in ein Auto gesetzt hätte, dessen Fahrer während der Fahrt umgebracht werden sollte.“

Schulte nickte. „Also fällt Brenke mit ziemlicher Sicherheit als Schütze und auch als Anstifter einer Straftat aus.“

Beide Männer schwiegen. Als Schulte gerade: „Scheiße, ist das alles kompliziert“, durch die Zähne presste, klopfte es, und Brenke trat ein. Schulte bot ihm einen Platz an, und die beiden Polizisten fassten noch einmal den aktuellen Ermittlungsstand zusammen.

„An wen denkt ihr?“, fragte Brenke nachdenklich.

Schulte zuckte mit den Schultern, doch dann wagte er sich etwas aus der Deckung. „Vielleicht war es ein naher Angehöriger, der ohne Schwierigkeiten in den Besitz der Waffe gelangen konnte? Wie wäre es mit deiner Frau?“

„Kann ich mir nicht vorstellen“, meinte Brenke. „Unsere Ehe findet zwar so gut wie gar nicht statt, aber mich umbringen? Nee, das traue ich Cordula nicht zu.“

„Wie auch immer, Rudolf, wir müssen der Sache nachgehen.“

Brenke nickte. „Halte ich aber dennoch für die falsche Fährte.“

„Können Sie uns die Tresorschlüssel trotzdem aushändigen?“, fragte Lindemann zaghaft an.

„Den einen Schlüssel habe ich in Berlin. Den anderen könnt ihr noch heute haben. Der liegt bei mir zu Hause in meinem Schreibtisch.“

Es trat Stille ein. Schließlich räusperte sich Brenke. „Herr Lindemann, ich habe noch etwas Privates mit Ihrem Chef zu besprechen. Könnten Sie uns wohl einen Moment allein lassen?“

„Bin schon weg“, kam die prompte Antwort. Bevor Lindemann den Raum verließ, wandte er sich noch einmal an Brenke. „Ach ja, ganz kurz noch: Ihre Utensilien aus dem

Unfallwagen, Herr Brenke, stehen bei meinem Chef im Schrank, hinter der zweiten Tür rechts in der Garderobe." Dann schloss sich die Tür hinter ihm.

Brenke wirkte auf einmal verlegen, sah Schulte linkisch an und räusperte sich erneut.

„Ich muss dir etwas mitteilen. Doch es fällt mir schwer, darüber zu sprechen, Jupp. Können wir nicht ein paar Schritte laufen? Vielleicht geht es besser, wenn ich mich bewege,"

Der Polizeirat sah auf seine Uhr. „Zeit für eine kleine Mittagspause. Lass uns nach Heidenoldendorf gehen, zu *Fiorini*, Da gibt es die allerbesten Pizzen der Welt. Unterwegs können wir reden."

Als die beiden Männer die Bielefelder Straße überquerten, begann Brenke zu reden. Er erzählte Schulte von der Begegnung mit dem Mann, der wie ein Frettchen aussah, und von dem Stick, der inzwischen verschwunden war. Er berichtete von seiner Vermutung, dass die Einbrüche mit eben diesem Stick zu tun hatten, und zu guter Letzt schilderte Brenke sein Gespräch mit der Kanzlerin, in dem sie gemeinsam zu dem Schluss gekommen seien, dass da etwas ganz gewaltig stank. Dann kam Brenke auf die Rolle zu sprechen, die er und die Kanzlerin Schulte zugedacht hatten: Der Polizeirat sollte in geheimer Mission in Berlin ermitteln. Wenn er zustimmte, würde die Bundeskanzlerin dafür sorgen, dass Schulte von allen anderen Aufgaben befreit würde, um seine Undercover-Tätigkeit in Berlin aufzunehmen.

Als Brenke mit seinen Ausführungen bis zu diesem Punkt gekommen war, unterbrach Schulte ihn mit den Worten: „Eine Antwort bekommst du nach dem Mittagessen." Er hielt dem Bundestagsabgeordneten die Tür zu seiner Lieblingspizzeria auf, bei der die beiden Männer mittlerweile angekommen waren. „Jetzt wird erst einmal gegessen."

Anderthalb Stunden später durchsuchten die beiden Männer die Umzugskiste, die Schulte und Lindemann vom Schrotthändler abgeholt hatten. Der Mann hatte ein Sammelsurium von Dingen in die Kiste gepackt. Doch von einem Stick war nichts zu sehen. Brenke fluchte. Immer wieder sortierte er die Dinge, die in seinem Auto gelegen hatten, aufs Neue. Er durchsuchte mehrfach die Taschen seiner Kleidungsstücke, seine Reisetasche und deren mit Reißverschlüssen versehenen Fächer. Nichts!

„Warum bin ich nur so ein verdammter Chaot? Nie bekomme ich es hin, auch nur ansatzweise Ordnung zu halten.“ Wieder kramte Brenke verzweifelt in den Taschen einer Anzugjacke … und blieb mit dem Mittelfinger an einem Loch im Futter hängen. „Scheiße“, stöhnte er. „Ich habe ein Loch in der Tasche. Hoffentlich habe ich das verdammte Ding nicht verloren.“ Hastig tastete er seine Jacke ab. Ganz hinten an den Rockstößen spürte er einen rechteckigen hartes Gegenstand, der etwa fünf Millimeter hoch und drei Zentimeter lang war. Hektisch machte er sich daran, seine Jacke zu malträtieren. Doch Schulte legte ihm beruhigend die Hand auf die Schulter.

„Lass gut sein, Rudolf. Du machst jetzt nichts mehr. Ich gebe die Jacke mitsamt dem USB-Stick an unsere Spurensicherung. Der Kollegin dort vertraue ich ebenso wie fast allen meinen Leuten blind.“

Brenke sah Schulte an. „Soll das heißen, dass ich in Berlin auf dich zählen kann?“

„Unter einer Bedingung: Wenn ich es für richtig halte, nehme ich meine Leute mit ins Boot. Für jeden Einzelnen, den ich ins Vertrauen ziehe, lege ich meine Hand ins Feuer.“

15

„Ist er weg?“, fragte Schulte seinen Kollegen. Lindemann schaute kurz ins Nachbarbüro, ging dann auf den Parkplatz der Kreispolizeibehörde und kam wieder zurück.

„Weg", war seine ebenso knappe wie ausreichende Antwort. Schulte nickte zufrieden.

„Okay", wies er Lindemann an, „dann hol mal die anderen!"

Wie immer nahm sich Schulte die Freiheit heraus, alle seine Mitarbeiter zu duzen. Es wäre für ihn auch in Ordnung gewesen, wenn die jungen Leute, Lindemann und Pauline Meier zu Klüt, ihn geduzt hätten. Aber die beiden blieben beim förmlichen Sie. Kurz darauf saßen Maren Köster, Pauline Meier zu Klüt und Manuel Lindemann in Schultes kleinem Büro zusammen. Schulte hatte ein großes Geheimnis um den Inhalt dieser Besprechung gemacht, und alle warteten gespannt.

„So", sagte Schulte, „dann kann's ja losgehen."

„Moment", warf Pauline Meier zu Klüt ein, „es fehlt doch noch einer. Wo ist denn Oliver?"

In der Tat war der Kollege Oliver Hartel nicht anwesend. Schulte hüstelte etwas verlegen.

„Den habe ich eben mit einem Auftrag weggeschickt. Ich wollte ihn nicht dabeihaben, möchte das aber nicht begründen."

Das war auch nicht nötig, denn alle kannten das gespannte Verhältnis zwischen Hartel und Schulte. Die beiden Alpha-Männchen hatten sich jahrelang gegenseitig das Leben schwergemacht. Seit Schulte zum Leiter der Ermittlungsgruppe aufgestiege war, hatte sich ihr Verhältnis nicht gebessert. Hartel ergriff mit Freude jede Gelegenheit, Schulte Knüppel zwischen die Beine zu werfen, und Schulte wurde nicht müde, Hartel zu zeigen, wer hier das Sagen hatte. Folgerichtig verdrehte Maren Köster bei Schultes Worten genervt die Augen. Sie war dieses ständige Geplänkel leid, wollte in Ruhe arbeiten, ohne dieses Primatengehabe ihrer männlichen Kollegen.

„Ich werde für einige Zeit nicht hier sein", begann Schulte. Er rekapitulierte kurz den tödlichen Unfall und folgerte: „Wir wissen mittlerweile ziemlich sicher, dass dieser Anschlag eigentlich dem Abgeordneten galt. Das Ganze hat nun offenbar ein heftiges Beben in Berlin ausgelöst, ganz oben. Ich darf auf Einzelheiten nicht näher eingehen. Aber aus irgendeinem Grunde ist man in Berlin der Meinung, dass ausgerechnet ich der richtige Mann bin, um diese Probleme zu lösen. Fragt mich nicht, warum das so ist, ich weiß es selbst nicht. Man hat mich jedenfalls von ganz oben angefordert. Und wenn ich ganz oben sage, dann meine ich ganz oben. Erpentrup weiß zum Teil darüber Bescheid, aber nur zum Teil. Den eigentlichen Inhalt meiner Aufgabe kennt er nicht.“

Klaus Erpentrup war der Leiter des Dezernates und ein ebenso kompetenter wie narzisstischer Mann. Auch mit ihm verband Schulte eine lange Tradition gegenseitiger Abneigung. Er nahm einen Schluck Kaffee, verzog angewidert das Gesicht und stellte die Tasse wieder auf den Schreibtisch.

„Bäh, ist ja kalt. Ihr könnt euch jedenfalls vorstellen, dass Erpentrup auf dem Baum ist. Er fühlt sich übergangen, kann aber nichts machen. Das gefällt ihm natürlich nicht. Für ihn bin ich wieder mal der Böse. Aber das kennen wir ja schon. Euch möchte ich soweit in die Sache einweihen, wie es mir erlaubt worden ist. Denn ich bin darauf angewiesen, dass ihr mich während meiner Abwesenheit unterstützt. Ihr seid mein Standbein hier in Ostwestfalen. Und es ist hier zum Mordanschlag gekommen und nicht in Berlin. Es ist sehr gut möglich, dass der oder die Mörder aus dieser Gegend kommen, auch wenn vielleicht der Auftraggeber in Berlin sitzt. Unsere Dienststelle bleibt also im Boot. Ich möchte euch drei bitten, mich zu unterstützen, auch wenn es vielleicht einmal nicht im Sinne unseres Abteilungsleiters sein sollte. Ihr versteht? Und dabei kann ich keinen Querschläger und keinen Denunzianten gebrauchen. Deshalb wollte ich nicht, dass der Kollege Hartel bei dieser Besprechung anwesend ist. Ihr wisst ja, wie er ist. Und dass er einen sehr guten und kurzen Draht zu Erpentrup hat, wisst ihr auch.“

Die beiden jungen Kollegen stellten noch eine ganze Reihe von Fragen, die Schulte beantwortete, so gut es seine Aufgabe zuließ. Nur Maren Köster hielt sich auffallend zurück. Sie saß mit eingefrorener Miene und abweisender Körperhaltung da und sagte kein Wort. Als Meier zu Klüt und Lindemann das Büro verlassen hatten, stand auch sie auf. Sie schloss die Bürotür von innen, wandte sich Schulte zu und sagte mit kalter Stimme:

„Da hast du ja eine tolle Gelegenheit zur Flucht ergriffen. Du kannst mir nicht erzählen, dass du dich gegen diese Aufgabe gesträubt hast. Wahrscheinlich war es deine eigene Idee. Hauptsache, du bist weit weg von mir und meinen Problemen mit dir. Erbärmlich! Als Kollegin werde ich dich unterstützen, ist ja mein Job. Aber als Lebenspartnerin kannst du mich vergessen, mein Lieber. Ich betrachte unsere Beziehung ab sofort als aufgelöst. Freu dich, du bist wieder ein freier Mann."

Schulte stand immer noch sprachlos hinter seinem Schreibtisch, als sie sich im Türrahmen noch einmal umdrehte und mit nun doch feuchten Augen sagte:

„Bei mir liegen übrigens noch ein paar gebrauchte Socken von dir herum. Die werde ich dir morgen mitbringen. Es soll ja alles seine Ordnung haben."

„Wie fährt denn dat neue Auto so?", fragte Anton Fritzmeier, als Jupp Schulte den Ölmessstab abwischte und zurück in den schmalen Zylinder schob. Noch während die Frage unbeantwortet in der Luft lag, drehte der alte Bauer eine Runde um Schultes staubigen, alles andere als neuen Landrover Defender, den er sich in der letzten Woche gekauft hatte.

„Sieht ja nich mehr so taufrisch aus", fuhr Fritzmeier fort und trat mit Kennermiene gegen einen Reifen. „Hatter denn noch TÜV?"

Schulte verdrehte leicht genervt die Augen.

„Natürlich hat er noch TÜV. Dieses Modell hat einen sogenannten Dauer-TÜV. Der gilt so lange, wie der Wagen fährt. Weil er so gut verarbeitet ist. Das wissen aber die wenigsten.“

Fritzmeier blickte ihn misstrauisch an. Er setzte seine Brille auf und betrachtete aufmerksam das hintere Nummernschild.

„Meinst wohl, du kanns mich veräppeln, was?“, lachte der alte Herr. „Aber nich mit Anton Fritzmeier. Dauer-TÜV – so’n Quatsch habe ich ja schon lange nich mehr chehört.“

Während Schulte mit einem Wassereimer und einem Schwamm die Frontscheibe säuberte, schaute Fritzmeier ihm schweigend zu. Es kam oft vor, dass die beiden Männer abends auf einer Bank im Hof saßen, eine Flasche Bier tranken, dabei in die Abenddämmerung blinzelten und minutenlang kein Wort sprachen. Keiner der beiden wäre auf die Idee gekommen, dieses Schweigen in Frage zu stellen, es vielleicht sogar als peinlich zu betrachten. Es war für sie eine angemessene Form der Kommunikation. Wenn sie sich was zu sagen hatten, sprachen sie. Wenn nicht, hielten beide den Mund und waren dabei mit sich und der Welt im Reinen.

Doch nach einer Weile, Schulte hatte sich mittlerweile an das Heckfenster gemacht, hielt Fritzmeier es nicht mehr aus.

„Und morgen willse wirklich nach Berlin? Mit dieser alten Karre?“

„Ja“, brummte Schulte und wischte weiter. „Willst du mit?“

„Ich?“ Fritzmeier lachte. „Wat soll ich in Berlin? Bin froh, dat ich hier meine Ruhe hab. Nach Berlin kriegen mich keine zehn Pferde hin. In so’n Trubel? Nee!“

„Traust du dich nicht?“

Nun war Fritzmeier ernstlich getroffen.

„Trauen? Wat is denn dat für ’ne Frage. Ich chlaube, heute Abend willse mich ärgern. Erst der Dauer-TÜV und chetz dat. Natürlich würde ich mich trauen. Wat soll denn an Berlin so schwierig sein? Sind auch nur Häuser und Leute. Aber wat soll ich da?"

Schulte warf den Putzlappen in den Eimer und stellte ihn zur Seite. „Oh, da gibt es eine Menge zu sehen. Ist eine der spannendsten Städte der Welt. Lohnt sich immer. Musst du unbedingt mal gesehen haben."

„Ja, chlaubse denn, ich war noch nie in Berlin? Natürlich war ich da schon mal. Aber chefallen hat mir dat da nich. So viele kaputte Häuser. Alles zerbombt."

Nun war es an Schulte, seinen Gesprächspartner misstrauisch anzuschauen. „Ich glaube, jetzt willst du mich hopsnehmen. Wovon redest du? Sag mal, Anton, wann warst du denn mal in Berlin? Solange ich hier wohne, jedenfalls nicht."

„Nee", winkte Fritzmeier ab, „viel früher. Da bisse noch barfuß hintere Knüppelmusik herchelaufen. Wann war dat? Lass mich nachdenken!"

Der alte Bauer kratzte sich nachdenklich den Hinterkopf.

„Chetz fällts mir wieder ein. Da war ich damals mitte Landjugend auffe Messe, auf diese chrüne Woche oder wie das heißt. Neunzehnhundertsechsundfuffzig war dat, weiß ich noch chenau. Krömers Heinz war auch mit, den kennse doch. Sonst lebt ja keiner mehr von denen."

„Anton", versuchte es Schulte auf die sanfte Art, „glaubst du nicht, dass sich seitdem in Berlin ein bisschen was verändert hat? Solltest du dir wirklich mal anschauen. Aber jetzt lass uns in aller Ruhe ein Bier trinken. Wer weiß, wann ich wiederkomme."

16

Es war zum Verrücktwerden. Er hatte diesen Brenke über Monate beobachtet und war zur Überzeugung gekommen, dass dieser Mann weder korrupt noch reaktionär war und auch sonst eine durchaus ehrenwerte, demokratische Weltanschauung hatte. Also hatte er ihm vor mehr als einer Woche den Stick zugesteckt. Der barg zwar nicht die ganz brisanten Informationen, die er zu bieten hatte, aber die Dateien gaben doch so viel preis, dass Brenke in Sachen Firmness Consulting and Business zumindest hätte hellhörig werden müssen. Für den Fall, dass der Abgeordnete Kontakt mit ihm aufnehmen wollte, hatte er ihm die Nummer zu einem Prepaidhandy auf dem USB-Stick hinterlassen. Doch dieser Brenke hatte sich nicht gemeldet.

Jetzt war es Egon Wolf leid. Er brauchte Informationen, er musste wissen, was dieser Brenke trieb. Seit mehr als einer Woche war er ihm nicht mehr in den einschlägigen Stammlokalen begegnet. Nun würde er es mit Hilfe seines Computers versuchen. Er hatte Brenkes Smartphone längst gehackt und sich auch Zugang zu allen anderen Computern des Abgeordneten verschafft. Über diese Kanäle würde er ja wohl etwas herausfinden.

Egon Wolf fuhr seinen Rechner hoch. Plötzlich poppte ein Fenster voller Zahlenkolonnen auf. Wolf erschrak. Jemand hatte versucht, sich einen Zugang zu seinem Rechner zu verschaffen. Natürlich war der Cyber-Angriff nicht gelungen. Aber immerhin, irgendjemand war auf ihn aufmerksam geworden.

Zwar war er sich sicher, dass der Angreifer das Sicherheitssystem seines Computers auch zukünftig nicht knacken würde, aber sicher war sicher. Sofort machte sich Egon Wolf daran, seine gesamten Daten auf den externen Speicher zu kopieren. Anschließend putzte er gründlich seine Festplatte, bis er sich sicher war, dass sich nicht ein einziges verräterisches Bit mehr darauf befand.

Nachdem das erledigt war, nahm sich Egon Wolf die Algorithmen vor, die seine ganz private Firewall bei dem Angriffsversuch für ihn abgegriffen hatte. Das Ergebnis war ebenso beunruhigend wie die Tatsache, dass jemand versucht hatte, ihn zu hacken. Denn die Datenspur führte direkt auf die Server von Firmness Consulting and Business. Klar, er war in den letzten Monaten recht umtriebig gewesen. Egon Wolf hatte so ziemlich alle Dateien, die sich auf den Servern von Firmness Consulting and Business befanden, durch seine eigens entwickelten, ganz privaten Suchmaschinen laufen lassen.

Er hatte sauber gearbeitet, da war er sich hundertprozentig sicher. In IT-Fragen war er der uneingeschränkte König. Keiner seiner Kollegen bei Firmness Consulting and Business wäre dazu in der Lage, ihm auf die Schliche zu kommen. Und auch außerhalb des Unternehmens kannte er niemanden, der ihm das Wasser reichen könnte. Oder war er zu unvorsichtig oder gar zu überheblich geworden? Wie auch immer, dieses Ereignis durfte er nicht auf die leichte Schulter nehmen. Egon Wolf nahm sich vor, noch vorsichtiger zu werden und seine Umgebung noch aufmerksamer zu scannen.

Vielleicht hatte Brenke sich ja, nachdem er die Daten auf dem Stick ausgewertet hatte, an seinen Arbeitgeber gewandt und ihn auf das Sicherheitsleck aufmerksam gemacht. Aber woher sollte der seinen Namen und seine Adresse kennen? Oder hatte der Sicherheitsdienst von Firmness Consulting and Business dem Abgeordneten Fotos seiner Beschäftigten vorgelegt? Das könnte natürlich sein, überlegte Wolf. Das Unternehmen war zwar ein ziemlich großer Laden, doch wenn man die Personenüberprüfung auf den EDV-Bereich reduzierte, dann war die Anzahl der Beschäftigten überschaubar.

Egon Wolf beschloss, noch einmal diesen Brenke durchzuchecken. Dann würde er prüfen, ob auch auf die privaten Computer seiner anderen Kollegen und Kolleginnen aus seiner Abteilung ein Cyber-Angriff stattgefunden hatte. Wolf zog seine Tastatur zu sich heran und erstellte ein Bewegungsprofil von Brenke. Komisch, das Handy des Abgeordneten hatte über mehrere Tage seinen Standort nicht geändert. Wolf gab die GPS-Daten bei Google-Maps ein. Der

Ort, wo sich das Handy befunden hatte, war das Detmolder Klinikum.

Scheiße, der Mann hat im Krankenhaus gelegen, dachte Wolf. Innerhalb einer halben Minute hatte er eruiert, dass Brenke einen Autounfall hatte. Als Nächstes ging er auf die Server der nordrhein-westfälischen Polizei und der Kreispolizeibehörde Detmold. Keine fünf Minuten später hatte der Wolf die Unfallakte vorliegen und las sie eilig durch. Er wurde blass. Jemand hatte versucht, Brenke umzubringen.

Er stand auf, holte sich aus der Küche eine Flasche Mineralwasser und füllte ein großes Glas, das er hektisch austrank. Doch die Trockenheit in Mund und Rachen blieb. Hatte er es zu verantworten, dass ein Anschlag auf Brenke ausgeübt worden war? War er selbst in noch größerer Gefahr, als er bis vor wenigen Minuten geglaubt hatte?

Am nächsten Morgen quälte sich Jupp Schulte zu einer Zeit aus dem Bett, die er normalerweise als sittenwidrig bezeichnet hätte. Aber er wollte nun mal nach Berlin, wo er am frühen Nachmittag einen Termin mit Rudolf Brenke hatte, und es gab noch allerlei zu tun. Unter anderem musste er dafür sorgen, dass sein Hund Lümmel in die Nachbarwohnung zu seiner Tochter Ina kam.

Als alles erledigt war, schnappte er sich seinen uralten Lederkoffer, den er bereits am Vorabend gepackt hatte, und verließ das Haus. Es war ein schöner Frühsommermorgen mit klarer, frischer Luft und angenehmen Temperaturen. Er warf den Koffer in den riesigen Gepäckraum des Landrovers und wollte eben hinters Lenkrad krabbeln, als eine wohlbekannte Stimme das morgendliche Vogelgezwitscher übertönte.

„Dat könnte dich so passen, alleine losfahren. Nix da, ich komme mit."

Schulte war wie vom Schlag gerührt, als er Anton Fritzmeier mit Koffer in der Hand vor dem Auto stehen sah.

„Anton? Was machst du denn hier?"

Der alte Mann war allerbester Laune. Ihm hatte frühes Aufstehen noch nie etwas ausgemacht, und heute strahlte er förmlich vor Unternehmungslust.

„Du hast chesagt, ich würde mich nich trauen. Und? Wat sachse chetz? Anton Fritzmeier und Angst – is ja lächerlich. Außerdem muss ich aufpassen, datte in Berlin keine Dummheiten machs. Bei dir kann man ja nie wissen."

Schulte war sprachlos. Keine Sekunde hatte er daran gedacht, dass sein Gerede am Vorabend solche Folgen haben könnte. Es dauerte eine Weile, bis er antworten konnte.

„Aber Anton, das war doch nur Spaß. Du kannst nicht mit nach Berlin."

„Warum nich?", fragte Fritzmeier ehrlich empört.

„Weil …", stammelte Schulte, „… weil ich da nicht als Privatmann hinfahre. Ich bin dienstlich dort, verstehst du? Das mache ich nicht zum Vergnügen."

„Na und? Brauchst dich doch in Berlin nich um mich zu kümmern. Ich nehme mir ein Hotel, bin ja nich verarmt, und dann laufe ich ein bisschen umme Häuser. Hasse nix mit zu tun."

„Aber …" Schulte fiel kein brauchbares Gegenargument ein, aber er konnte auf gar keinen Fall mit Anton Fritzmeier im Schlepptau seine Arbeit machen. Unter Hochdruck dachte er über eine Lösung nach.

„Pass auf! Wenn ich mit diesem Job fertig bin, komme ich wieder, und dann fahren wir beiden Hübschen ganz in Ruhe nach Berlin und lassen da die Puppen tanzen. Okay?"

„Nee, Jupp, wer weiß, ob ich dann noch lebe. Chetz bin ich noch chut in Form und fit für Berlin. Ich hab keinen Tag mehr zu verlieren. Chetz oder nie! Willse mir diese Freude machen oder nich? Entscheide dich!"

Wenn Schulte erwartet hatte, nun bei Fritzmeier ein schelmisches Grinsen zu sehen, sah er sich getäuscht. Dem alten Herrn war es offenbar bitterernst. So ernst, dass Schulte nach einigen dramatischen Sekunden der Unentschlossenheit endlich seufzte und sagte:

„Es ist der totale Wahnsinn, aber was soll's. Das passt zu uns. Ich weiß bloß nicht, ob die sensiblen Berliner uns beide gleichzeitig verkraften können. Aber da müssen sie durch. Los, steig ein!"

17

Klaus Erpentrup, Leiter der Abteilung Gewaltverbrechen der Kreispolizeibehörde in Detmold, war sauer. Was seine Mitarbeiter sich erlaubten, konnte er einfach nicht hinnehmen. Schlimm genug, dass er Schultes mysteriöse Sondermission zähneknirschend akzeptieren musste. Aber hier war eine Anweisung von „ganz oben" gekommen, ohne Entscheidungsspielraum für ihn. Seitdem zerbrach Erpentrup sich den Kopf über diese Mission. Wo er auch storcherte, welches Brett er auch anhob – er fand nichts Brauchbares.

So weit, so unangenehm. Aber nun benahmen sich auch seine anderen Mitarbeiter merkwürdig. Sie steckten die Köpfe zusammen, und Gespräche brachen auffallend abrupt ab, wenn er den Raum betrat. Am liebsten hätte er sich jeden einzeln vorgenommen und so lange mit Fragen bombardiert, bis einer sich verplappert hätte. Doch Erpentrup wusste, dass dieser Versuch scheitern würde. Seine Leute waren eine verschworene Einheit. Selbst jetzt, wo Schulte, der Kopf der Verschwörergruppe, nicht vor Ort war, würde keiner reden. Dafür würde schon Maren Köster sorgen, dieses Flintenweib.

Immer wieder ärgerte sich Erpentrup darüber, dass er sich von der erotischen Anziehungskraft dieser Frau nicht ganz frei machen konnte. Sie war schon eine Freude fürs männliche Auge, das musste er zugeben. Aber ihre spitze Zunge, ihr schneller und scharfer Verstand, ihre manchmal böse Ironie gingen ihm auf die Nerven. Oft fragte er sich, was die nur an diesem Schulte finden mochte. Übergewichtig, ungepflegt, schlechte Manieren, kurzum, genau das Gegenteil von ihm selbst.

Er zerbiss einen Fluch, hob den Telefonhörer und bellte eine kurze Anweisung hinein. Dann lehnte er sich zufrieden zurück, denn ihm war eingefallen, wie er hinter das Gchcimnis kommen konnte, warum die höchsten Gremien plötzlich der Meinung waren, nur Schulte könne die Probleme des Landes lösen. Es gab eine Schwachstelle in Schultes Team.

Als Wolf an diesem Morgen erwachte, fühlte er sich schlecht. Alle Knochen taten ihm weh, und er hatte Kopfschmerzen. Nach den Erkenntnissen des gestrigen Tages hatte er lange nicht einschlafen können. Das ständige Nachgrübeln, warum Firmness Consulting and Business versucht hatte, seinen PC zu hacken, hatte ihm viele Stunden Schlaf geraubt. Er hatte sich von links nach rechts gedreht, ganz gegen seine sonstigen Gewohnheiten sogar ein paar Schnäpse gekippt – vergeblich. Er war einfach zu aufgewühlt, um die nötige Ruhe zu finden.

Klar, Firmness Consulting and Business hatte allen Grund dazu, mal bei ihm vorbeizukommen, um einen Blick in seinen Rechner zu werfen. Die Firma hatte versucht, von hinten durch die kalte Küche an die nötigen Informationen zu kommen. Schließlich hatte Wolf den Laden über Monate ausgespäht und war im Begriff, zum Whistleblower zu werden. Aber woher verdammt noch mal, wussten die das, und wer genau waren seine Gegenspieler?

Wolf war nach wie vor davon überzeugt, dass sein Vorgehen wasserdicht gewesen war und dass es unmöglich war, elektronische Spuren im Netz von ihm zu finden. Er hatte sauber gearbeitet. Das Leck musste woanders liegen. Aber wo?

Er schaute sich in seinem unaufgeräumten Schlafzimmer um. Alles in diesem Raum verbreitete Trübsal. Er musste hier raus, musste auf andere Gedanken kommen. Und außerdem musste er arbeiten. Schließlich war er noch bei Firmness Consulting and Business angestellt und würde brav zur Arbeit gehen, das stand fest. Nur keine Schwäche zeigen.

Als Wolf das Haus verließ, sah er sich aufmerksam um. Er verfügte über ein fotografisches Gedächtnis. Gepaart mit seinen mathematischen Fähigkeiten hatte ihm dieses Gedächtnis schon oft in seinem Leben Erfolg beschert. Ab sofort würde er diese Begabung nutzen, um seine Umgebung genauer zu beobachten.

Auf der Straße zählte er fünf Personen. Von zwei Männern und einer Frau prägte er sich die Gesichter ein. Zwei weitere Männer sahen sich Schaufenster an. Er sah sie nur von hinten. Er beschloss, sich die Kleidung einzuprägen, die sie trugen.

Egon Wolf schlenderte den Schiffbauerdamm entlang. Er blieb an dem Geländer, das die Spree säumte, stehen und tat so, als beobachte er einen Frachter, der gerade unter der Weidendammer Brücke durchfuhr. Anschließend drehte er sich noch einmal in die Richtung, aus der er gekommen war. Die fünf Personen, die er sich zuvor gemerkt hatte, waren nicht mehr zu sehen.

Wie jeden Morgen gönnte er sich im *Zimt & Zucker,* einem Café im Zwanzigerjahrestil, sein obligatorisches Frühstück. Kaum hatte er seinen Stammplatz eingenommen, da kam eine junge Frau an seinen Tisch und fragte: „Black Bottom I wie jeden Morgen?“

Wolf nickte und schlug die Zeitung auf. Kurze Zeit später brachte die Kellnerin den Kaffee. Wolf lächelte sie dankbar an. Anschließend ließ er seinen Blick schweifen. Gerade in diesem Moment betraten zwei Männer das Café und setzten sich plaudernd an einen freien Tisch. Er erkannte sie an ihrer Kleidung. Es waren die beiden, die noch vor fünf Minuten in unterschiedliche Schaufenster geblickt hatten. Augenblicklich wurde Egon Wolf klar, dass er beschattet wurde. Er überlegte, ob er seinen Bewachern Momente oder Handlungen angeboten hatte, die sie dazu veranlassten, Verdacht zu schöpfen. Ihm fielen keine kompromittierenden Situationen ein.

Brenke hatte er nur einmal getroffen. Danach nicht mehr. Die Art, wie Brenke und er sich begegnet waren, konnte Außenstehende nicht dazu veranlasst haben, in irgendeiner Weise Verdacht zu schöpfen. Den USB-Stick hatte er dem Bundestagsabgeordneten so überreicht, dass die Übergabe für abseits Stehende nicht sichtbar war. Da war sich Wolf sicher. Das Zusammentreffen konnte man also als zufällig verbuchen. Warum wurde er dann beschattet? Wolf ließ sich verschiedene Interpretationen durch den Kopf gehen. Gründe oder gar Erklärungen fielen ihm keine ein.

Die Bedienung brachte ihm die Frühstücksvariante Black Bottom I. Gedankenverloren strich Wolf etwas Butter auf die Spitze seines Croissants und dann noch einen Klecks Marmelade. Dann biss er herzhaft hinein. Während er genüsslich kaute, unternahm Wolf den Versuch, seine Lage zu interpretieren. Er wusste zwar, dass Firmness Consulting and Business allen Grund hatte, ihm zu misstrauen, doch er hatte keine Ahnung, wer genau seine Gegenspieler waren. Wenn er es sich recht überlegte, befand er sich nicht gerade in einer komfortablen Position.

Wolf ließ die Zeitung sinken und sah aus dem Fenster. Auf der gegenüberliegenden Straßenseite versah eine Kellnerin die Außenbestuhlung mit Sitzkissen. Der erste Gast wartete schon darauf, Platz nehmen zu können. Egon Wolf gefror das Blut in seinen Adern, als er den Mann erkannte. Es war Brenke, der gerade nach der Lehne eines Stuhles griff. Wolf musste weg, und zwar so schnell wie möglich. Hastig legte er das Croissant auf den Teller, kramte nach einem Zehneuroschein, den er hektisch unter die Untertasse schob, und verließ eilig das Lokal. Dabei versuchte er sein Gesicht mit der Hand zu verdecken. Brenke durfte ihn auf keinen Fall bemerken.

18

Hauptkommissar Oliver Hartel war nun schon seit vielen Jahren Teil dieser Dienststelle. Er war seinerzeit aus Düsseldorf hierher in die tiefste ostwestfälisch-lippische Provinz versetzt worden. Schon damals hatte er diese Versetzung als Degradierung empfunden und nie einen Hehl aus seiner Abneigung gegen Detmold und die dortigen Kollegen, diese Dorftrottel, gemacht. Er mochte das Team nicht, und das Team stieß ihn folgerichtig als Fremdkörper ab. Je weiter er sich seinen Kollegen entfremdete, desto mehr näherte er sich seinem Vorgesetzten an. Er und Erpentrup hatten sich schnell als Seelenverwandte erkannt. Beide waren sie richtige Kerle, nicht solche Weicheier, von denen es heutzutage bei der Polizei so viele gab. Beide wussten immer genau, was richtig war, und hegten nie Zweifel an ihrer Sicht der Dinge. Das glaubte Hartel jedenfalls lange Zeit. Von einer Freundschaft konnte keine Rede sein, das hätte Erpentrup schon wegen seines Chef-Dünkels nicht zugelassen. Aber die beiden Männer sendeten und empfingen in der Regel auf derselben Wellenlänge.

Als Erpentrup ihn nun in sein Büro bestellte, empfand Hartel etwas wie Vorfreude. Er wusste, dass sein Chef viel von seiner Meinung hielt, und freute sich darauf, ihm nützlich sein zu können.

„Hartel, Sie sind der einzige Vernünftige hier“, eröffnete Erpentrup das Gespräch. Hartel hatte es nicht anders erwartet und musste sich zwingen, nicht selbstgefällig zu grinsen. Erpentrup, der sich die sonst immer korrekt gebundene Krawatte etwas gelockert hatte, fuhr fort: „Die Leute hier hecken irgendetwas aus. Ich spüre sowas, vor allem, wenn es gegen mich geht. Da ist was im Gange, und ich werde dahinterkommen, was es ist. Und ich weiß, dass Schulte hinter dieser Verschwörung steckt. Er und seine Tussi, Sie wissen schon.“

Er trank einen großen Schluck Kaffee und knallte die Tasse energisch auf den Schreibtisch.

„Aber ich bin hier der Chef, und ich werde nicht zulassen, dass diese Abteilung durch zwei Quertreiber lahmgelegt wird. Ich bin dafür verantwortlich, dass der Laden läuft. Und glauben Sie mir, Hartel, ich werde hart durchgreifen."

Hartel hatte das Gefühl, etwas sagen zu müssen, denn Erpentrup schaute ihn erwartungsvoll an. „Da bin ich ganz bei Ihnen, Chef", sagte er dann. „Wir sind hier nicht im Waldorfkindergarten."

Damit schien sein Vorgesetzter fürs Erste zufrieden zu sein. „Weiß ich, Hartel", fuhr er fort. „Deswegen wende ich mich auch an Sie. Denn ich brauche jemanden mit klarem Verstand, wenn ich diesen Saustall ausmisten will. Ich weiß ja, dass Sie mit Schulte nicht so gut können. Das kann ich verstehen. Aber Sie sind in diesem Team der Einzige, auf den ich mich verlassen kann. Hartel, Sie sind ab sofort mein wichtigster Mann. Ich will wissen, was da los ist. Sperren Sie doch einfach mal die Ohren auf, wenn in den Büros gesprochen wird. Stellen Sie ein paar Fragen. Irgendwas werden Sie schon erfahren. Ich bin sicher, dass Sie daraus die richtigen Schlüsse ziehen. Und dann werden wir gemeinsam aufräumen. Es soll Ihr Schaden nicht sein, Hartel."

Und schon stand Hartel wieder vor der Bürotür seines Chefs, mit einem bitteren Nachgeschmack. Klar, wenn Erpentrup ihm signalisierte, dass er der Top-Mann im Kommissariat war, auf den er sich blind verlassen konnte, dann tat ihm das gut. Und es war auch richtig, dass Erpentrups Weltsicht und Dienstauffassung Hartel weitaus mehr entgegenkamen als die Sichtweisen, die Schulte an den Tag legte.

Aber seit längerer Zeit kamen Hartel immer wieder Zweifel, ob die Wertschätzung, die Erpentrup ihm signalisierte, echt war oder ob er dieses Zuckerbrot nur gezielt einsetzte, wenn er etwas von ihm wollte.

Sie sind ab sofort mein wichtigster Mann – wie oft hatte Erpentrup das schon zu ihm gesagt. Aber woran merkte Hartel, dass er für seinen Chef wirklich der wichtigste Mann war? Wenn er im Sinne von Erpentrup gehandelt hatte, gab es hinterher nicht einmal ein „Danke" hinter verschlossenen Türen. Sein Chef hatte nichts dafür getan, dass Hartel in ein anderes Kommissariat versetzt wurde, denn unter Schulte würde er nie Karriere machen. Erpentrup hatte ihm auch sonst nie einen Gefallen getan. Nie!

Und plötzlich zog ein Gedanke in Hartels Kopf ein: Für Erpentrup bin ich nichts als ein willfähriger Erfüllungsgehilfe im Privatkrieg, den er gegen Schulte führt. Doch wenn es darauf ankommt, kann ich von diesem Chef keine Hilfe erwarten, und er schützt mich auch nicht. Er braucht mich für seine Angelegenheiten, und ansonsten bin ich ich ihm scheißegal.

Und dann musste er daran denken, wie Schulte ihn behandelte. Distanziert und höflich – zumindest im Rahmen seiner Möglichkeiten. Er war nie link zu ihm gewesen oder hatte versucht ihn ob seiner Loyalität zu Erpentrup zu diskreditieren oder gar zu quälen. Im Grunde verhielt sich Schulte ihm gegenüber ziemlich fair. Das musste er sich eingestehen. Und in diesem Moment erwog Hartel zum ersten Mal, künftig nicht mehr als Erfüllungsgehilfe für Erpentrup zu agieren.

19

Es war früher Nachmittag, als Jupp Schulte seinen staubigen Landrover in einem Parkhaus am Hauptbahnhof abstellte. Er stieg nicht sofort aus, sondern blieb noch ein paar Minuten still sitzen. Sein Beifahrer zeigte sich deutlich lebhafter.

„Sind wir chetz mittendrin in Berlin?", fragte der alte Mann gutgelaunt. Die Fahrt durch die Außenbezirke Berlins hatte ihm offenbar einen regelrechten Kick gegeben. Er war neugierig und aufgeregt wie ein Kind. Mit offenen, staunenden Augen hatte er alles aufgesogen, was es vom Auto aus zu sehen gab.

„Ja, mittendrin“, antwortete Schulte müde, „mittendrinner geht nicht.“

„Dat ich dat noch erleben darf.“ Fritzmeier klatschte begeistert in die Hände.

Schulte zückte sein Handy und wählte sorgfältig eine Nummer.

„Wir sind jetzt da“, sprach er in das Gerät, ohne sich weiter zu erklären. Sein Gesprächspartner zeigte sich anscheinend irritiert, denn Schulte musste nachschieben:

„Ja, ich habe noch jemanden mitgebracht. Keine Sorge, der Mann ist absolut vertrauenswürdig. Für den lege ich meine Hand ins Feuer. Nein, er soll nicht alles mitbekommen, und er wird uns auch nicht ins Handwerk pfuschen. Er ist nur Mitfahrer gewesen.“

Erstaunt schaute Fritzmeier ihn von der Seite aus an.

„Für wen legse die Hand ins Feuer? Für mich?“

Bevor er weiterspekulieren konnte, legte ihm Schulte eine Hand auf den Arm und sagte eindringlich:

„Hör zu, Anton! Ich bin hier nicht privat, sondern dienstlich. Okay, ich habe mich breitschlagen lassen, dich mitzunehmen. Aber hier und jetzt müssen wir uns trennen. Hier beginnt mein Dienst. Wir gehen jetzt gemeinsam in den Bahnhof. Ich bringe dich bis zur Touristeninformation. Da fragst du eine der netten jungen Damen am Schalter nach einem schönen kleinen Hotel. Den Rest erklären sie dir dann schon. Okay?“

Fritzmeier war nun ebenso verdattert, wie er eben noch begeistert gewesen war.

„Und wat is mit dir? Wat machst du?“

„Das ist es ja eben“, meinte Schulte und seufzte, „das darf ich dir nicht sagen. Dienstgeheimnis, du verstehst?“

Fritzmeiers gute Laune schmolz dahin wie Schnee an der Sonne. Mürrisch stieg er aus. Schulte holte Fritzmeiers Koffer aus dem Laderaum. Dann gingen sie wortlos zum Bahnhof.

Ganz so einfach, wie Schulte es dargestellt hatte, ging es natürlich nicht. Anton Fritzmeier war der Gegenentwurf eines souveränen, weltläufigen Reisenden. Der riesige Bahnhof, die unüberschaubare, bunte Menschenmenge, der Krach, die Gerüche, all das verwirrte und überforderte ihn. Seine Laune wurde von Sekunde zu Sekunde trüber, schließlich blaffte er die junge Frau an der Touristeninformation, die nur unter Aufbietung ihrer kompletten Willenskraft die Contenance bewahren konnte, so heftig an, dass Schulte eingreifen musste. Im selben Augenblick sah er aus dem Augenwinkel Rudolf Brenke in der riesigen Halle auftauchen. Den sollte Fritzmeier auf keinen Fall zu sehen bekommen. Er zog den alten Mann von dem Schalter weg und sagte:

„Anton, das hat so keinen Zweck. Ihr macht euch gegenseitig raschelig. Siehst du diese Kneipe dort hinten? Tu mir den Gefallen, setz dich da rein, bestell auf meine Rechnung was zu trinken und warte, bis ich dich wieder abhole. Ich lasse mir dann was einfallen. Einverstanden?“

Fritzmeier passte dieser Vorschlag gar nicht in den Kram, weil er sich abgeschoben fühlte. Doch irgendwann war er hinter der Kneipentür verschwunden. Schulte wandte sich wieder der Bahnhofshalle zu, schlenderte betont gelassen zu einem großen Kiosk, griff wie ein normaler Kunde zu einer Zeitschrift und tat, als würde er darin lesen. Als er bemerkte, dass Rudolf Brenke wortlos neben ihn getreten war und ebenfalls nach einer Zeitschrift griff, brummte er leise:

„Sorry, aber es gibt doch Probleme mit meinem Mitfahrer. Die muss ich erst klären. Aber vielleicht kannst du mir helfen. Du bist ja ortskundig.“

Um diese Zeit war auf dem Schiffbauerdamm nichts los. Eben mal so in der Menge untertauchen, das würde Wolf nicht gelingen. Er sah sich über die Schulter. Seine beiden Verfolger hatten das Café noch nicht verlassen. Wolf hastete in die Albrechtstraße. Er musste von hier verschwinden, so schnell wie möglich. An seinen Arbeitsplatz würde er nicht mehr zurückkehren. Das war ihm in dem Moment klargeworden, als er Brenke vor dem *Zimt & Zucker* gesehen hatte.

Gerade als sich Wolf wieder umsah, um zu überprüfen, ob seine Verfolger ihm schon wieder auf den Fersen waren, hielt ein Taxi keine zehn Meter entfernt mitten auf der Straße, um einen alten Mann aussteigen zu lassen. Der zog umständlich sein Portmonee aus der Tasche, wollte aber noch ein paar Sätze mit dem Taxifahrer plaudern, bevor er ihm das Geld gab. Doch Wolf drängte sich dazwischen. „Sind Sie frei?“, fragte er hektisch.

Der alte Mann empörte sich.

„Verzeihung“, brachte Wolf hervor. „Ich habe es wirklich eilig. Ihre Rechnung übernehme ich. Als kleine Wiedergutmachung sozusagen.“ Er schob den vorübergehend sprachlosen vorsichtig zur Seite und zwängte sich auf den Rücksitz.

„Also, dat is doch …“, setzte der Alte an, doch da hatte Wolf die Autotür schon zugeschlagen.

„Zur U-Bahnstation Oranienburger Tor bitte“, sagte er. Der Taxifahrer legte zwar gleich den ersten Gang ein, konnte sich einen Kommentar allerdings nicht verkneifen.

„Also Meester, wennse immer so hektisch sind, dann werdense nich alt, det kann ich Ihnen versichern, wa.“

Wolf ignorierte ihn und sah, wie die beiden Männer, die ihn beschatteten, jetzt in die Albrechtstraße einbogen. Er wurde bei ihrem Anblick noch nervöser, als er sowieso schon war. Dem Taxifahrer entging das veränderte Verhalten seines Fahrgastes nicht. Auch er blickte in den Rückspiegel und entdeckte zwei Kerle, die zu rennen begannen, um das davonrollende Auto noch zu erreichen.

Der Taxifahrer drückte aufs Gaspedal.

„Aha, jetzt versteh ick Ihre Hektik! Die beiden Kerle wollten Ihnen annet Leder, wa?“, vermutete er.

Wolf nickte bestätigend.

„Na, die Kerle sindse erst mal los“, versuchte der Fahrer seinen Gast zu beruhigen und hielt wenige Minuten später am Eingang der U-Bahnstation. Wolf drückte dem Fahrer eilig einen 50-Euro-Schein in die Hand und hastete in den Bahnhof. Als die nächste Bahn hielt, stieg er ein. Ihm war egal, wohin die Reise ging. Dass der Zug nach Alt-Mariendorf fuhr, nahm er erst während der Fahrt zur Kenntnis. Hauptsache, weg von diesen Männern, die ihm auf den Fersen waren.

Er versuchte einen klaren Gedanken zu fassen. Seinen Laptop und die Sicherungskopien hatte er in seiner Tasche. An dieser Stelle war er handlungsfähig. Sollten die Fremden in seine Wohnung einsteigen, würden sie nichts finden, und in sein EDV-System konnten die Kerle nicht eindringen, da war sich Wolf sicher. Doch wo sollte er hin? Seine Wohnung müsste er in nächster Zeit meiden. Das war klar.

Wolf wechselte mehrfach die U-Bahnlinien. Er war jetzt ruhiger und ging mit abnehmender Verfolgungsangst wieder überlegter vor. An jedem Bahnhof, wo er die Linie wechselte, blieb er zuvor eine Zeit lang auf einer Bank sitzen und beobachtete die Menschen. Er wollte sichergehen, dass er seine Verfolger wirklich abgeschüttelt hatte. Dieses Unterfangen betrieb er bis zum Mittag. Erst dann war er davon überzeugt, dass er die Männer endgültig abgeschüttelt hatte.

Am Schlesischen Tor endlich stieg Wolf aus und bummelte durch Kreuzberg. Auch jetzt blieb er aufmerksam und sah sich immer wieder um. Während er im Treptower Park auf einer Bank saß und sich die Sonne ins Gesicht scheinen ließ, beschloss er, in einem Hotel unterzuschlüpfen. Da wäre er zunächst einmal sicher. Danach würde er weitersehen.

Eine Stunde später hatte Wolf im Industriepalast in Friedrichshain eingecheckt. Er war zu dem Entschluss gekommen, dass er alle zwei Tage seinen Aufenthaltsort wechseln würde. Da war es im Grunde egal, wo er unterkroch. Also hatte er das nächstbeste Hotel genommen, an dem er vorbeikam.

Jetzt saß er auf seinem Zimmer und hatte sich bei den Berliner Verkehrsbetrieben ins EDV-System eingehackt, um die Aufzeichnungen der Überwachungskameras zu löschen, die diese auf ihren Bahnhöfen vornahmen.

20

Zwei Stunden später waren sowohl Fritzmeier als auch Schulte in Berlin gut untergebracht.

Rudolf Brenke hatte seine Beziehungen spielen lassen. Eine gute Bekannte von ihm, sie war anscheinend Schauspielerin, verfügte gemeinsam mit einem älteren Herrn über eine große Wohnung. Die Frau schien zwar gerade verreist zu sein, doch Brenke hatte bei ihr angerufen und angefragt, ob sein Überraschungsbesuch ein Zimmer in der Wohnung beziehen dürfe. Die Bekannte hatte nichts dagegen, und so hatte auch Fritzmeier eine Unterkunft. Der Mitbewohner seiner Bekannten sei ein ehemaliger Kollege, also auch Schauspieler, und ein bisschen „speziell“, aber ganz verträglich hatte Brenke noch angemerkt.

Nach einem Telefonat mit diesem Mitbewohner bestellte Brenke für Fritzmeier ein Taxi und gab dem Fahrer die Adresse. Fritzmeier hatte sich eigentlich ein Hotel vorgestellt, aber als er hörte, dass ihn dieses Zimmer nichts kosten würde, war er mit der Lösung rundum zufrieden. Mit dem älteren Schauspieler würde er schon zurechtkommen. „Bin ja ’n chanz verträglichen Kerl“, beschrieb er sich selbstbewusst. Nachdem Schulte ihm noch einmal eingetrichtert hatte, dass er nun für ein paar Tage allein in Berlin klarkommen müsse und ihm nicht ständig am Rockzipfel hängen könne, fuhr das Taxi los.

Es ging quer durch Berlin-Mitte. Fritzmeier kam aus dem Staunen nicht mehr heraus. Eine solche Sturzflut visueller Reize war mehr, als er in der kurzen Zeit verkraften konnte. Als es ihm zu viel wurde, schloss er einfach die Augen und genoss die Fahrt im Fond des Taxis. Der Taxifahrer sprach nur gebrochen Deutsch und beschränkte sich zu Fritzmeiers Freude auf das Allernötigste.

Als der Alte die Augen wieder öffnete, bog der Mercedes gerade rechts ab. Aus den Augenwinkeln las er auf einem Straßenschild „Cuvrystraße“, hatte aber nicht den geringsten Schimmer, wo in dieser Riesenstadt er sich gerade befand. Es war ihm auch egal. Als der Taxifahrer sagte: „So, jetzt sind wir gleich da“, wurde ihm beklommen zumute. Hier sollte er wohnen? Hier, wo alle Häuser so schreiend bunt mit unentzifferbaren Schriftzeichen besprüht waren? Was mochten denn das für Leute sein, die hier wohnten? In seinem Dorf hätte schon längst ein verantwortungsvoller Mensch einen großen Topf weißer Farbe gekauft und alles übergepinselt. Hier jedoch schien das niemanden zu stören.

Von den Menschen, die hier herumliefen, sahen allerdings viele sehr seltsam aus. Fritzmeier kam sich vor wie ein Außerirdischer, der versehentlich auf einem ihm fremden Planeten gelandet war.

„Coole Gegend hier“, sinnierte der Taxifahrer laut, „hier würde ich auch gerne wohnen.“

Fritzmeier schüttelte verständnislos den Kopf, sagte aber nichts. Für kein Geld in der Welt hätte er seinen heimischen Hof gegen dieses laute und schrille Häusermeer eingetauscht. Dann hielt das Taxi an. Neugierig schaute Fritzmeier sich um. Sie standen vor einem fünfstöckigen Eckhaus, das in den oberen Bereichen ockerfarben gestrichen war. Unten war die Fassade mit wilden bunten Schriftzeichen besprüht.

Fritzmeier versuchte, eines der Wörter zu entziffern, gab aber schnell auf.

„Hier?“, fragte er eingeschüchtert. Als Antwort stieg der Taxifahrer aus, holte Fritzmeiers Koffer aus dem Gepäckraum und stellte ihn auf den Bürgersteig neben einen großen gelben Müllcontainer. Benommen stieg auch Fritzmeier aus, zahlte den exakten Fahrpreis – Trinkgeld kam in Fritzmeiers Universum nicht vor –, schnappte sich den Koffer und ging zur ebenfalls wüst bekritzelten Haustür.

Als er die vielen Klingelschilder sah, wollte er schon aufgeben, riss sich aber zusammen. Endlich fand er die richtige Klingel. Holledau, schon dieser Name war verdächtig. So hieß in Lippe kein Mensch. Mit einem Seufzer drückte er auf den Knopf. Eigentlich wäre er jetzt gern umgekehrt und nach Hause gefahren. Als sich die Haustür mit einem Summen öffnete, ermannte sich der alte Bauer und betrat das geräumige Treppenhaus.

Einen Lift gab es nicht, doch Fritzmeier hätte ihn sowieso nicht benutzt, weil er ihm nicht geheuer gewesen wäre. Was, wenn so ein Ding einfach zwischen zwei Etagen steckenblieb? Nein, da quälte sich Anton Fritzmeier trotz seiner zweiundachtzig Jahre lieber die Treppen hoch bis in den vierten Stock.

„Und wenn ich dabei verrecke“, fluchte er, während er seinen unhandlichen Koffer die nicht enden wollende Treppe hochschleppte. Auf halber Höhe legte er eine Pause ein und schnaufte durch. Dann ging es weiter, bis er sich im vierten Stock vor der Wohnungstür befand, auf deren Klingelschild „Bönisch/Holledau“ stand. Margaritha Bönisch war, das wusste Fritzmeier von Brenke, die Schauspielerin, bei der gerade ein Zimmer frei war. Er klingelte. Die Tür wurde geöffnet, und Anton Fritzmeier sah zum ersten Mal in seinem langen Leben einen Menschen wie Walter Holledau.

Vor ihm stand ein mittelgroßer Mann von ungefähr siebzig Jahren – in Frauenkleidern. Fritzmeier blieb kurz das

Herz stehen. Dann fasste er sich wieder. Ein Schauspieler, dachte er, der probt wahrscheinlich gerade. Muss wohl so sein, redete er sich ein.

Als der Mann sich mit einer für Fritzmeiers Ohren ungewohnt tuntigen Aussprache als Walter Holledau vorstellte, gab ihm Fritzmeier nur zögernd die Hand, als hätte er Angst, sich anzustecken. Holledau schien das nichts auszumachen, denn er forderte den alten lippischen Landwirt fröhlich auf, einzutreten.

„Du bist der Anton, stimmt's?", fragte er den völlig verwirrten Fritzmeier. „Der Rudolf hat dich schon angekündigt und gesagt, dass du ein paar Tage im freien Zimmer von Margaritha schlafen wirst. Ich bin Walter, der andere Teil der Wohngemeinschaft."

Dann schaute er Fritzmeier von oben bis unten prüfend an, es gelang ihm aber offenbar nicht, Fritzmeier in irgendeine ihm bekannte Kategorie zu stecken. Der alte Mann erschien ihm mindestens genauso exzentrisch wie er dem Alten. Er wuschelte sich durchs üppige blonde Haar, straffte sich und sagte:

„Ich habe dich mir ganz anders vorgestellt. Irgendwie …" Er zögerte, dann winkte er ab und sagte lachend: „Egal! Nun bist du hier, und ich zeige dir dein Zimmer."

Er tänzelte vor Fritzmeier her, der ihm leicht benommen hinterherschlurfte. Das Zimmer war groß und hell. Die Deckenhöhe war beeindruckend. Die Wände waren in einem luftigen Pastellton gestrichen, zwei Teddybären lagen auf den perfekt angeordneten blütenweißen Kissen des schmalen Bettes. Es roch irgendwie blumig. Fritzmeier konnte den Duft nicht identifizieren, aber er gefiel ihm.

„Schön, nicht wahr?", meinte Holledau. „Der Raum atmet die Aura einer schönen jungen Frau." Als Fritzmeier ihn verständnislos anschaute, warf er dramatisch beide Hände in die Luft und rief: „Sie ist großartig! Eine Augenweide, eine Seelentrösterin, ein Sonnenschein. Schade, dass sie nicht hier ist. Aber du wirst sie sicher bald kennenlernen. Ich mache uns beiden Hübschen erstmal einen leckeren Caffè Latte, den magst du doch bestimmt."

Nun stand Fritzmeier allein im Zimmer einer ihm völlig unbekannten Frau und wartete darauf, dass ein seltsames Wesen aus dem verwirrenden Niemandsland zwischen männlich und weiblich ihm etwas anbot, von dem er nicht die geringste Ahnung hatte, worum es sich handelte.

„Dat ich dat alles in mein Alter noch erleben darf", brummte er leise und schüttelte den Kopf.

21

Das konnte doch nicht wahr sein! Diese Informationen – das Ganze musste ein Fake sein! Lindemann konnte einfach nicht glauben, was er da in den letzten zwei Stunden gelesen hatte.

Renate Burghausen von der Kriminaltechnik hatte ein paar Tage gebraucht. Aber heute Morgen hatte sie ihm die Auswertung des USB-Sticks auf den Tisch gelegt. Der kleine elektronische Speicher sei sicherlich mit Bedacht ausgewählt worden, hatte sie ihm mitgeteilt. Es handelte sich um Massenware, die es in verschiedenen großen Elektronikmärkten zu kaufen gab.

Auf dem Stick hatten die Kollegen von der Technik keinerlei Informationen gefunden, die Rückschlüsse auf irgendwelche Rechner zuließen, die jemals mit dem portablen Speicher verbunden gewesen waren. Doch die Dokumente auf dem Stick konnte man mit Fug und Recht als politischen Sprengstoff bezeichnen. Zwar hatte die Person, die die Informationen bereitgestellt hatte, die entscheidenden Stellen in den Unterlagen geschwärzt. Wahrscheinlich sollten die Daten, die Brenke zugespielt worden waren, sozusagen als Appetithappen dienen. Weitere Details sollte er vermutlich erst erfahren, wenn er auf die Bedingungen einging, die der Absender mit Sicherheit stellen würde. Aber noch war das reine Spekulation.

Lindemann überlegte, wie er mit der Akte, die auf seinem Schreibtisch lag, umgehen sollte. Renate Burghausen hatte sie ihm persönlich und in Papierform vorbeigebracht.

„Solche brisanten Informationen verschicke ich nicht per Mail“, hatte sie dem Kollegen mit verschwörerischer Miene eröffnet und ihm die Schriftstücke und eine Kopie des Sticks auf den Schreibtisch gelegt.

Jetzt, nachdem Lindemann alles gelesen hatte, konnte er Renate Burghausens Vorgehensweise verstehen. Auch er selbst würde diese Dinge keinesfalls per E-Mail an seinen Chef weiterleiten. Er griff zum Telefon und rief Schulte an.

„Die Kriminaltechnik hat mir ein paar Dinge auf den Tisch gelegt, die ich weder per Mail an Sie weiterschicken noch am Telefon besprechen möchte“, kündigte Lindemann an.

Es entstand eine lange Pause. Schulte schien über das gerade Gehörte nachzudenken.

„Okay“, hörte Lindemann seinen Chef sagen. „Dann müssen Sie eben nach Berlin kommen und mir die Akte persönlich überreichen.“

Einmal am Tag nach Berlin fahren, nur, weil unsere elektronischen Kommunikationskanäle nicht sicher sind?, dachte Lindemann. Das kann ja heiter werden.

Gerade wollte er auflegen, da ergriff Schulte noch mal das Wort. „Warten Sie, Lindemann, heute ist Mittwoch, oder nicht?“

Was war denn mit dem los? War sein Chef jetzt völlig orientierungslos? Doch bevor Lindemann sich fertig gewundert hatte, fuhr Schulte fort: „Ich glaube, mir ist da ein Fauxpas passiert. Ich bin völlig überstürzt nach Berlin gereist und habe dabei völlig übersehen, dass ich meinen Enkel um dreizehn Uhr von der Schule abholen muss.“ Schulte machte eine kurze Pause und fuhr dann fort. „Sie kennen doch meinen Enkel, oder?“

Lindemann nickte, doch dann fiel ihm ein, dass Schulte diese Form der Zustimmung gar nicht sehen konnte. Also schob er hastig ein „Ja!“ nach.

„Gut, Lindemann, Sie müssen mir jetzt einen Gefallen tun. Können Sie das Abholen des Jungen für mich übernehmen?“, bat Schulte.

Lindemann konnte kaum fassen, was hier gerade passierte. Er machte sich alle Mühe, um seinem Chef die brisanten Informationen so schnell und so sicher wie möglich zukommen zu lassen, und Schulte hatte nichts Besseres zu tun, als ihn darum zu bitten, seinen Enkel von der Schule abzuholen! Seltsames Verhalten, dachte er. Wurde sein Chef langsam senil?

Diese Art von Geheimniskrämerei hatte Schulte noch nie gemocht. „Nicht am Telefon.“ Darauf hatte Lindemann bestanden. Solche Sprüche hatten Schultes Mitschüler in den achtziger Jahren immer zum Besten gegeben, wenn sie damals an der Organisation einer Demo der Friedensbewegung beteiligt gewesen waren. Sie glaubten damals, dass der Verfassungsschutz ständig mithören würde.

Aber zur Zeit des Nato-Doppelbeschlusses war die Polizeitechnik längst noch nicht so weit fortgeschritten gewesen, dass die Kollegen vom damaligen K14 jeden Friedensaktivisten der Warburger Börde hätten abhören können. Heute bot die Technik ganz andere Möglichkeiten, sich in Telefongespräche einzuklinken. Bis vor Kurzem war das Schulte auch ziemlich egal gewesen. Schließlich war er Polizist. Er gehörte zu den Guten. Und so hätte er noch vor einigen Tagen lauthals über Lindemanns Befürchtungen gelacht, dass man ihn womöglich abhören könne. Doch seit sein alter Mitschüler Rudolf Brenke ihn zur Undercover-Mission hier in Berlin überredet und ihm die dafür nötigen Insiderinformationen gegeben hatte, sah Schulte die Welt mit anderen Augen.

Es war gleich halb zwölf. In einer Stunde würde er sich mit Fritzmeier treffen. Die Kneipe, in der er sich mit dem alten Bauern verabredet hatte, war ein argentinisches Restaurant mit dem Namen *Gloria* in der Görlitzer Straße. Bis zu dem vereinbarten Treffen war zwar noch reichlich Zeit, doch Schulte hatte nach dem Anruf von Lindemann nicht mehr die nötige Ruhe, um die Umgebung seines Hotels weiter zu erkunden. Vielleicht war Fritzmeier ja auch schon früher da.

Warum also noch weiter unnütz durch die Straßen laufen, wenn man ein Ziel hat?, dachte Schulte und machte sich augenblicklich auf den Weg zu dem Argentinier. Die Straßen, durch die er jetzt lief, kamen ihm irgendwie bekannt vor. Cuvrystraße? Hatte da vor dreißig Jahren nicht mal seine Schulfreundin Annette gewohnt? Auf der linken Seite entdeckte er einen Park. Hier, wo früher der Görlitzer Bahnhof gestanden hatte, war doch früher einmal so eine Art Brache gewesen, ein verwildertes Grundstück, oder nicht? Ja klar, dachte Schulte, das hier war die Gegend, wo Annette gewohnt hatte. Während ihrer Berliner Zeit hatte er sie hin und wieder besucht. Damals gab es in Westberlin anders als in der Bundesrepublik keine Sperrstunde. Das war für ihn eine völlig neue Erfahrung gewesen. Denn es war bei seinen Besuchen hier öfter vorgekommen, dass sie aus der Kneipe kamen und die Sonne schon wieder schien, erinnerte sich Schulte, verbunden mit einem sentimentalen Anflug.

Schulte hatte den richtigen Riecher gehabt. Auch Fritzmeier war, wahrscheinlich, weil ihn die Langeweile umtrieb, weitaus früher am verabredeten Ort. Schon von weitem sah er, dass der alte Bauer vor dem Lokal herumlungerte. Schulte winkte seinem alten Freund zu, als dieser in seine Richtung sah. Doch der zeigte kaum eine Regung.

Oh, oh, dachte Schulte, da hat aber einer schlechte Laune. Und so war es auch. Kaum hatte Schulte Fritzmeier erreicht, da nörgelte dieser auch schon los.

„Jupp, wat war dat nur für eine Schapsidee, mit dich nach Berlin zu fahren. Hätte ich dat nur nich chemacht. Und dann bestellst du mich hier nach eine Kneipe hin, die ers um siebzehn Uhr aufmacht. Dat is doch allet Mist. Ich bin mal so um den Block chezogen. Ich chlaube, in Berlin chibt dat mittachs nix zu essen. Die Kneipen haben doch alle zu, die machen ers abends auf. Und ein anständiget Schnitzel krisse wahrscheinlich in chanz Kreuzberg nich."

„Na komm, Anton. Andere Mütter haben auch schöne Töchter. Es kann doch auch mal ein schöner Lammspieß oder ein Kebab sein", versuchte Schulte den alten Bauern zu beschwichtigen.

„Jupp, du weiß, ich esse allet. Du chlaubst gar nich, wat ich damals, als ich die Reise nach Griechenland gewonnene hatte, allet chegessen habe. Aber man muss ja wenigstens die Möglichkeit dazu haben, wat zwischen die Zähne zu kriegen. Aber hier in Berlin haben die Kneipen ja alle wegen Reichtum cheschlossen. Sowat chäbe et bei uns in Detmold nich. Da krisse mittachs an jeder Ecke wat zu essen", maulte der Alte.

Auf der Suche nach einem anderen Lokal waren die beiden Männer die Görlitzer Straße entlanggegangen.

„Eckbert Zwo", las Schulte und besah sich die Speisekarte. „Guck mal Anton, Linsensuppe, Gulasch, Schnitzel und Schweinebraten im eigenen Saft. Was willst du mehr?"

„Ach weiße, Jupp, ich hätte auch nix gegen so einen schönen Döner", murmelte der Alte verärgert.

Schulte verdrehte die Augen. „Anton, welche Laus ist dir über die Leber gelaufen?"

„Welche Laus is dir über die Leber chelaufen?", äffte Fritzmeier seinen Freund nach. „Wat für eine dumme Frage! Keine, aber sonst is allet Scheiße. Ich wohne in einem Haus, dat is über und über mit Chrafittis beschmiert oder wie dat heißt. Davon kannste nich mal ein Foto machen und nach Detmold schicken. Wenn meine Kumpels bei uns in Hofladen rauskriegen, wie ich hier wohnen muss, bin ich für den Rest meines Lebens dat Chespött der Leute."

Jetzt musste Schulte grinsen. „Ist denn dein Zimmer wenigstens in Ordnung, Anton?"

„Ja, da kannse nix von sagen. Dat is chroß und hell. Dat cheht schon. Aber der Kerl, bei den ich inne Wohnung wohne, der denkt wohl, er wär eine Frau. Der malt sich die Augen an und rennt in Weiberklamotten und son Zeuch rum. Sach mal, Jupp, dat is doch nich normal, oder?"

Schulte grinste noch breiter. „Was ist schon normal, Anton?"

„Ja, da hasse auch wieder recht", meinte Fritzmeier versöhnlicher. „Vielleicht is der ja auch chanz in Ordnung. Der hat mich sogar heute Abend in eine Kneipe eincheladen. Na, dann werde ich mit den Kerl ers mal ein paar Biere kippen. Ich bin nur chespannt, ob der da in Rock oder mit Hose hincheht. Hose wäre ja praktischer. Ich meine, wenne mal aufet Klo wills. Na, im Chrunde is mich dat auch egal."

Die beiden Männer hatten die Speisekarte studiert und jeweils ein Gericht bestellt. Während sie auf das Essen warteten, sah Schulte auf seine Uhr. Viertel nach zwölf. „Sag mal, hast du eigentlich dein Handy dabei?", fragte er sein Gegenüber.

„Ja sicher, meins du denn, ich chehe hier ohne Telefon aus dem Haus? Ich könnte mich doch verlaufen, und wenn dat passiert, dann muss ich doch den Walter anrufen, damit der mich irgendwo abholen kann."

„Walter?", wunderte sich Schulte.

„Ja, dat is doch die Frau, äh ich meine der Kerl, bei dem ich wohne", Fritzmeier machte eine abweisende Handbewegung. „Mann, Frau, weiße, Jupp, ich bin schon chanz durcheinander. Aber is doch nett, dat der Walter sich so um mich kümmert, oder nich?“

„Ja, Anton, ich glaube, mit deinem Vermieter hast du Glück“, bestätigte Schulte den alten Bauern. „Aber jetzt noch mal zu deinem Handy. Kann ich das mal benutzen?“

„Wieso dat denn?“, fragte Fritzmeier entgeistert. „Hasse denn selber keins?“

Schulte verdrehte die Augen. „Doch schon, aber ich muss mal telefonieren. Und zwar in geheimer Mission. Da kann ich nicht mein eigenes nehmen.“

Fritzmeier sah seinen Freund an, als würde der in einer anderen Sprache reden. „Verstehe ich zwar nich, cheheime Mission, aber meinetwegen kannse et mal nehmen. Aber nich so lange reden, dat kostet allet Chelt, weiße ja.“

Der alte Bauer kramte umständlich ein Telefon aus seiner Jackentasche, das fast die Ausmaße eines Schuhkartons hatte, und reichte es Schulte.

Die bestellten Gerichte wurden gebracht, und die beiden Männer aßen schweigend. Als die Teller später abgeräumt wurden, war es kurz vor eins. Jetzt begann für Schulte eine elende Wartezeit. Jede der nächsten Minuten schien zu einer kleinen Ewigkeit zu werden. Und dann zeigte die Uhr endlich drei Minuten vor eins. Schulte nahm sich Fritzmeiers Handy, um seinen Enkel anzurufen.

Doch im nächsten Moment durchfuhr es ihn eiskalt. Er hatte Linus immer mit seinem eigenen Handy angerufen, in dem er dessen Nummer abgespeichert hatte. Schulte wusste sie nicht auswendig, und sein eigenes Handy lag abgeschaltet in seinem Hotelzimmer. Schulte hatte sich vorhin überlegt, auf Nummer sicher zu gehen, und daher sein Gerät nicht mitgenommen, um nicht geortet werden zu können. Und jetzt war er ein Opfer der Technik geworden.

„Wat is nun? Warum telefonierse nich?“

Schulte sah seinen Nachbarn verzweifelt an. „Ich weiß die Telefonnummer von Linus nicht auswendig.“

Fritzmeier griente breit. „Null, hundertsechzig, zweihunderteins …“, diktierte der alte Bauer, und Schulte tippte eifrig auf der Tastatur des Handys. Nach dem dritten Anrufton hörte er die Stimme seines Enkels.

„Hallo, Anton! Wie geht es dir?“, plapperte der gleich los. „Warst du schon im Olympiastadion?“

„Hallo Linus, hier ist Opa“, unterbrach Schulte den Redeschwall seines Enkels. „Ich muss dringend mit meinem Kollegen Lindemann sprechen. Ist der bei dir?“

Wortlos übergab Linus dem schlaksigen Mann sein Smartphone.

„Hallo, Herr Polizeirat“, meldete sich dieser einige Sekunden später aufgeregt. „Jetzt verstehe ich Sie. Ich war ganz verwundert, dass ich Ihren Enkel von der Schule abholen sollte. Der übrigens auch. Aber Sie haben sich nur eine abhörsichere Verbindung organisiert. Clever, Chef, hätte ich Ihnen gar nicht zugetraut.“

Schulte räusperte sich.

„Äh, ich meine natürlich …“ Lindemann versuchte die Situation zu retten.

„Schon gut, Lindemann, und jetzt bitte das Wesentliche“, unterbrach Schulte die umständlichen Entschuldigungsversuche.

„Okay, Chef, in aller Kürze, ist klar. Also, auf dem Stick befinden sich Hinweise, dass eine Organisation, die namentlich nicht genannt wird, Teile der Bundewehr übernehmen will. Im ersten Schritt plant dieses Unternehmen die Privatisierung von zwei Truppenübungsplätzen. Unter anderem unseren hier in der Senne. Gleichzeitig steht eine Übernahme der gesamten Bundeswehr-Logistik zu Krisen- und Kriegsgebieten bevor, in denen Armeeteile der Bundesrepublik im Einsatz sind. Und zu guter Letzt gibt es erste Verhandlungen mit dem Verteidigungsministerium zur Installation einer Privatarmee. Auch dieser Vertrag soll noch in dieser Legislaturperiode über die Bühne gehen. Der

Hammer, sag ich Ihnen!“, fasste Lindemann seine Ausführungen zusammen.

„Sind diese Pläne nur eine nette Geschichte, oder gibt es Beweise?“, fragte Schulte.

„Das ganze Unterfangen wird durch jede Menge Dokumente belegt. Allerdings hat man die Namen und Anschriften geschwärzt. Aber es handelt sich wohl eindeutig um das offizielle Briefpapier aus dem Verteidigungsministerium“, kam die prompte Antwort von Lindemann. „Ich vermute, diese Unterlagen sind der Appetithappen zum Anfüttern. Ich denke, der ehemalige Besitzer dieses USB-Sticks wird sich über kurz oder lang mit Brenke in Verbindung setzen, um seine Bedingungen zu nennen.“

Schulte schwieg einen Moment. Dann äußerte er eine schreckliche Befürchtung: „Wenn unser Unbekannter bis dahin noch lebt.“

Lindemann schluckte. Er wusste auf den letzten Satz nichts zu erwidern. Um die Stille zu durchbrechen, sagte er: „Pauline Meier zu Klüt ist schon auf dem Weg nach Berlin, um Ihnen eine Kopie des USB-Sticks und dessen Inhalt in Papierform zu bringen. Sie ist um sechzehn Uhr neun am Hauptbahnhof.“

„Okay und danke“, verabschiedete sich Schulte knapp und legte auf. Da fing Fritzmeier auch schon an zu schimpfen: „Sach mal, hassese nich mehr alle? So lange zu telefonieren, dat is mein Apparat nich chewöhnt. Der is doch sicher schon heiß chelaufen – und außerdem, dat kostet doch ein Vermögen!“

22

Hätte irgendjemand zu Schulte jemals gesagt: „Jupp, du wirst allmählich alt!“, vehement hätte er dieser Person widersprochen. Doch kaum war er in Berlin angekommen, schon wusste er, dass dies nicht mehr seine Stadt war und wahrscheinlich auch nicht mehr werden würde.

Schulte war nun mal ein Landei. Als Tourist hierher kommen? Immer wieder gern. Hier arbeiten? Gerne ab und zu mal für eine Woche. Aber hier ständig leben? Niemals. Das war Schulte jetzt schon klar. Es tat ihm gut, dass Fritzmeier da war, und er freute sich auf Pauline Meier zu Klüt, die um sechzehn Uhr am Hauptbahnhof ankommen würde. Endlich hatte er jemanden, mit dem er den ganzen Fall noch einmal durchsprechen und die nächsten Schritte entwickeln konnte.

Um zwanzig Uhr hatte Schulte ein konspiratives Treffen mit Rudolf Brenke. Er würde seine Kollegin zu diesem Termin mitnehmen. Schulte sah auf seine Uhr. Kurz vor drei. Da musste er sich sputen, um rechtzeitig am Bahnhof zu sein. Schließlich wollte er Pauline Meier zu Klüt nicht warten lassen. Die U-Bahn-Verbindungen hatte Schulte schon einigermaßen drauf. Besonders die vom Schlesischen Tor zum Hauptbahnhof. Gleich, als er diese Bahn gestern das erste Mal genutzt hatte, war ihm das Lied aus dem Musical *Linie Eins* des Grips-Theaters wieder eingefallen: „Fahr mal wieder U-Bahn. Tu dir mal was Gutes an.“ Mit der Aufnahme war ihm seine Tochter Ina vor mehr als zwanzig Jahren mindestens genauso auf die Nerven gegangen wie zuvor mit der Kassette *Meister Eder und sein Pumuckl*.

Jetzt saß Schulte in besagter Linie Eins und fuhr zum Hauptbahnhof. Er war pünktlich am Zug, um seine Kollegin in Empfang zu nehmen.

„Wie lange wirst du in Berlin bleiben?“, fragte er sie gleich.

„Wenn es nach unser aller Chef Erpentrup ginge, dann sollte ich mich in den nächsten ICE setzen und zurück nach Lippe fahren“, meinte Pauline Meier zu Klüt grinsend.

„Kommt überhaupt nicht in Frage, Meier. Ich brauche dich hier“, erklärte Schulte. „Zunächst sehen wir uns mal gemeinsam an, was der USB-Stick so zu bieten hat, und dann berichtest du mir, was in den letzten Tagen in Detmold passiert ist. Ich habe ein Hotel an der Warschauer Straße. Da habe ich dir schon ein Zimmer reserviert. Hast du eine Zahnbürste dabei?"

Meier zu Klüt deutete lächelnd auf ihren Rucksack. „Alles an der Frau, Herr Polizeirat."

„Na, dann ist ja gut. Also, ab zum Hotel und an die Arbeit."

Eine Stunde später saßen die beiden Detmolder Polizisten über die Unterlagen gebeugt und werteten die Papiere aus.

„Allein was wir hier in den Händen halten, reicht mit Sicherheit aus, um einen kleinen Skandal zu provozieren", meinte Pauline Meier zu Klüt. „Aber wenn dieser ominöse Fremde die Unterlagen, die er dem Bundestagsabgeordneten hat zukommen lassen, auch noch mit Zahlen und Namen füllt, dann hat der Kerl uns mit mehr als einer Kiste politischem Dynamit versorgt. Ich kann mir gut vorstellen, dass seine Gegenspieler alles dafür tun werden, dass dieses brisante Material nicht an die Öffentlichkeit kommt. Und ich bin mir sicher, dass sie auch vor einem Mord nicht zurückschrecken. Ihr Schulfreund Brenke kann von Glück sagen, dass er noch lebt. Ja, ich würde sogar noch weiter gehen: Der Mann soll sich über jeden Tag freuen, dessen Ende er erleben darf. Und erst recht dieser geheimnisvolle Fremde. Wenn der den Kopf aus der Deckung hebt, dann ist der weg vom Fenster. Darauf würde ich wetten."

Schulte überlegte. „Das würde ja bedeuten, dass Brenke höchstwahrscheinlich überwacht wird. Denn das ist der beste Weg für die Gegenspieler, um an den Fremden heranzukommen."

Er rieb sich das Gesicht und gab ein tiefes Seufzen von sich. „Gut", sagte er. „Das müssen wir heute Abend mit Rudolf besprechen. Wir treffen uns um zwanzig Uhr mit ihm, in der Wohnung seiner Freundin. Ich denke, wir sollten eine Stunde früher dort eintreffen. Nur für den Fall, dass

Brenke beschattet wird. Wir müssen denen ja nicht auf die Nase binden, dass wir mit im Spiel sind."

„Und wie kommen wir dann unbemerkt in die konspirative Wohnung rein, wenn wir uns nicht mit Brenke davor treffen oder wir später von ihm eingelassen werden?", gab die Kommissarin zu bedenken.

Schulte schob einen zerknitterten Zettel über den Tisch. „Hier, das ist Fritzmeiers Handynummer. Er ist vorübergehend in dieser Wohnung untergekommen. Ruf ihn an, und sag ihm, dass wir gegen sieben da sind. Er soll uns die Tür aufmachen."

Pauline Meier zu Klüt grinste. „Haben Sie neben Ihrem gesamten Freundeskreis auch noch Teile Ihres Hausrates mitgebracht?", fragte sie. Dabei war eine gewisse Ironie nicht zu überhören.

„Ich brauche eben meine Leute um mich herum", konterte Schulte. „Und Ihre Anwesenheit in Berlin macht mein Glück vollkommen. Okay, Spaß beiseite, was ist in Detmold los?"

„Erpentrup ist noch schlechter gelaunt als sonst. Hartel läuft durchs Kommissariat wie Falschgeld, mit Lindemann stehen Sie ja bestens in Kontakt, und Maren hat sich in Brenkes Frau verbissen."

Schulte zog fragend seine Stirn in Falten.

„Schließlich ist das Mordopfer mit Brenkes Waffe erschossen worden. Das steht eindeutig fest", erklärte Pauline Meier zu Klüt. „Diese Spur können wir natürlich nicht einfach unter den Tisch fallen lassen. Also ist Maren zu Cordula Brenke gefahren, um sie noch einmal zu der Angelegenheit zu befragen. Aber diese Frau hat Maren Köster so dermaßen die kalte Schulter gezeigt, dass kein Gespräch möglich war. Irgendwann ist Maren der Kragen geplatzt, und sie hat Cordula Brenke für morgen vorgeladen."

Schulte nickte. Ihm schwante nichts Gutes.

„Ich sage Ihnen, Chef, wenn diese Frau Brenke während ihrer Vorladung auch nur den kleinsten Fehler macht", fuhr

Pauline Meier zu Klüt fort, „dann fährt die morgen erst mal ein. Abgeordnetengattin oder nicht – Maren kocht, das kann ich Ihnen sagen."

Schulte sah auf die Uhr. „Okay, Meier, ruf Fritzmeier an und sag ihm, dass wir kommen. Er soll auf uns warten, bevor er mit seinem Kumpel auf die Piste geht. Von meinem Handy will ich lieber nicht telefonieren, sicher wird hier das eine oder andere Telefon überwacht. Wenn du den Alten anrufst, ist das wahrscheinlich noch die sicherste Verbindung."

Fritzmeier war ebenso erfreut wie zuvor Schulte, als er Pauline Meier zu Klüt die Tür öffnete.

„Kerl, Mädchen, konntest du et nich ohne uns aushalten und bist auch nach Berlin chekommen? Ich würde dich ja cherne die Stadt zeigen. Bin ja schon ein paar Tage hier. Aber chrade kommse unchelegen. Ich habe meinen Kumpel Walter versprochen, dat ich mit ihn in dat Lokal *Rote Harfe* chehe. Komischer Name, wat?"

Fritzmeier deutete auf einen alten Mann in Frauenkleidern. Der lächelte verlegen, und als Pauline Meier zu Klüt ihm die Hand gab, so, wie sie es als Kind in Lippe gelernt hatte, und auch noch einen Knicks andeutete, da strahlte Walter sogar ein bisschen.

„Ihr könnt ja nachher, wenn ihr allet besprochen habt, noch nachkommen. Dat is annen *Heinrichplatz*. Wenn ihr et nich findet, ruft ihr mich einfach an."

Entweder zeigte Fritzmeier keine Schwächen, dachte Schulte, oder der Alte fand sich besser in Berlin zurecht als er selbst.

Punkt zwanzig Uhr betrat Rudolf Brenke die Wohnung. Er war etwas verwundert, als er Schulte dort schon antraf. Die Verwunderung nahm noch zu, als er auf Pauline Meier zu Klüt traf. Brenke sah Schulte vorwurfsvoll an. So, als wolle er sagen: Jupp, ich habe dir doch gesagt, so wenig Insider wie möglich. Doch Schulte ignorierte den stillen Vorwurf.

„Rudolf, darf ich dir Pauline Meier zu Klüt vorstellen? Unsere am besten ausgebildete Polizistin in Detmold. Sie ist Fallanalytikerin. In Filmen nennt man Polizisten mit dieser Ausbildung gemeinhin Profiler. Ich würde mal behaupten, sie war die Beste beim BKA, hat mit dem FBI zusammengearbeitet. Aber zu guter Letzt hat sie sich für Lippe und den elterlichen Hof entschieden. Außerdem ist sie eine meiner absoluten Vertrauenspersonen."

Brenke entspannte sich, während Schulte fortfuhr: „Sie hat mir die Unterlagen, die auf dem USB-Stick waren, aus Detmold mitgebracht."

Schulte überreichte Brenke eine Kopie des Sticks. „Wir haben die Inhalte schon mal vorab ausgewertet. Du wirst dich wundern, mit was für einer Menge Dynamit dich dein geheimnisvoller Fremder versehen hat." Dann umriss er die Inhalte, die sich auf dem USB-Stick befanden.

„Du wirst höchstwahrscheinlich überwacht, denn das ist der beste Weg für die Gegenspieler, um an den rätselhaften Mann heranzukommen. In gewisser Weise ist er deine Lebensversicherung", schloss er.

Nach diesen Ausführungen schwiegen alle für längere Zeit. Diesen starken Tobak musste Brenke erst mal verdauen. Es dauerte, bis der Bundestagsabgeordnete irgendwann geräuschvoll ausatmete.

„Okay", sagte er dann. „Aber wie kommen wir an den Mann heran? Seit besagtem Treffen an dem Abend in der Kurfürstenstraße habe ich den Kerl nicht mehr gesehen."

„Der Fremde wird Sie seit dem ersten Kontakt mit Ihnen nicht mehr aus den Augen gelassen haben", meldete sich jetzt Pauline Meier zu Klüt. „Der wird auch wissen, dass man versucht hat, Sie umzubringen. Vermutlich ist der jetzt selbst untergetaucht. Aber der meldet sich bei Ihnen, Herr Brenke, davon können Sie ausgehen. Wir müssen nur abwarten."

„Nehmen wir an, Sie haben recht, Frau Meier zu Klüt, nehmen wir an, der Kerl meldet sich. Was mache ich dann?“

„Versuch ihn zur Zusammenarbeit mit mir zu überreden“, riet Schulte. „Sag ihm, dass diese Variante für beide, für dich und für ihn, am sichersten sei. Bis jetzt bin ich ja noch nicht in Erscheinung getreten, Rudolf. Vielleicht hat die Gegenseite mich noch nicht auf dem Zettel. Wir sind extra eine Stunde vor dir gekommen, weil wir vermuten, dass du beschattet wirst. Du solltest also auch wieder alleine das Haus verlassen, und wir gehen erst eine halbe Stunde später.“

Brenke rieb sich müde das Gesicht. „Wahrscheinlich hast du recht“, sagte er. „In was für einen Schlamassel bin ich da nur hineingeraten. Meinen Nachbarn hat es schon erwischt. Der hat, wenn auch unwissentlich, für mich den Kopf hingehalten. Jupp, und auch Sie, Frau Meier zu Klüt, passt gut auf euch auf. Der Tod von Hans-Werner Krois macht mir schon sehr zu schaffen. Aber wenn auch noch einem von euch etwas Ähnliches passieren sollte, werde ich meines Lebens nicht mehr froh.“

Brenke klopfte Schulte auf die Schulter und gab Meier zu Klüt die Hand.

„Kauf dir ein Prepaidhandy, und ruf meine Kollegin an, wenn sich was Neues ergeben sollte“, schlug Schulte vor, bevor Brenke ging.

Die beiden Polizeibeamten saßen noch eine Weile in der immer dunkler werdenden Küche. Die Dämmerung war mittlerweile hereingebrochenen, aber sie schalteten das Licht nicht an. Von außen sollte es so aussehen, als wäre niemand mehr in der Wohnung. Für den Fall, dass Brenke verfolgt würde, sollte man den Eindruck bekommen, als hätte dieser nur in den Räumen seiner Freundin nach dem Rechten gesehen und vielleicht noch den Briefkasten geleert.

Schulte sah auf die Uhr. Brenke war vor mehr als einer halben Stunde gegangen.

„Was meinst du, Meier? Sollen wir noch zu Fritzmeier und seinem Kumpel in die Kneipe gehen und ein Bier trinken?“

Kratzende Geräusche an der Eingangstür ließen die beiden aufhorchen. Meier zu Klüt legte einen Finger auf den Mund und bedeutete Schulte, in das angrenzende Zimmer zu gehen. Sie selbst schlich auf leisen Sohlen durch den Flur und drückte sich hinter einen Garderobenschrank. Schulte wollte nicht in den Nachbarraum verschwinden, doch Pauline Meier zu Klüt zischte ihm verärgert zu: „Mich kann man ruhig zur Kenntnis nehmen. Ich bin morgen wieder in Detmold, aber Sie, Sie müssen unerkannt bleiben. Also verschwinden Sie!“

Die Polizistin sah, wie ein schmaler, weißer Plastikstreifen im Türspalt sichtbar wurde. Die Person hinter der Tür verfügte offenbar nicht über einen Schlüssel. Im nächsten Moment war ein klackendes Geräusch zu hören. Dann sprang die Tür auf. Nur zehn Zentimeter weit. Durch diesen Spalt schob sich erst ein Pistolenlauf, dann die dazugehörige Hand. Ganz langsam wurde das Türblatt in Richtung Garderobe geschoben. Jetzt war fast der ganze Arm zu sehen.

Pauline Meier zu Klüt sprang hinter ihrem Schrank hervor und trat, noch ehe der Eindringling auf die Geräusche reagieren konnte, mit aller Macht gegen die Tür. Ein Schuss krachte. Der Mann schrie, die Pistole fiel zu Boden. Meier zu Klüt riss die massive Holztür wieder ein Stück auf und krachte sie dann erneut gegen den Arm des Eindringlings. Wieder ein Schrei. In der nächsten Sekunde hatte die Polizistin den Mann am Kragen gepackt und ihn in den Flur gerissen. Sie drückte sein Gesicht mit dem Knie auf den Boden, riss ihm die Arme nach hinten und fesselte ihn mit Kabelbindern.

Schulte, der den Kampf durch einen kleinen Spalt beobachtet hatte, wunderte sich, wo die Polizistin die Fesseln so schnell hergeholt hatte.

Der am Boden liegende Mann schrie vor Schmerzen. Wahrscheinlich war sein Arm gebrochen. Ungeachtet der Schreie drückte Pauline ihm weiterhin den Kopf auf den Boden. „So, mein Lieber“, zischte sie. „Dann wollen wir uns mal darüber unterhalten, was du hier suchst und wer dich schickt.“

Der Mann stöhnte, sagte aber kein Wort. Stattdessen hörte die Polizistin eine ihr unbekannte Stimme hinter sich. Dann spürte sie etwas Kaltes, Metallenes in ihrem Nacken.

„Genau, meine Liebe“, sagte ein Mann mit ironischem Unterton. „Wir werden uns jetzt auf die eine oder andere Weise unterhalten. Aber nicht mein Freund gibt Ihnen Auskunft, sondern Sie uns. Und wenn wir dann alles wissen, was wir möchten, dann werden wir uns weiter unterhalten, aber unter den Bedingungen, die wir vorgeben. Sie werden in diesem Spiel lediglich die kleine verdorbene Schlampe sein.“

Wieder ein Geräusch, das Pauline Meier zu Klüt nicht gleich zuordnen konnte. Im nächsten Moment spürte sie das gesamte Gewicht des zweiten Mannes auf sich.

Nach dem ersten Schreck schob sie den erschlafften Körper beiseite und sah zu Schulte hinüber. Der hatte leise die Tür geöffnet und sich so positioniert, dass der gefesselte Mann am Boden ihn, selbst wenn er gewollt hätte, nicht sehen konnte. Als Pauline Meier zu Klüt sich wieder aufgerichtet hatte, flüsterte ihr Schulte zu: „Die Dame des Hauses spielt Golf.“ Er grinste und zog die Tür hinter sich wieder ins Schloss.

Eine Minute später hatte Pauline Meier zu Klüt auch den von Schulte bewusstlos geschlagenen Mann gut verschnürt und beide in eines der Zimmer gezogen. Jetzt saß sie mit Schulte in der Küche und machte ein ratloses Gesicht.

„Was machen wir mit den beiden Kerlen? Ausquetschen und dann der hiesigen Polizei übergeben?“

Schulte war ebenso ratlos wie seine Kollegin. „Noch wissen die beiden ja gar nicht, dass sie einer Polizistin in die Hände gefallen sind. Wir können sie ja auch nicht einfach in mein Auto packen, und du nimmst sie mit nach Detmold."

Die beiden stierten schweigend auf den Küchentisch.

„Ich glaube, das Beste ist, Sie verdrücken sich, Herr Polizeirat, und ich rufe die Kollegen an. Damit die beiden erst mal weggesperrt werden. Vielleicht kann Brenke dafür sorgen, dass wir sie uns in den nächsten Tagen mal vornehmen können. Der Mann scheint ja Kontakte zu haben."

Schulte überlegte. „Okay, Meier", sagte er schließlich, „das geht wohl nicht anders. Wir machen das so. Bis später im Hotel. Ich gehe noch kurz bei Fritzmeier vorbei und sage den beiden, dass du leider noch zu tun hast und dass die beiden Alten ruhig noch ein Bier mehr trinken sollen. Dann können die hiesigen Kollegen die Kerle hier in Ruhe wegschaffen."

23

Was für eine Nacht! Schulte war mittlerweile wach, aber noch nicht aufgestanden. Er wollte sich fünf Minuten Zeit zum Nachdenken nehmen und dann mit einem opulenten Frühstück den Tag beginnen. Das war der Plan nach dem Wachwerden. Doch die Nachdenkphase wurde nach nur wenigen Sekunden gestört. Pauline Meier zu Klüt klopfte an seine Tür.

„Chef, es gibt Neuigkeiten! Wir treffen uns in einer Viertelstunde im Frühstücksraum."

Schulte fluchte, als er seine Bettdecke zur Seite warf, war zugleich aber neugierig, was seine Kollegin zu berichten hatte. Wenig später saß er noch vor Pauline Meier zu Klüt am Frühstückstisch vor einer Schale Müsli.

„Ich hätte jetzt eher auf Mettbrötchen getippt", wurde er von seiner Kollegin begrüßt.

Er schob ihr einen Stuhl hin. „Mit dem zweiten Gang, Meier, gibt es die Maurermarmelade“, entgegnete er, so gut es mit vollem Mund eben ging. „Was gibt es zu berichten?“

„Da ist aber einer neugierig“, foppte sie ihn. „Also gut, der Fremde hat sich gemeldet. Heute Morgen hat Brenke ein betriebsbereites Handy in seinem Briefkasten gefunden, und kaum hatte er es in seine Wohnung getragen, da kam auch schon der Anruf. Der große Unbekannte hat sich gemeldet. Brenke hat ihm unsere Sicht der Dinge unterbreitet und ihm vorgeschlagen, dass er vor jedem weiteren Schritt mit Ihnen Kontakt aufnimmt.“

„Und?“, fragte Schulte.

„Er will es sich überlegen und sich wieder melden. Wir sollen heute Morgen um zehn Uhr dreißig zum Gebäude Unter den Linden 71 kommen, wo viele Bundestagsabgeordnete ihr Büro haben. Dort soll ein gewisser Jakob Maria Mierscheid auf uns warten. Das ist wohl ein Bundestagsabgeordneter der SPD. Brenke sagte mir, auch wenn dieser Mierscheid aus dem anderen Lager sei, ihm würde er hundertprozentig vertrauen.“

„Warum schickt uns Brenke zum Sozi und holt uns nicht selbst ab?“, brachte Schulte kauend hervor. „So, und nun im zweiten Gang Rührei mit Schinken und ein ordentliches Mettbrötchen.“

Pauline Meier zu Klüt verdrehte grinsend die Augen, um anschließend mit ihrem Bericht fortzufahren: „Brenke hat diesen Mierscheid zwischengeschaltet, um uns nicht unmittelbar mit sich in Verbindung zu bringen. Wenn er uns in den Bundestag holen würde, wären wir seine Besucher, und bestimmte Leute könnten uns zuordnen.“

Jetzt war es an Schulte, die Augen zu verdrehen. „Ich bin mir wirklich nicht im Klaren darüber, ob so eine Geheimniskrämerei nötig ist. Manchmal glaube ich, wir leiden schon unter einer Paranoia.“

„Egal. Wir treffen uns mit diesem Mierscheid. Der Sozi versorgt uns mit Besucherkarten. Und dann gehen wir, um keinen Verdacht zu erwecken, mit ihm in das Gebäude. Zuerst steuern wir sein Büro im Haus Unter den Linden 71 an, erst dann suchen wir Brenke in seinem Büro auf, das im Gebäude in der Wilhelmstraße liegt."

Als die beiden Polizisten zum verabredeten Zeitpunkt vor dem Gebäude Unter den Linden eintrafen, stand dort ein alter Mann. Er sah aus, als hätte er Willy Brandt noch persönlich erlebt. Der Mann lächelte, gab Pauline Meier zu Klüt die Hand und stellte sich als eben jener Jakob Maria Mierscheid vor. Dann ging er mit den beiden Polizisten zu den Pförtnern und erledigte die nötigen Formalitäten.

Sie tranken bei Mierscheid einen Kaffee und unterhielten sich über dies und das. Anschließend gingen sie zu dritt in die Wilhelmstraße. Schulte staunte nicht schlecht, als er im Foyer des Gebäudes stand.

„Sieht ja irgendwie schick aus", kommentierte er. „Aber ich kann mir nicht helfen, der Laden hat auch was von Knast."

Mierscheid grinste. „Bei vielen Kollegen läuft dieses Haus ja auch unter dem Namen Alcatraz. So schlecht liegen Sie also nicht mit Ihrem Eindruck."

Brenke saß in seinem Büro. Er war unrasiert und machte einen übernächtigten Eindruck. Als Schulte und seine Kollegin in sein Zimmer traten, rieb er sich mit beiden Händen die Müdigkeit aus dem Gesicht und räusperte sich, bevor zu reden begann. „Ich habe mir alle Unterlagen angesehen. Und ich teile mittlerweile eure Einschätzung. Was Miekatz aus dem Verteidigungsministerium mit der Firmness Consulting and Business ausheckt ist verbrecherisch. Langsam, aber sicher wird mir klar: Wenn diese Informationen an die Öffentlichkeit gehen, gibt es einen Skandal, der sich gewaschen hat. Wenn das rauskommt, dann ist die große Koalition perdu, und die Kanzlerin kann ihren Hut nehmen."

Schulte und Meier zu Klüt staunten nicht schlecht, dass Brenke die Inhalte des USB-Sticks offenbar sofort zu deuten wusste. Doch bevor sie ihre Verwunderung äußern konnten, fuhr Brenke wütend fort:

„Die Privatisierung eines Truppenübungsplatzes, wie die Senne einer ist, das kann man ja nach außen noch darstellen. Aber diese Bande will Teile der Bundeswehr aus dem Verteidigungsministerium herauslösen und sie dann mit großen Profimargen zurückvermieten, die diese Gangster dann einstecken. Das allein ist schon verbrecherisch. Doch damit nicht genug, die Bande will durch ein paar billige Taschenspielertricks ganze Bereiche der Armee und deren Aufgaben aus der Mitbestimmung des Bundestages herauslösen. Wenn sich diese Ideen durchsetzen, dann ist der Willkür Tür und Tor geöffnet. Ich sehe es jetzt schon vor meinem geistigen Auge. Da werden dann mal eben ein paar Drohnen, die bisher militärisch eingesetzt wurden, an einen Konzern vermietet, um in einem afrikanischen Staat ein paar Oppositionelle auszuschalten, die einen Landverkauf an einen europäischen Konzern verhindern möchten. Wenn es diese Privatarmeen mit all den technischen Möglichkeiten erst einmal gibt, dann entwickelt das eine Eigendynamik, die niemals mehr zu kontrollieren ist. Ein perfider Plan."

Schulte nickte. Auch ihm wurde mehr und mehr deutlich, was für heikle Geschäfte einige Politiker hier anbahnten und mit was für mächtigen Gegenspielern sie es zu tun hatten. Bei den Summen, die auf dem Spiel standen, galt ein Menschenleben überhaupt nichts.

„Weißt du, Rudolf, je mehr ich von der Angelegenheit mitbekomme, desto klarer wird mir, wie aussichtslos das ist, worauf wir uns da eingelassen haben. Was für eine Schnapsidee! So ein kleiner dummer Bulle aus Lippe, wie ich es bin, der bis vor ein paar Tagen noch der Meinung war, dass das, was ich hier gerade erlebe, in unserem Land nicht möglich sei, so eine Wurst wie ich soll einer verbrecherischen, syndikalistischen Organisation, die führende Politiker dieses Landes auf ihrer Gehaltsliste hat und womöglich mit Teilen unserer Geheimdienste zusammenarbeitet, die Stirn bieten? Ja, mehr noch, das Handwerk legen? Was für eine Lächerlichkeit!"

Brenke machte ein schuldbewusstes Gesicht.

„Es tut mir leid, dass ich dich hier mit reingezogen habe. Glaub mir, Jupp, als ich dich gefragt habe, ob du diese Rolle einnehmen würdest, da wusste ich nicht im Geringsten, was für Dimensionen diese Angelegenheit annehmen würde."

Schulte winkte ab. „Das war kein Vorwurf, Rudolf, das war einfach der Versuch, unsere Situation einzuordnen. Und glaub mir, die ist beschissen, um es mal in ostwestfälischer Manier auf den Punkt zu bringen. Gestern Abend, eine halbe Stunde, nachdem du gegangen warst, gab es in der Wohnung deiner Freundin einen Einbruch. Zwei Kerle wollten sich mal umsehen. Pauline Meier zu Klüt hat sie daran gehindert, auch nur einen Schritt in irgendein Zimmer zu setzen. Die beiden sind jetzt in Gewahrsam der Berliner Polizei. Natürlich ist meine Kollegin, was diese Männer angeht, jetzt außen vor. Die Berliner Kollegen hier halten uns für Dorfbullen und den vereitelten Einbruch für einen Zufall. Aber jetzt bist du gefragt. Du musst dich da reinhängen, mein Lieber. Meier zu Klüt muss die Möglichkeit bekommen, die beiden Kerle in die Mangel zu nehmen. Mich hat gestern übrigens keiner der beiden Einbrecher gesehen. Das heißt, wenn ich es mir recht überlege, bin ich in dieser ganzen Geschichte nach wie vor ein unbeschriebenes Blatt. Mich gibt es sozusagen gar nicht. Diese Tatsache, dass mich niemand der Gegenseite kennt, kann uns vielleicht noch zugutekommen. So, und jetzt zu dir, Rudolf, und deinem großen Unbekannte. Gibt es da etwas Neues?"

Brenke nickte. „Der Kerl hat wieder angerufen. Er hat dich als Ansprechpartner akzeptiert und mir ein Treffen morgen früh im Görlitzer Park vorgeschlagen. Die GPS-Koordinaten des Ortes, an der die Zusammenkunft stattfinden soll, hat er mir per SMS geschickt.“

Schulte verdrehte die Augen. „Sag mal, hat der sie nicht mehr alle auf der Latte? Diese jungen Leute mit ihrer verdammten Technik! Warum kann der nicht einfach sagen, komm da und da hin und gut. Nein, dieser Kerl muss mir die GPS-Daten schicken! Glaubt der denn, ich könnte mit so einem Koordinatenscheiß umgehen?“

24

Schlafstörungen? Bis vor ein paar Monaten kannte Maren Köster dieses Phänomen nur aus Erzählungen anderer. Doch das war vorbei, seit sie sich auf eine engere Beziehung mit Schulte eingelassen hatte. Der Kerl war ein Chaot, auch wenn sie das lange nicht wahrnehmen wollte. Was hatte sie in den letzten Monaten an Unzuverlässigkeit mit diesem Kerl erlebt!

Maren hatte sich mit ihm verabredet, um ins Theater zu gehen. Doch eine Stunde vorher rief Schulte an, er könne nicht mitkommen, weil sein Enkel zu einem Fußballspiel gebracht werden müsse. Der Vater eines anderen Jungen, der diese Aufgabe eigentlich übernommen hatte, habe sich die Hand gebrochen, und jetzt müsse er, Schulte, einspringen. Maren war traurig gewesen. Okay, vielleicht hatte es auf die Schnelle ja sonst niemanden gegeben, der die Kinder hätte fahren können.

Kurze Zeit später hatten sie sich verabredet, um ins Kino zu gehen. Wer nicht kam, das war Schulte. Als Maren Köster ihn anrief, war er gerade dabei, dem kranken Fritzmeier eine Suppe zu kochen. Maren Köster war wütend. In der nächsten Woche, sie hatte ein paar harte Tage hinter sich gebracht und hatte endlich die Möglichkeit, eine Nacht ohne Bereitschaft durchzuschlafen, da grölte ein besoffener Schulte nachts um kurz nach drei vor ihrem Schlafzimmerfenster auf der Straße herum. Maren Köster hätte ihn umbringen können.

Jetzt war er in Berlin. Geheime Mission, hatte Schulte es genannt. Er hatte sie nicht gefragt, was sie davon halte oder wie es ihr damit ginge. Nichts! Er hatte entschieden und war gefahren. Schulte war ein Egozentriker, der die Einschläge um ihn herum einfach nicht mitbekam. Aus, vorbei, Maren Köster hatte ihm den Laufpass gegeben. Im Gespräch mit ihm hatte sie den Eindruck gewonnen, er hätte das von ihr beschlossene Beziehungsende gar nicht ernst genommen, sondern als eine Drohung, die morgen schon keine Bedeutung mehr hätte. Aber da hatte sich der Kerl geschnitten. Sollte er nur noch einmal einen Flirtversuch unternehmen, Maren Köster würde ihm eine reinhauen. Da konnte er sicher sein.

Auch Schulte sollte leiden, so wie sie. Seit Maren Köster den Beschluss gefasst hatte, Schulte zu verlassen, ging es ihr dreckig. Ihr Magen rebellierte, und sie wälzte sich jede Nacht in ihrem Bett. Von links nach rechts und wieder zurück. Und sie dachte über diesen Scheißkerl, diesen verdammten Schulte, nach und darüber, wie sie zukünftig mit ihm umgehen könnte. Sie litt und versuchte Verantwortung zu übernehmen, während dieser Drecksack in Berlin um die Häuser zog. Kein einziges Mal hatte er sie angerufen. Er hatte ihr nicht mal eine SMS geschickt.

Maren hatte geglaubt, mit dem Kerl durch zu sein. Doch jede Stunde ohne eine Nachricht von Schulte quälte ihre Seele. Warum um alles in der Welt hatte dieser Mann so viel Macht über sie? Wie konnte er sich nur so benehmen, als ginge ihn das alles nichts an? Doch je gleichgültiger sich Schulte verhielt, umso mehr schmerzte es und umso anstrengender wurde es, gegen die verfluchte Sehnsucht anzukämpfen. Sehnsucht nach diesem Mann, den sie vergessen wollte. Nein, nicht wollte! Vergessen musste!

Der Kaffee, an dem Maren nippte, schmeckte so bitter, wie sie gerade ihr Leben empfand. Es tat so weh, dass der Schmerz sie schüttelte. Tränen rannen ihr die Wangen hinunter. Tränen, die sie nicht verhindern konnte. Also ließ sie ihnen freien Lauf. Vielleicht war das ja genau richtig.

Irgendwann war der letzte Tropfen dieser salzigen Flüssigkeit auf den Küchentisch getropft. Der Weinkrampf war vorbei, und es tat nicht mehr so weh. Es schien, als hätten ihre Tränen einen Teil der Kümmernis von ihrer Seele abgewaschen.

Sie schniefte in ihr Taschentuch und machte sich auf den Weg zu ihrem Auto. Heute Morgen wollte diese arrogante Schnepfe, die Frau des Bundestagsabgeordneten Brenke, kommen. Der schien ja ganz nett zu sein, aber seine Frau, die war bösartig und indoktrinativ.

Maren schnaufte. Auch ihr Alltag war im Moment mehr als freudlos. An den Arbeitsinhalten kann ich nichts ändern, dachte sie, an Schultes arschigem Verhalten auch nicht. Aber ich werde mich ab sofort nicht mehr in die Opferrolle begeben. Wer mir nicht mit dem nötigen Respekt und der nötigen Wertschätzung entgegentritt, der hat ab sofort von mir auch nichts zu erwarten.

In der Kreispolizeibehörde schien Hartel schon auf sie zu warten. Kaum hatte Maren an ihrem Schreibtisch Platz genommen, stand der Kollege im Raum.

„Maren, ich habe Vernehmungszimmer zwei für dich fertig gemacht. Die Mikrofone sind gecheckt. Du kannst loslegen, sobald die Brenke kommt."

Na, das war ja mal ein Service, dachte Maren Köster. Wahrscheinlich wollte Hartel im Gegenzug etwas über Berlin erfahren. Und so schien es denn auch zu sein, denn ihr Kollege sah auf die Uhr und räusperte sich verlegen.

„Ähm, Maren, kann ich dich mal was fragen?"

Was war das denn für eine Strategie? Den Verschüchterten spielen, das war ja mal was ganz Neues, dachte die Polizistin, aber sie nickte auffordernd.

„Ich weiß ja, dass ich mich früher manchmal beschissen verhalten habe. Aber das ist Jahre her“, fuhr Hartel fort. „Seit langer Zeit kämpfe ich nun um schon um etwas Anerkennung und einen Platz in diesem Team, bemühe mich um Zugehörigkeit. Vergebens! In euren Augen bin und bleibe ich Erpentrups Spitzel.“

Maren Köster wollte widersprechen, doch Hartel hob abwehrend die Hand.

„Erzähl mir nichts, Maren. Schulte ist in irgendeiner ominösen Angelegenheit in Berlin. Nicht einmal Erpentrup weiß genau, worum es geht. Und ja, er hat mich aufgefordert herauszubekommen, warum unser Polizeirat eigentlich unterwegs ist.“

Es entstand eine Pause.

„Ihr alle in dieser Abteilung seid besser informiert als Erpentrup. Okay, das kann ich verstehen. Aber ich, ich gehöre auch zu diesem Team und habe es satt, andauernd am Katzentisch zu sitzen oder wie ein Aussätziger behandelt zu werden.“ Hartels Stimme klang nun fast wütend.

Maren unterbrach ihn. „Hör zu, Hartel! Du hast recht. Wir verhalten uns dir gegenüber nicht korrekt. Ja, und wir haben kein Vertrauen zu dir, und wahrscheinlich wird es noch länger dauern, bis du einer von uns sein wirst. Dafür ist zu viel passiert. Aber ich gebe dir eine Chance. Und ich werde auch mit den Kollegen sprechen. Ich versuche es mit dir und werbe auch bei Lindemann und Pauline für dich. Aber wehe, du enttäuschst uns.“

Hartel atmete durch. „Danke, Maren!“

„Und damit du gleich Bescheid weißt: Was Schultes Einsatz in Berlin betrifft, bin ich wahrscheinlich nicht besser informiert als du. Es war für mich bislang nicht wichtig. Aber ich spreche mit Lindemann. Der soll uns beide auf den aktuellen Stand bringen. Egal, wie Schulte darüber denkt.“

Es klopfte an der Tür, und schon im nächsten Moment flog die Tür auf.

„Ich warte hier schon seit fast fünf Minuten, aber die Herrschaften scheinen ja erst mal ihren Kaffee trinken zu müssen. Wie es dem gemeinen Bürger dabei geht, wenn er der Willkür der Behörden ausgesetzt ist, scheint Ihnen ja ziemlich egal zu sein", schimpfte Cordula Brenke.

Hartel wollte gerade ein paar entschuldigende Worte formulieren, doch Maren Köster war schneller.

„Sie warten so lange vor diesem Zimmer, bis ich so weit bin, Frau Brenke. Gehen Sie bitte hinaus und schließen Sie die Tür. Je eher wir mit unserer Besprechung durch sind, desto eher haben wir Zeit für Sie." Marens Stimme war so kühl, dass sich auf Hartels Armen eine Gänsehaut bildete.

„Na gut, wenn Sie meinen, Frau Kommissarin, Sie könnten so mit mir umspringen, dann gehe ich eben wieder. Der Landrat in Lippe ist zwar seit kurzem ein Roter, aber ich denke doch, dass die Worte der Frau eines Bundestagsabgeordneten auch parteiübergreifend ein gewisses Gewicht haben."

Maren Köster grinste süffisant.

„Wenn Sie meinen, Frau Abgeordnete, dann werfen Sie Ihr Pfund mal in die Waagschale. Es wird Ihnen nichts nutzen, denn wenn Sie dieses Gebäude jetzt verlassen, dann nur, um die nötigen Utensilien zusammenzupacken, die Sie in der Untersuchungshaft benötigen. So, und jetzt machen Sie die Tür von außen zu und halten uns nicht länger von der Arbeit ab. Ich lasse Sie wissen, wenn ich Zeit für Sie habe."

Cordula Brenke öffnete den Mund und schloss ihn wieder. Dann krachte die Tür heftiger als nötig ins Schloss.

„Auch wenn mein Magen momentan keine Kaffee verträgt, Hartel, gehen wir jetzt in das Büro unseres Chefs und trinken einen schönen Espresso, aufgebrüht von Schultes ganz privater Maschine. Dann sehen wir weiter", meinte Maren Köster mit einem diabolischen Gesichtsausdruck.

„Frau Brenke, wo waren Sie am Samstag, den 21. Mai zwischen fünfzehn und siebzehn Uhr?“, fragte Maren Köster eine halbe Stunde später mit nüchterner Stimme.

Die Befragte rang nach Luft. Ihr Kopf verfärbte sich hochrot.

„Frau Kommissarin, sind Sie eigentlich noch ganz gescheit? Wollen Sie etwa behaupten, ich hätte meinen Nachbarn umgebracht? Also wirklich, Sie sind doch nicht ganz richtig im Oberstübchen!“

„Für Sie zur Information: Die erste Verwarnung kriegen Sie für die Frage, ob ich nicht ganz gescheit sei, und die zweite für die Bemerkung, dass ich nicht ganz richtig im Oberstübchen sei. Nach der dritten Unverschämtheit werde ich Sie so lange hier in eine Arrestzelle sperren, bis Sie sich wieder beruhigt haben, liebe Frau Brenke.“

Die öffnete ihren Mund und schloss ihn wieder.

„Dann habe ich jetzt hoffentlich die Möglichkeit, mit der Befragung fortzufahren, ohne gleich wieder beleidigt zu werden“, fuhr Maren Köster fort. „Ihr Nachbar Herr Krois wurde mit einer Kurzwaffe erschossen, die auf der Waffenbesitzkarte Ihres Mannes eingetragen ist. Ihr Mann kommt als Mörder nachweislich nicht in Frage, weil er zum Tatzeitpunkt auf dem Rücksitz des verunfallten Wagens gesessen hat. Aus dieser Position heraus ist es nach unserer Rekonstruktion des Unfalls nicht möglich gewesen, Herrn Krois zu töten. Bis dahin verstanden?“

Cordula Brenke nickte, die Lippen so fest aufeinandergepresst, dass sich aus dem ehemals vollen Rot ein dünner hellrosa Strich geformt hatte.

„Gut“, entgegnete Maren Köster jetzt mit einem gewissen Zynismus. „Also haben wir zunächst einmal in Erfahrung gebracht, wer außer Ihrem Ehemann noch Zugriff auf die Waffen in Ihrem Hause haben könnte. Das sind zunächst einmal Sie und Ihr Vater. Sie beide haben einen gelösten Jagdschein und sind somit berechtigt, eine Waffe zu besitzen und zu führen. Außerdem sind in diesem einen Tresor alle Waffen untergebracht, die von Ihnen dreien gemeldet worden sind. Also, beantworten Sie mir jetzt bitte die Frage, wo waren Sie am 21. Mai zwischen fünfzehn und siebzehn Uhr, Frau Brenke?“

„Ja, wo soll ich schon gewesen sein? Zu Hause natürlich!“, keifte Cordula Brenke. „Ach, das ist mir alles zu blöd hier. Ich gehe, und wenn Sie etwas wollen, wenden Sie sich an meinen Anwalt.“ Die Frau griff sich ihre Handtasche und stand auf. „Einen schönen Tag, Frau Köster.“

„Den werde ich haben. Und jetzt setzen Sie sich bitte wieder hin“, entgegnete die Polizistin.

„Ach, Sie können mich mal, Sie unverschämte Person!“, setzte Cordula Brenke zu einer Schimpftirade an. Doch bevor sie sich so richtig in Rage reden konnte, hatten zwei Polizistinnen das Verhörzimmer betreten, die Arme von Cordula Brenke nach hinten gedreht und ihr Handschellen angelegt.

„Abführen!“, lautete der nüchterne Befehl von Maren Köster.

25

Hätte Schulte die Strecke von seinem Hotel bis zum Treffpunkt im Görlitzer Park besser gekannt, dann wäre er deutlich früher losgegangen. Um Punkt sechs Uhr morgens wollte sich der Informant mit ihm treffen. Dort, wo der langgezogene Teich an seiner Westseite immer schmaler wird und schließlich endet. Schulte hatte nur einen raschen Blick auf den Stadtplan geworfen. Jetzt hatte er nicht viel mehr als eine vage Vorstellung von diesem Treffpunkt.

Eine vollkommen unchristliche Uhrzeit, dachte er, während er durch die nicht enden wollende Falckensteinstraße lief. Er wunderte sich, dass dennoch schon Menschen unterwegs waren. Arme Schweine, die so früh zur Arbeit müssen, dachte er. Schulte war sich nicht einmal sicher, ob dies der richtige Weg war. Gleich hier in einer Nachbarstraße wohnte Anton Fritzmeier, das wusste er. Sonst war ihm diese Gegend so fremd wie die Rückseite des Mondes.

Mit einer Verspätung von etwa zehn Minuten kam er am nördlichen Ende des Görlitzer Parks an. Hier war zu dieser Uhrzeit keine Menschenseele zu sehen. Zwei Kaninchen huschten davon, als er den schmalen Fußweg betrat, der in den Park hineinführte. Es war windstill, aber kühl. Ein leichter Dunst lag über dem Park, schränkte die Fernsicht ein und ließ Schulte frösteln. Ideale Bedingungen für ein Treffen, wenn man dabei nicht gesehen werden will, dachte er, aber schlecht für die Gesundheit.

Schulte schaute sich um. Er durchschritt gerade eine kleine Streuobstwiese mit Apfel- und Birnbäumen. Es widerstrebte ihm, direkt zum Treffpunkt zu gehen und dort vielleicht in eine Falle zu tappen. Trotz seiner Verspätung beschloss er, den Treffpunkt erst einmal aus sicherer Entfernung zu beobachten und die Lage zu peilen. Ein etwas breiterer Weg durchzog den gesamten Park von Westen nach Osten. Breit genug für ein Auto, locker gesäumt von einigen Bäumen. Er lief den kompletten Weg entlang bis an das Ostende des Parks, ohne jemandem zu begegnen. Brenke hatte erzählt, dass dieser Park in den vergangenen Jahren als einer der bedeutendsten Drogenumschlagplätze Europas gegolten hatte. Auch wenn dieser Handel in letzter Zeit durch das konsequente Vorgehen der Behörden eingeschränkt wurde, war das Image des Görlitzer Parks immer noch stark ramponiert. Dies war kein Ort, wo man in einer dunklen Nacht einen Spaziergang machen sollte.

Schulte ging ein kurzes Stück zurück und bog dann in einen schmaleren Weg ein, der im spitzen Winkel von dem größeren abging und zum Teich führte. Hier war der Park dichter bepflanzt. Bäume und Büsche schränkten die Sicht ein. Schulte fühlte sich hier unwohl. Die offene Fläche in der

Parkmitte hatte ihm mehr behagt. Der Weg lief genau auf das spitze Ende des großen Teiches zu. Hierhin hatte der Mann, der angeblich so wichtige Mitteilungen zu machen hatte, ihn bestellt.

Schulte blickte auf seine Armbanduhr. Er war fast eine Viertelstunde zu spät. Sein Kontaktmann würde mittlerweile verunsichert sein und sich fragen, ob das Treffen noch zustandekommen würde. Schulte, der erfahrene Kriminalbeamte, spekulierte auf diese Unsicherheit. Sie würde vielleicht dazu führen, dass der Mann mehr preisgab, als er eigentlich vorgehabt hatte. Vielleicht, vielleicht auch nicht. Schulte ging nun langsamer. Er wollte den Mann erst ein wenig aus der Ferne beobachten, bevor er die kleine Lichtung am Ende des Teiches betrat, wo das Treffen stattfinden sollte. Als er etwa dreißig Meter vor sich eine Bewegung wahrnahm, huschte er hinter einen kräftigen Baumstamm.

Dann sah er ihn. Es war ein schlaksiger Typ von Mitte vierzig mit einer bunten Baumwolltasche. Der Mann trippelte auf einer kleinen Rasenfläche unruhig hin und her. Es erforderte keine große Menschenkenntnis, ihm seine nur mühsam unterdrückte Wut anzusehen. Schulte, der seine Strategie bestätigt sah, schmunzelte innerlich und beschloss, seine Deckung zu verlassen. Doch in diesem Augenblick veränderte sich alles.

Viertel nach sechs! Wolf blickte immer wieder nervös auf seine Armbanduhr, als könne er dadurch den Gang der Dinge beschleunigen. Nicht nur, dass er Unpünktlichkeit hasste, es wurde für ihn auch von Sekunde zu Sekunde gefährlicher, hier so offen herumzustehen. Eigentlich hatte er vorgehabt, zu dieser Zeit schon wieder in der Sicherheit seines Hotelzimmers zu sein. Verschanzt hinter seinem Laptop – seinem Schutzwall und seinem Schleusentor zur realen Welt, in der er sich immer weniger zu Hause fühlte. Doch dieses Treffen musste sein, noch blieb ihm nichts anderes übrig, als sich dieser Welt zu stellen. Aber schnell sollte es gehen. Schnell und glatt. Er wollte seinem Kontaktmann, den er persönlich nicht kannte, die gewünschten Informationen zukommen lassen. Nichts Schriftliches, auf gar keinen Fall. Wolf trug sein iPad in der Stofftasche. Darauf wollte er dem Kontaktmann einiges zeigen, damit dieser sich Notizen machen konnte. Anschließend wollte er wieder verschwinden. Ohne Spuren. In seinem Hotelzimmer würde er dann in aller Ruhe auf den Anruf des Bundestagsabgeordneten warten. Er würde sich erst wieder sicher fühlen, wenn er dessen Zusage hatte, dass er in das Zeugenschutzprogramm aufgenommen werden würde.

Wieder schaute er auf die Uhr. Siebzehn Minuten über der Zeit. Drei Minuten würde er dem Kontaktmann noch geben, dann spätestens musste er sich aus dem Staub machen. Außerhalb des Parks nahm der Verkehrslärm zu. Die Gefahr, hier gesehen zu werden, wurde immer größer. Als er hinter einem breiten Rhododendronbusch, etwa zwanzig Meter entfernt, eine Bewegung wahrnahm, atmete er erleichtert durch. Das musste der Erwartete sein. Endlich.

Der junge Mann mit dem kindlichen Gesicht hockte sich hinter einen großen Rhododendronbusch und wartete auf den richtigen Moment. Er trug dünne Handschuhe. Immer wieder prüfte er das Gewehr, das griffbereit neben ihm lag. Es war nicht seine eigene Waffe, sie war ihm fremd und gefiel ihm nicht. Sie machte ihn unsicher. Eine ordinäre Jagdbüchse, nichts für einen Profi wie ihn. Aber der Chef hatte darauf bestanden, dass er diese und keine andere Waffe für seinen heutigen Einsatz verwenden solle. Er kannte die Hintergründe nicht, sie waren ihm auch gleichgültig. Der Chef würde schon wissen, warum er solche Anweisungen gab. Diese Art von Loyalität seinem Auftraggeber gegenüber gehörte zu seiner persönlichen Grundausstattung. Sie machte ihn für diese Leute so unschätzbar wertvoll. Er war schnell, effektiv, dabei vorsichtig und zuverlässig. Auf sein extrem unschuldig wirkendes Gesicht, das ihm im Milieu den wenig schmeichelhaften Spitznamen Baby eingebracht hatte, war er nicht unbedingt stolz, es war aber ausgesprochen nützlich. Niemand, der ihn zum ersten Mal sah, hätte ihn für das gehalten, was er war.

Neugierig beobachtete er den schlaksigen Kerl mit der bunten Baumwolltasche, der von Minute zu Minute nervöser zu werden schien. Noch war die Person, mit der er sich hier offenbar treffen wollte, nicht aufgetaucht. Es musste also jetzt schnell gehen. Baby nahm das entsicherte Gewehr zur Hand und zielte sorgfältig. Ein Fehlschuss konnte nicht nur diesen Auftrag gefährden, so was hätte ihm auch einen kaum zu reparierenden Imageschaden zugefügt. Einer wie er konnte sich keinen Fehlschuss erlauben. Aber es waren gerade mal zwanzig Meter. Auf diese Entfernung hätte er mit einem Schuss eine Mücke kastrieren können. Es bestand keine Gefahr, dass er danebenschießen würde.

Schulte zog seine alte Lederjacke enger um sich, da ihm kalt geworden war, und trat aus der Deckung. Er wollte dem schlaksigen Mann zuwinken, um ihm zu signalisieren, dass er derjenige sei, auf den er wartete, und nicht irgendein zufälliger Spaziergänger. Doch bevor er den Arm heben konnte, zerriss ein Schuss die morgendliche Stille des Parks. Entsetzt sah Schulte, wie der lange, dürre Körper seines Kontaktmannes nach vorn kippte und ungeschützt auf dem Rasen aufschlug. Einem Reflex folgend, versteckt sich Schulte sofort hinter dem nächsten Busch und wartete ab. Doch nichts passierte. Sein Kontaktmann lag reglos im feuchten Gras, rings um ihn herum nur die diffusen Geräusche der langsam erwachenden Großstadt. Autos und LKWs donnerten durch die Görlitzer Straße, die nur wenige Meter an Schultes Versteck vorbeiführte. Menschen auf dem Weg zur Arbeit.

Was tun? Wahrscheinlich war der Todesschütze schon auf und davon, ohne dass Schulte es mitbekommen hatte. Und direkt vor ihm lag ein Mann, der vielleicht noch am Leben war und dringend Hilfe benötigte. Schulte hatte keine Zeit, umständlich per Handy Hilfe anzufordern. Er musste raus aus seiner Deckung und schauen, ob er helfen konnte. Das war er seinem Gewissen schuldig. Er atmete tief durch, richtete sich auf und machte ein paar schnelle Schritte auf den Liegenden zu. Als er direkt vor dem Mann stand, blickte er sich noch einmal sichernd um. Als nichts geschah, bückte er sich hinunter und untersuchte ihn, so gut ihm das möglich war. Aber der Mann lebte schon nicht mehr.

Da fiel Schultes Blick auf die bunte Umhängetasche, die dem armen Kerl von der Schulter gerutscht war. Er hob sie hoch, spürte ein erhebliches Gewicht und schaute nach. In der Tasche steckte ein iPad und sonst nichts. Kurz entschlossen wollte Schulte sich gerade die Tasche umhängen, als er hinter sich trotz des Straßenlärms dumpfe, schnelle Schrittgeräusche hörte. Es blieb ihm keine Zeit mehr, sich umzudrehen. Nur kurz spürte er den harten Schlag, der ihn im Genick traf, dann schwanden ihm die Sinne.

Vorsichtig legte der Mann mit dem Kindergesicht das Jagdgewehr neben sich ins Gras. Er war zufrieden mit sich. Der Schuss war äußerst präzise gewesen. Wie immer. Er war einfach gut in seinem Job. Aber nun musste er zusehen, dass er an diese lächerliche Stofftasche kam. Er wird irgendwelche Informationen mit sich führen, hatte der Chef gesagt. Die brauchen wir, koste es, was es wolle. Baby würde sich nicht lange mit der Suche nach diesen Informationen aufhalten. Die konnten ja nur in der Tasche sein. Also würde er das Ding an sich nehmen und dann machen, dass er wegkam. Bei so was zählte jede Sekunde.

Er wollte sich gerade aufrichten und zu seinem Opfer gehen, als er auf der gegenüberliegenden Seite der Lichtung einen Mann hinter einem Busch hervortreten sah. Ein nicht mehr junger Mann, untersetzt, nachlässig gekleidet, aber entschlossen wirkend. Wo kam dieser verdammte Kerl denn plötzlich her? Baby war verwirrt. Er hatte doch vor dem Schuss die Umgebung so sorgfältig observiert. Wie immer bei einem Einsatz hatte er nichts dem Zufall überlassen. War das der Mann, auf den der Schlaksige gewartet hatte?

Baby hatte keine Zeit, lange darüber nachzudenken, denn dieser Mann ging schnurstracks auf den Toten zu und beugte sich zu ihm hinunter. Nun musste gehandelt werden. Baby griff erneut zu dem Jagdgewehr und machte sich auf den Weg. Keine Sekunde zu früh. Mit dem Kolben des Gewehres konnte er gerade in dem Moment zuschlagen, als der Kerl sich umdrehen wollte.

Als Baby nun zwei reglose Körper vor sich im Gras liegen sah, stellte er sich ganz kurz die Frage, ob er dem zweiten Mann nicht noch rasch eine Kugel durch den Kopf jagen sollte. Aber er entschied sich dagegen. Nicht, weil ihn sein Gewissen geplagt hätte, sondern aus der logischen Erkenntnis heraus, dass dieser Mann ihn ja nicht gesehen hatte und folglich als Zeuge nicht gefährlich werden konnte. Wozu ihn dann töten und sich einem noch größeren Fahndungsdruck aussetzen?

Baby hängte sich das unhandliche Gewehr über die Schulter und zerrte an der Stofftasche, die der Bewusstlose beim Sturz nach vorn unter sich begraben hatte. Er musste seine ganze Kraft anwenden, um die Tasche unter dem schweren Körper hervorzuziehen, und hatte es fast geschafft, als er sah, wie sein Gegner plötzlich wieder die Augen aufschlug und ihn ansah. Jetzt gab es für Baby keine Wahlmöglichkeit mehr. Er ließ die Tasche fallen, riss die Jagdflinte von der Schulter und richtete den Lauf auf den Mann direkt vor sich.

Schulte starrte fassungslos in den Lauf eines Gewehres, das sich fast unmittelbar vor seinen Augen befand. Es war kein Gedanke, es war reiner Reflex, der seine rechte Hand nach oben schnellen und gegen den Lauf schlagen ließ. Der Schuss krachte, das Projektil bohrte sich in den feuchten Boden, ohne nennenswerten Schaden anzurichten. Schulte, der immer noch lag, trat mit aller Kraft nach hinten aus und traf seinen Gegner so hart am Schienbein, dass der kurz ins Wanken geriet. Dieser kleine Moment reichte aus. Schulte drückte sich hoch stand nun dem Mann mit dem Kindergesicht auf Augenhöhe gegenüber.

Im selben Moment traf ihn der Gewehrkolben ins Gesicht. Er spürte, dass seine linke Augenbraue aufplatzte, versuchte dies jedoch zu ignorieren und konzentrierte alle Kraft und Bewegungsenergie auf einen entscheidenden Treffer. Aber so schnell und so hart Schulte auch zuschlug – er traf ins Leere. In einer einzigen fließenden Bewegung tauchte der Killer unter Schultes furchtbarem Schlag hinweg, griff nach der Stofftasche, machte einen blitzartigen Schritt zur Seite und rannte davon.

Der schwer atmende und durch die Wucht seines Schlages aus dem Gleichgewicht geratene Schulte versuchte erst gar nicht, ihm zu folgen. Der Schlag mit dem Gewehrkolben hatte ihn gehandicapt, und auch die zwanzig Jahre Altersunterschied machten ein Wettrennen aussichtslos. Resigniert starrte er dem jüngeren Mann hinterher, der gerade aus seinem Gesichtskreis entschwand. Dann setzten grässliche Kopfschmerzen ein, und mit ihnen kam der Schwindel.

Er holte tief Luft und versuchte, gegen das schummerige Gefühl anzukämpfen. Gleichzeitig wurden die Schmerzen immer heftiger. Er schaffte es zwar, auf den Beinen zu bleiben, war aber nicht in der Lage, einen einzigen klaren Gedanken zu fassen. Dazu war sein Kopf viel zu sehr mit Schmerz und Schwindel beschäftigt. Mehrere Minuten hielt dieser Zustand an. In seiner Jacke fand er ein Tempotaschentuch, mit dem er sich die blutende Augenbraue abtupfen konnte. Es war pures Glück, dass in dieser Zeit niemand auf die Lichtung gekommen war. Das hätte ihn in noch größere Schwierigkeiten gebracht.

Verzweifelt betrachtete er den Toten. Alles war schiefgelaufen. Der Mann, der ihm wichtige Informationen liefern wollte und sich warscheinlich darauf verlassen hatte, ins Zeugenschutzprogramm aufgenommen zu werden, war tot.

Er trat näher und sah etwas Silbernes aufblitzen, das neben dem Mann im Gras lag. Es war ein Schlüssel. Er musste dem Mann beim Fallen aus der Tasche oder aus der Hand gerutscht sein. Schulte bückte sich und nahm ihn genauer in Augenschein. Es schien kein normaler Hausschlüssel zu sein. Gehörte er womöglich zu einem Schließfach? Schulte griff nach dem Schlüssel und steckte ihn ein.

Er musste seine Kollegen vor Ort informieren. Doch dann würde er stundenlange Vernehmungen über sich ergehen lassen müssen. Schließlich sprach der erste Eindruck gegen ihn. Die Kollegen von der Berliner Polizei würden ihn verdächtigen, das stand fest. Außerdem würde er seine merkwürdige Rolle in diesem Fall, seine halb verdeckte, halb offene Tätigkeit, erklären müssen. Und das wiederum würde Brenke und auch die Person „ganz oben“ in Erklärungsnot bringen.

Wie er es auch drehte und wendete, er durfte mit diesem Toten einfach nicht in Verbindung gebracht werden. Es musste eine andere Lösung geben. Schulte verließ die Lichtung und ging zu dem Parkweg, auf dem er hierhergekommen war.

Mittlerweile war es fast sieben, und die Chance, im Park auf einen anderen Menschen zu stoßen, war deutlich größer geworden. Als er von weitem einen Jogger auf sich zukommen sah, stand sein Plan fest. Sekunden später stellte er sich dem jungen Mann in den Weg, aufgeregt mit den Armen fuchtelnd. Der Sportler reagierte erschrocken, blieb aber stehen.

„Ich bin am Teich spazieren gegangen“, rief Schulte in seiner Rolle als schockierter Zeuge, „und da lag auf einmal dieser Mann, dieser Tote. Sie müssen sofort die Polizei rufen! Sie haben doch ein Handy dabei, oder?“

Der junge Mann trat einen Schritt zurück, als er dies hörte. Diese Nachricht hätte wohl jeden um seine Seelenruhe gebracht.

„Was ist mit Ihnen passiert?“, fragte er stotternd.

Erst jetzt wurde Schulte bewusst, dass seine blutende Augenbraue offenbar ein irritierender Anblick war.

„Ach, nichts“, versuchte er auszuweichen, „ich bin vor Schreck über eine Baumwurzel gestolpert, als ich den Toten gesehen habe. Haben Sie ein Handy dabei?“

„Ja, ja“, stammelte der Jogger, noch immer völlig verunsichert. Er zog aus einer kleinen Tasche am Getränkegürtel ein Telefon hervor. Dann wählte er mit zitternden Händen die Notrufnummer der Polizei.

Schulte hatte erreicht, was er wollte. Er bewegte sich langsam aus dem Gesichtsfeld des telefonierenden Mannes heraus, und als er in dessen Rücken stand, verschwand er hinter einem Busch. Von dort aus war es für ihn eine Kleinigkeit, ungesehen aus dem Park zu verschwinden. Der Läufer tat ihm leid, er würde sich einige Schwierigkeiten einfangen, aber das ließ sich nicht ändern. Mehr als eine sehr vage Personenbeschreibung von Schulte würde er nicht liefern können.

26

Anton Fritzmeier hatte wieder schlecht geschlafen. Die neue Umgebung und ein fremdes Bett in einer fremden Wohnung in einer fremden Stadt – das war alles ein bisschen zu viel auf einmal für den alten Herrn. Das Bett war weich und behaglich, keine Frage. Aber auch das war er nicht gewohnt. Seit Fritzmeier hier wohnte, hatte er sich jede Nacht herumgewälzt, war hochgeschreckt und dann wieder in einen unruhigen, flüchtigen Schlaf gefallen.

Aber selbst nach einer solchen Nacht setzte sich sein gewohnter Lebensrythmus durch. Ein langes Bauernleben lang war er früh am Morgen aufgestanden und hatte mit der Arbeit begonnen. „Dat krisse nich mehr raus“, sagte er immer. „Dat hängt dir inne Kleider.“

Nun saß er bereits seit halb sieben in diesem seltsam fremdartigen, aber auch anheimelnden Zimmer. In den letzten Tagen war er nach dem Erwachen aufgestanden, hatte sich aus der Wohnung geschlichen und war durch die Straßen des morgendlichen Kreuzberg gestreift. Doch heute Morgen war er von Walter Holledau zum gemeinsamen Frühstück und einem anschließenden Stadtbummel eingeladen worden.

Fritzmeier wusste, dass sein Mitbewohner im Nachbarzimmer schlief, und zwar sicher noch ein paar Stunden. Er wollte ihn nicht durch laute Geräusche stören, daher zog er vorsichtig ein Buch aus einem Bücherschrank, blätterte es lustlos durch und stellte es nach wenigen Minuten wieder zurück.

Die Langeweile beschlich ihn, deshalb verließ er das Schlafzimmer und ging in die pedantisch saubere Gemeinschaftsküche. Er hatte Hunger, vor allem aber lechzte sein Körper nach Kaffee, den er gern mit viel Milch trank. Milch gab es in Fritzmeiers Jugend auf einem Bauernhof kostenlos, während der gute „Bohnenkaffee“ teuer war. Da hatte er sich diese helle Mischung angewöhnt. Er öffnete mit leichten Schuldgefühlen den Kühlschrank, fand dort aber kaum etwas Essbares. Der Kaffeevollautomat sah so kompliziert aus wie das Cockpit eines Raumschiffes. Da traute er sich nicht ran.

Wieder wartete er. Schließlich versuchte er seinen Mitbewohner mit Hüsteln zu wecken, doch nichts rührte sich. Seine Laune sank. Schließlich war er nach Berlin gekommen, um was von der Stadt zu sehen, und nicht, um in einer fremden Küche herumzusitzen und darauf zu warten, dass ein irritierendes Mischwesen, halb Mann, halb Frau, endlich seinen Schönheitsschlaf beendete. Schließlich war heute ein ganz normaler Wochentag und nicht etwa Sonntag. Da konnte man doch nicht so lange schlafen.

Endlich hörte er Walter Holledau husten. Kurz darauf betrat sein Mitbewohner, mit einem schneeweißen Morgenmantel bekleidet, die Küche. Er warf einen skeptischen Blick auf die Küchenuhr und brummte: „Ist ja noch mitten in der Nacht." Dann gähnte er herzhaft. „Ich mache mich eben ein bisschen frisch, und dann gehen wir beiden Süßen lecker frühstücken. Hoffentlich gibt es um diese Zeit schon irgendwo etwas."

Walter Holledau brauchte eine gefühlte Ewigkeit, um sich „ein bisschen frisch zu machen". Dann stand er vor ihm: volles schwarzes, fast schulterlanges Haar, glatte, leicht gebräunte Gesichtshaut, getuschte künstliche Wimpern, große bunte Ohrringe, und offenbar hatte er sogar Lippenstift aufgelegt. Dazu trug er eine bunte Seidenbluse und eine Hose, die oben ebenso knapp war wie unten weit. An den Füßen saßen hochhackige Schnallenschuhe.

Fritzmeier wusste nicht so recht, was er sagen sollte. Obwohl er jetzt schon mehrfach mit seinem Mitbewohner durch Berlins Kneipen gezogen war, fiel es dem lippischen Bauern schwer, sich an das Anderssein seines Gastgebers zu gewöhnen. Und jetzt sollte er sich mit diesem Paradiesvogel auch noch am hellichten Tage auf der Straße blicken lassen?

„Ich habe mich heute etwas dezenter gekleidet als sonst", säuselte Holledau. „Deinetwegen, mein Lieber. Aber nun lass uns gehen!"

Ganz vorsichtig hatte Schulte sich im Rücken des Joggers aus dem Staub gemacht. Sein Versteck in der Hecke war jedoch nur für wenige Minuten sicher. Er musste hier weg. Wenn die Kollegen vom Streifendienst den Toten gesehen hatten, würde es hier innerhalb einer halben Stunde von Polizisten und Leuten von der Spurensicherung nur so wimmeln.

Spätestens dann wäre jeder Mensch, der sich in diesem Park aufhielte, verdächtig.

„Hallo!“ Das Rufen des Joggers riss ihn aus seinen Gedanken. Der Mann hatte Schultes Verschwinden bemerkt, konnte aber noch nicht glauben, dass er mit dieser prekären Situation alleine gelassen worden war. „Hallo, wo sind Sie?“, rief der Läufer noch einmal. Dann hatte er offenbar begriffen, dass ihn der Fremde in ein Verbrechen hineingezogen und mit einer Leiche alleingelassen, mit der er selbst nicht das Geringste zu tun hatte.

Fluchend steckte der Jogger sein Telefon weg. Vermutlich war ihm klar, dass er nicht auch noch abhauen konnte, da die Berliner Polizei durch den Anruf an seine Kontaktdaten gekommen war. Also ergab er sich in sein Schicksal und steuerte die nächste Parkbank an, um auf die Polizei zu warten.

Das war die Gelegenheit für Schulte, sich endgültig zu verdrücken. Der wartende Mann hatte ihm den Rücken zugedreht, und so hatte Schulte die Möglichkeit, weiter unbemerkt zu bleiben. Er durchquerte vorsichtig das Gebüsch und achtete darauf, keine Geräusche zu verursachen. Als er die Rückseite erreicht hatte, rannte er im Schatten der Hecke weiter Richtung Landwehrkanal. Dort angekommen, verharrte er und rang nach Luft. Das Rennen fiel ihm nicht mehr so leicht. In solchen Momenten konnte Schulte sich der Tatsache, dass er knallhart auf die Sechzig zuging, nicht mehr entziehen.

Hier am Görlitzer Ufer war noch keine Menschenseele. Schulte sah an sich herunter und musste feststellen, dass seine Klamotten voller Blut und Dreck waren. So durften ihn nicht allzu viele Menschen sehen. Schon gar nicht hier in der Nähe des Parks. Wo konnte er untertauchen? Wenn er auch nur hundert Meter am Kanal entlangging, würde er in bewohntes Gebiet kommen. Es war kurz vor acht. Langsam, aber sicher erwachte die Stadt. Aus Schultes Sicht gab es nur eine Möglichkeit, sich der Öffentlichkeit zu entziehen. Er musste zur Wohnung, in der Fritzmeier untergekrochen war. Dort konnte er sich waschen und mit Brenke und Pauline Meier zu Klüt treffen, um das weitere Vorgehen zu besprechen.

Auf der Görlitzer Straße kamen Schulte die ersten Passanten entgegen. Er begann zu wanken, und die Leute nahmen ihm die Rolle des Besoffenen angewidert ab. Voller Abneigung wichen sie ihm aus. Und als sie ihn auch noch lallen hörten, wechselten sie schnellstens die Straßenseite.

Mit Hilfe dieser Tarnung gelangte Schulte unbehelligt in die Cuvrystraße. An der Haustür zu Fritzmeiers Unterkunft klingelte er Sturm. Endlich ertönte ein Summen, und die Tür sprang auf. Schulte hastete die Treppe hinauf. Atemlos kam er im vierten Stock an. Zu seiner Überraschung erwartete ihn eine gutaussehende blonde Frau. Als sie ihn sah, schrie sie erschrocken auf und rannte zurück in den Flur. Sie knallte die Wohnungstür ins Schloss.

Schulte klopfte und schellte mit einer solchen Intensität, dass schnell die ersten Stimmen aus der Nachbarwohnung zu hören waren, die ihn aufforderten, endlich Ruhe zu geben. Doch Schulte ließ sich nicht beirren. Er wollte hier rein, wollte zu Fritzmeier. Hinter der verschlossenen Tür hörte er die Frau mit jemandem sprechen. Schulte kam die Stimme des Mannes bekannt vor.

Im nächsten Moment wurde die Tür aufgerissen, und im Rahmen erschien Brenke, bekleidet mit Unterhose und T-Shirt. Schulte staunte nicht schlecht und kombinierte messerscharf: Brenke und die schöne Frau.

„Jupp, wie siehst du denn aus?“, fragte Brenke erstaunt. „Und was machst du hier?“

Schulte trat in den Wohnungsflur, ohne die Frau weiter zu beachten, und schloss die Tür hinter sich. „Das gleiche könnte ich dich auch fragen, Rudolf.“

Er fasste Brenke bei der Schulter und schob ihn in die Küche. „So, hier sind wir einigermaßen sicher", sagte er verschwörerisch. „Wer ist diese Frau, und wo steckt eigentlich Fritzmeier?"

„Der ist gerade mit Walter Holledau aus dem Haus. Wenn du fünf Minuten früher gekommen wärst, hättest du ihn noch getroffen. Und diese Frau, wie du sie bezeichnest …"

„Komm, lass gut sein. Das kannst du mir alles später erklären", unterbrach Schulte ihn. „Jetzt das Wesentliche: Die Aktion ist schiefgegangen. Der geheimnisvolle Fremde ist tot."

Dann schilderte Schulte dem staunenden Brenke, was im Görlitzer Park geschehen war, und schloss mit den Worten: „So, und nun ist guter Rat teuer."

27

Auf der Straße empfing sie die trockene, warme Berliner Luft. Munter trat Walter Holledau auf den Bürgersteig und wandte sich nach links. Fritzmeier trottete ein paar Schritte hinterher. Obwohl die beiden Männer sich schon ein paar Tage kannten, wollte er nicht unbedingt mit Holledau in Verbindung gebracht werden. Tagsüber war es eben doch noch etwas anderes als abends in dunkelen Kneipen. Da waren, so dachte Fritzmeier, schließlich alle Katzen grau.

„Wo bleibst du denn?", rief Holledau fröhlich. „Wir müssen den Bus noch kriegen."

Bus? Zum Frühstück?

„Wo schlepps du mich denn hin?", fragte Fritzmeier. „Ich will doch nur frühstücken."

„Zum Freischwimmer." Holledau sagte es so selbstverständlich, als wäre es ausgeschlossen, dass jemand damit nichts anfangen könnte.

„Wieso Freischwimmer? Hab ich doch schon 1944 chemacht. Hab doch char keine Badehose dabei."

Holledau schmunzelte.

„Das Freischwimmer ist eine der angesagtesten Locations in Berlin, mein Lieber. Liegt direkt am Wasser, du kannst im Freien sitzen. Total hipp. Und das Frühstücksbüffet – ich sag dir, vom Allerfeinsten. Du wirst sehen. Aber erst müssen wir den Bus kriegen."

Keine fünf Minuten brauchte der Bus, dann stiegen sie schon wieder aus. Fritzmeier sah sich um.

„Die paar Meter hätten wir doch auch zu Fuß chehen können. Hätten wir das Bus-Cheld chespart", fand er.

Holledau schaute ihn entsetzt an.

„Zu Fuß? Kein Mensch geht in Berlin zu Fuß, wenn es sich vermeiden lässt. Wozu haben wir all diese teuren U-Bahnen, S-Bahnen und Busse? Nee, mein Lieber, zu Fuß gehen hier nur die Touristen."

Sie fanden einen freien Tisch direkt am Ufer des Kanals, der ein paar Meter weiter in die Spree mündete. Fritzmeier schaute sich das Panorama an. Seine Laune besserte sich zunehmend.

„Chanz nett hier", murmelte er. In der Tat gefiel ihm diese Terrasse am Wasser ausnehmend gut. Der alte Landwirt war jedoch völlig überfordert, als er beim Kellner Kaffee bestellen wollte und der ihm mit schnodderiger Berliner Schnauze mindestens zehn Varianten aufzählte, von denen Fritzmeier keine einzige kannte.

Holledau half aus, bestellte für ihn einen Caffè Latte und wies ihn auch in die Frühstücksgepflogenheiten der Berliner Bohème ein.

„Kein Mensch, der was auf sich hält, frühstückt zu Hause", referierte er. „Und auf gar keinen Fall vor zehn Uhr. Sonntags frühestens gegen Mittag. Und ein kleiner Prosecco darf auch gern dabeisein."

Fritzmeier, der keine Ahnung hatte, was ein Prosecco war, nickte zustimmend. Dann standen sie vor dem Büffet, und Fritzmeier wurde ganz mulmig zumute.

„Das is ja wie auffe Choldene Hochzeit. Mannomann. Wer soll dat denn alles essen? Wat is denn dat da für'n Zeuch? Kenne ich charnich."

Eine Stunde später war Fritzmeier satt. Zwei Gläser Prosecco hatten seine Stimmung noch einmal deutlich verbessert.

„Chefällt mir chut, dieses Berlin", meinte er. „Wat machen wir chetz?"

„Was hältst du davon, wenn wir nach dem reichhaltigen Frühstück einen kleinen Verdauungsspaziergang machen?", schlug Walter Holledau vor.

Fritzmeier kratzte sich am Kopf. Noch vor einer Stunde hatte Holledau sich abfällig über Fußgänger geäußert, und jetzt wollte der Kerl doch tatsächlich einen Spaziergang machen! Der alte Bauer hingegen hatte nach dem opulenten Frühstück wenig Lust auf körperliche Aktivität. Er wollte jedoch nicht unhöflich sein, und so bummelten Anton Fritzmeier und sein Hobbystadtführer Walter Holledau noch einige Stunden kreuz und quer durch Kreuzberg und Friedrichshain.

Schließlich war Fritzmeier am Ende seiner Kräfte. Das war nicht nur der physischen Anstrengung geschuldet, sondern auch der Überflutung mit optischen und akustischen Reizen. Sowas war er nicht gewohnt, und dass er in seinem biblischen Alter noch einmal eine derart fremde Welt erleben durfte, hätte er sich vor einer Woche auch nicht trämen lassen.

Selbst wenn seine Scheu vor Walter Holledau einer noch schwachen Form von Sympathie gewichen war, war es Fritzmeier immer noch ein wenig peinlich, zusammen mit diesem schrillen Paradiesvogel auf der Straße gesehen zu werden. Doch als er feststellte, dass sich in diesem Teil Berlins kaum jemand für Holledaus Erscheinung interessierte, entspannte er sich etwas. Außerdem musste er sich eingestehen, dass es ja für Holledau nicht selbstverständlich war, sich einen ganzen Tag um die Ohren zu hauen, um ein altes Landei durch Berlin zu führen. Das imponierte dem lippischen Bauern schon.

Irgendwann am frühen Abend standen sie in der Wiener Straße vor einem Lokal namens *Wiener Blut*.

„Happich schon mal chehört, den Namen“, meinte Fritzmeier und dachte scharf nach. „Is doch ’n Walzer, oder? Hat meine Frau, allsse noch lebte, immer chehört.“

Holledau begann die bekannte Melodie laut zu summen. Er legte Fritzmeier einen Arm um die Hüfte und versuchte mit ihm ein paar Tanzschritte. Sofort löste sich Fritzmeier aus dem Griff, machte schnell einen Schritt rückwärts und rief empört:

„Wat machs du denn? Wenn uns einer sieht? Ich bin nich so einer, wie du denkst.“

Holledau lachte etwas überdreht und fuchtelte tuntig mit den Armen.

„Schade“, rief er. „So ein fescher Kerl und dann so schrecklich hetero.“

„Was?“ Fritzmeier kannte dieses Wort nicht.

Zum Glück winkte Holledau lächelnd ab und sagte: „Sorry, mein Lieber. Jetzt lass uns reingehen. Das ist eine meiner Lieblingslocations. Es wird dir gefallen.“

Sie betraten einen langen, schmalen Raum, dessen farbenfrohes Interieur Fritzmeier fast erschlug. Holledau schien hier gut bekannt zu sein, denn er wurde von mehreren Männern freundlich begrüßt. Viel los war aber nicht zu dieser Uhrzeit. Eine Bar dieser Art kannte Fritzmeier nur aus dem Fernsehen. Die Tatsache, dass hier offenbar nur Männer verkehrten, wunderte Fritzmeier wenig. Das war in der Dorfkneipe im heimischen Heidental auch nicht viel anders. Erst als Holledau ihn aufklärte, dass es sich hier um eine der bekanntesten Kneipen der Berliner Schwulenszene handelt, wurde Fritzmeier von einer heftigen Panik erfasst. Sofort wollte er raus.

Holledau beruhigte ihn. „Keine Sorge. Du kannst hier ganz gemütlich dein Bier trinken. Keiner wird dir was tun."

Es dauerte eine Weile, bis Fritzmeier sich etwas entspannte. Dann wagte er sich mit einer Frage vor.

„Sach ma, nix für ungut, aber rennst du eigentlich immer so rum? So wie 'ne Frau? So aufgedonnert?"

„Nicht immer", antwortete Holledau ruhig, „nur wenn ich Lust darauf habe. Und das habe ich oft."

„Immer als Frau?" Fritzmeier wollte es ganz genau wissen. „Warum nich mal wat anderes? Chibt doch auch andere Verkleidungen."

Holledau nahm einen großen Schluck Bier und versuchte, höflich zu bleiben: „Für mich ist das keine Verkleidung. Das bin ich. So fühle ich mich. Das kannst du dir wahrscheinlich nicht vorstellen. Ich habe zwar den Körper eines Mannes, aber ich fühle mich selbst eher als Frau. Mal mehr, mal weniger. Also kleide ich mich auch wie eine Frau, das ist doch naheliegend, oder?"

Fritzmeier unterdrückte den Einwand, dass keine Frau in seinem Dorf auch nur annähernd so bunt und schrill auftrat wie Holledau. Er schluckte auch einiges andere runter, was ihm gerade einfiel. Langsam dämmerte ihm, was in einem Menschen wie Holledau vorgehen musste.

In den nächsten Minuten klärte Walter Holledau ihn über die Szene auf, in der sie sich hier befanden. Fritzmeier staunte, als er erfuhr, dass es neben dem üblichen „heteronormativen bipolaren Geschlechtersystem" auch noch eine Art drittes Geschlecht gab. Davon hatte ihm in Heidental keiner was erzählt.

„Mensch, chetz bin ich schon so alt, aber davon happich noch nie was chehört. Kannse ma sehen", brummte er. Nach einem weiteren Bier, nach vielen Fragen und Antworten, stellte Fritzmeier fest, dass dieser Typ ihm gut gefiel. Mochte er sein, wie er wollte. Der Kerl, oder was immer er war, löste bei ihm kein Befremden mehr aus. Holledau war in Ordnung, fand der alte Lipper und bestellte, zum ersten Mal seit vielen, vielen Jahren, eine Runde Bier auf seine Rechnung.

28

Es dauerte fast eine Viertelstunde, bis der erste Polizeiwagen eintraf. Der junge Mann, der die Polizei alarmiert hatte, war mit seinen Nerven offenbar am Ende. Gereizt begrüßte er die beiden Beamten: „Das hat aber gedauert. Gut, dass ich kein Messer im Rücken stecken hatte."

„Wir hatte gerade keinen Kollegen hier in der Gegend", erklärte der eine Polizist. „Und von der Direktion in der Friesenstraße bis hierher ist es ein ganzes Stück. Vor allem jetzt im Berufsverkehr. So, jetzt zeigen Sie uns mal, wo der Tote liegt."

Der Jogger schaute ihn erschrocken an.

„Das weiß ich doch nicht", rief er. Als die beiden Polizisten ihn irritiert anschauten, verteidigte er sich: „Ich bin doch nur der Anrufer, verdammt noch mal. Ich habe keine Leiche gefunden. Da war so ein Kerl, total zerzaust und blutverschmiert, der hat mich gestoppt."

Nachdem der junge Mann von seiner seltsamen Begegnung erzählt hatte, runzelte der eine Beamte misstrauisch die Stirn.

„Und Sie haben sich von ihm nicht mal den Namen geben lassen? Wissen gar nichts über ihn? Sind Sie schon mal auf den Gedanken gekommen, dass Sie einer reingelegt haben könnte? Sie wissen, dass hier ein Drogenkiez ist, oder? Falls wir wirklich hinter diesen Büschen eine Leiche finden, war dieser Mann höchstwahrscheinlich der Mörder. Und Sie haben ihn gesehen. Ich an Ihrer Stelle hätte jetzt ein bisschen Muffensausen."

Als er sah, wie rasch der junge Mann jede Gesichtsfarbe verlor, klopfte er ihm freundschaftlich auf die Schulter.

„Nichts für ungut. Kleine Revanche für die Begrüßung eben. Bleiben Sie einfach hier sitzen, während wir nach der Leiche suchen. Meine Kollegen dort kümmern sich gleich um Sie."

Er wies auf einen weiteren Polizeiwagen, der in diesem Moment mit Martinshorn und Blaulicht eintraf.

„Kommen noch mehr?", fragte der Läufer. „Dann kann ich ja jetzt gehen, oder?"

„Wenn wir wirklich einen Toten finden, dann werden Sie sich wundern, wie viele noch kommen. Aber gehen können Sie deswegen noch lange nicht. Statistisch gesehen sind meistens die Anrufer auch die Täter. Das nur, um Ihnen so ein bisschen die Lage klar zu machen."

Der joviale Beamte übergab den völlig schockierten Frühsportler in die Hände einer Beamtin, während die übrigen Kollegen die Umgebung durchsuchten.

Bereits nach wenigen Minuten kam der Ruf:

„Hier liegt einer!"

Die beiden Beamten, die als erste eingetroffen waren, begaben sich zur Fundstelle und standen vor der Leiche eines schlaksigen Mannes im mittleren Alter.

„Der ist so was von tot", stellte der eine fest, „da kann sogar ich den Totenschein ausstellen."

Er verständigte die Direktion und bat um einen kompletten Spurensicherungstrupp. Dann wies er einen der Kollegen an, bei der Leiche zu bleiben, die anderen schickte er los, um einen größeren Radius rund um den Leichenfundort abzusperren.

„Fehlte ja noch, dass jetzt Kinder hier herumlaufen", brummte er.

Eine halbe Stunde später war die Leiche auf dem Weg in die forensische Pathologie, und die Spurensicherung durchkämmte systematisch die Umgebung. Der Einsatzleiter sah, wie ein junger Kollege gerade hinter einen dicken Baum schaute und plötzlich ausrief: „Kommt mal her! Schaut mal, was ich hier habe!"

Im Gras lag ein Jagdgewehr. Vorsichtig näherte sich einer der Spurensicherer der Waffe und nahm sie genauer in Augenschein.

„Mauser Repetierer, Kaliber 8 mal 57“, stellte er selbstzufrieden fest. „Welchem Jäger hat man diese Knarre denn wohl geklaut?“

Während ihrer Zeit beim Bundeskriminalamt hatte Pauline Meier zu Klüt schon einige Polizeibehörden von innen gesehen. Und so wunderte es sie nicht, dass die Polizeidirektion 5 in der Friesenstraße sich doch erheblich von der Kreispolizeibehörde Detmold unterschied. Das Gebäude aus rotem Sandstein wirkte wie eine Trutzburg mitten in Kreuzberg. Als Pauline Meier zu Klüt ihren Ausweis am Empfang vorlegte, sagte die junge Polizistin: „Der Chef erwartet Sie schon, Kollegin.“ Sie nannte eine Zimmernummer und vertiefte sich wieder in ihre Bildschirmarbeit.

„Wieso Chef? Ich wollte doch nur zwei mutmaßliche Einbrecher vernehmen“, meinte Pauline Meier zu Klüt.

Die Polizistin zuckte mit den Schultern. „Kann ich Ihnen nichts zu sagen. Der Polizeidirektor war vor einer halben Stunde hier und hat mich beauftragt, Sie zu ihm zu schicken. Die Frau will ich sehen, hat er gesagt, und dann ist er wieder abgedampft.“

„Na, dann muss ich dem Kollegen wohl die Freude machen und mich vorstellen.“

Zwei Minuten später klopfte sie an der Bürotür des Polizeidirektors. Ein lautes „Herein!“ erklang.

Sie trat ein und stand einem übergewichtigen Mann mit einem Bürstenhaarschnitt gegenüber, der es wohl nicht mehr weit bis zu seiner Pensionierung hatte. Während sie sich vorstellte, musterte er sie mit zusammengekniffenen Augen.

„Sie kommen aus Detmold?“, schoss er die erste Frage ab.

Pauline Meier zu Klüt nickte.

„Meier zu Klüt“, brummte er. „Komische Namen habt ihr da in der Provinz.“

„Altes Bauerngeschlecht“, bemühte sich die Detmolder Polizistin um eine möglichst lässige Antwort.

„Und verwandt mit der Bundeskanzlerin?“, kam die nächste misstrauische Frage von dem Berliner Kollegen.

„Weder verwandt noch verschwägert.“ Langsam fand Pauline Meier zu Klüt Gefallen an dem Gespräch. Der Chef der Polizeidirektion platzte fast vor Neugierde, und das gefiel ihr.

„Wenn es zwischen Ihnen und unserer Kanzlerin keine verwandtschaftliche Verbundenheit gibt, wie kommt es dann, dass jemand aus der hintersten Provinz bessere Kontakte zum Kanzleramt hat als der Berliner Polizeipräsident?“

„Das mit der Provinz will ich mal überhört haben. Als ihr hier in Berlin noch auf den Bäumen gesessen habt, da haben wir bei uns in Detmold wichtige Entscheidungen herbeigeführt, die bis heute unser Land und Europa prägen“, entgegnete Pauline Meier zu Klüt salopp, während der Polizeidirektor sie mit offenem Mund anstarrte. „Schon mal was von Hermann dem Cherusker gehört?“, schob sie nach.

„Darum geht es hier doch gar nicht“, versuchte er wieder an seine Frage anzuknüpfen. „Ich will wissen, wieso ich von oberster Stelle die Anweisung bekomme, die vereinfacht ausgedrückt lautet: Die junge Kollegin aus Detmold darf in deinem Laden machen, was sie will. Mit dem ausdrücklichen Hinweis: Und bitte keine weiteren Fragen!“

„Nun ja, ich war ein paar Jahre beim BKA. Aus der Zeit habe ich ein paar Kontakte. Man darf die nicht zu oft nutzen. Aber ich dachte mir, nachdem ich die beiden Einbrecher in der Cuvrystraße schon erwischt habe, da will ich auch etwas über das Motiv erfahren, warum sie ausgerechnet in diese Wohnung eingestiegen sind. Und aus Erfahrung weiß ich, dass es schwierig ist, aus so ausgeschlafenen Großstadtpolizisten, wie sie hier tätig sind, etwas herauszubekommen.

Und fast unmöglich ist es, von ihnen als junge Frau aus der Provinz akzeptiert zu werden oder gar mit ihnen zusammenzuarbeiten. Da habe ich mir gedacht, ich aktiviere mal meine Kontakte."

„Gute Antwort, Kollegin, allerdings nicht die, die ich hören wollte", knurrte der Polizeidirektor.

„Aber die Wahrheit", konterte eine gut gelaunte Pauline Meier zu Klüt. „Mit was anderem kann ich leider nicht dienen."

„Sie sind wirklich ein ausgeschlafenes Mädchen. Wenn Sie mal einen Job in Berlin suchen, können Sie sich bei mir melden. Kaffee? Ihre beiden Kandidaten sind in fünf Minuten im Vernehmungszimmer. Sie können solange hier warten."

„Den Kaffee nehme ich gerne", erwiderte die Detmolder Polizistin und gab dabei ihr charmantestes Lächeln zum Besten. „Hinsichtlich des Jobs muss ich Ihnen leider einen Korb geben. Ich bin bekennendes Landei. Wie gesagt, altes lippisches Bauerngeschlecht."

Der Polizeidirektor zuckte bedauernd mit den Schultern.

Als Pauline Meier zu Klüt später das Vernehmungszimmer betrat, saßen die beiden Männer, die von der letzten Begegnung mit ihr noch deutlich gezeichnet waren, schon an einem Tisch und warteten. Sie hatten eine mürrische Miene aufgesetzt, die sich durch der Erscheinen der jungen Polizistin nicht unbedingt aufhellte. Davon unbeeindruckt setzte sie sich den beiden Männern gegenüber und meinte lakonisch: „Na, nun erzählen Sie mal, meine Herren, was hat Sie denn zu dem Einbruch veranlasst?"

Keine Antwort.

„Gut, wenn Sie mir nichts zu sagen haben, dann werde ich Ihnen mal eine kleine Geschichte erzählen. In der Nähe von Detmold wurde am 21. Mai ein Mann aus einem fahrenden Auto heraus erschossen. Höchstwahrscheinlich war er das Opfer einer Verwechslung. Infolge des Anschlags kam es zu einem Autounfall, den die eigentliche Zielperson mit leichten Verletzungen überlebt hat."

Noch immer schwiegen die Männer, doch ihnen war anzusehen, dass sie das Thema durchaus interessierte.

„Ebendieser Mann befand sich kurz vor dem Einbruch in besagter Wohnung, wo wir uns neulich kennengelernt haben", fuhr Pauline Meier zu Klüt in freundlichem Plauderton fort. „Wir gehen nun davon aus, dass Sie die Panne, die Ihnen neulich in Lippe passiert ist, am vorgestrigen Abend ausbügeln und endlich den Mann aus dem Weg räumen wollten, auf den Sie es ursprünglich abgesehen hatten. Auch die Tatsache, dass Sie bewaffnet waren, spricht für die von mir vermutete Absicht."

Die beiden Männer begannen unruhig mit den Füßen zu scharren.

Und jetzt bluffte die Polizistin eiskalt: „Die ballistischen Untersuchungen sind zwar noch nicht abgeschlossen, aber ich bin mir sicher, wenn wir das Ergebnis haben, wird unzweifelhaft feststehen, dass einer von Ihnen definitiv der Mörder ist."

„Stopp!", schrie einer der beiden Männer. „Stopp, stopp, stopp! Mit der Sache, mit der Sie uns hier gerade kommen, haben wir nichts zu tun. Die Waffen haben wir letzte Woche von unserem Auftraggeber bekommen. Nur zur Sicherheit, hat der gesagt. Und wir sollten lediglich diesen Brenke beschatten und herausfinden, ob er sich mit einem gewissen Egon Wolf treffen würde. Nur das war unser Job. Nichts mit Mord und Umbringen. Ein Foto von diesem Wolf hatte ich noch in meiner Jackentasche. Einer ihrer Kollegen hat es mir abgenommen."

„Gut", sagte Pauline Meier zu Klüt. „Dann wollen wir mal über Ihren Auftraggeber sprechen. Wie heißt er? Wo wohnt er? Wie sieht er aus?"

Die beiden Männer wurden mit einem Schlag kalkweiß und schwiegen.

„Sie wollen es mir nicht sagen? Gut, dann sage ich Ihnen jetzt mal etwas! Selbst wenn einer von Ihnen den Mord in Lippe, mit dem Sie ja angeblich nichts zu tun haben, auf seine Kappe nimmt und selbst wenn Sie für den großen Unbekannten in den Knast wandern, sind Sie lange nicht aus dem Schneider. Offenbar haben Sie Ihren Auftraggeber von Angesicht zu Angesicht gesehen. Damit stellen Sie für diese Person eine große Gefahr dar. Und soweit wir es in diesem Moment überschauen können, ist der Mann, der Sie angeheuert hat, sehr einflussreich. Derzeit bin ich mir ziemlich sicher, dass Sie beide den Prozessbeginn gar nicht mehr erleben werden. Denn in der Vergangenheit sind einige, die sich mit ihren Auftraggebern eingelassen haben, eines Morgens tot am Fensterkreuz der Zelle hängend aufgefunden worden."

Wieder wurde mit den Füßen gescharrt und Pauline Meier zu Klüt plauderte mit dem freundlichsten Lächeln auf den Lippen weiter: „Ach ja, und wenn ich gleich mit Ihnen fertig bin, dann können Sie schon mal anfangen, Ihre Habseligkeiten zusammenzupacken. Denn noch heute geht es ab in die U-Haft. Wahrscheinlich werden Sie da schon sehnlichst erwartet.

„Stopp! Sie müssen uns glauben, Frau Kommissarin. Wir kennen den Mann, der uns angeheuert hat, nicht. Wir haben ihn nur einmal gesehen. Da hat er uns die nötigen Instruktionen gegeben, die beiden Waffen und eine Anzahlung. Mehr wissen wir nicht."

„Wie sah Ihr Auftraggeber aus?", setzte Pauline Meier zu Klüt nach.

„Na ja, ich habe nach dem Treffen zu meinem Kollegen gesagt: Mensch, Ede, der sah ja aus wie ein Schnulli."

Der Polizistin standen die Fragezeichen auf die Stirn geschrieben. „Schnulli?" echote sie.

„Ach, wie soll ich das beschreiben?" Der eine der Männer suchte nach einem passenden Ausdruck. „Ich finde", sagte er dann, „der Mann hatte ein Gesicht wie ein Kleinkind."

29

Das Gespräch mit Maren Köster hatte Oliver Hartels Gemütszustand wieder einigermaßen ins Gleichgewicht gebracht. Seitdem Erpentrup ihm die Anweisung gegeben hatte, die Kollegen auszuspionieren, fühlte er sich hin- und hergerissen zwischen Disziplin und Kollegialität. Er mochte Schulte nicht, das war von der ersten gemeinsamen Sekunde an so gewesen, und daran würde sich wohl auch nichts mehr ändern. Auch Maren Köster war in seinen Augen immer eine völlig überdrehte, besserwisserische Tussi gewesen. Schön, aber zickig. Doch das, was Erpentrup nun von ihm verlangte, war jenseits dessen, was er sich unter anständiger Polizeiarbeit vorstellte. Kollegen, und mochten sie auch unsympathisch sein, zu bespitzeln, das war nicht seine Welt. Hartel fühlte sich beschmutzt.

Während er draußen in der Raucherecke der Kreispolizeibehörde eine Zigarette rauchte, fasste er den Entschluss, mit Erpentrup darüber zu sprechen. Sie hatten sich immer gut vertragen, sicher würde sein Chef einsehen, dass dieser Spitzelauftrag für ihn nicht zumutbar war, und ihn davon befreien.

Zuversichtlich klopfte er an Erpentrups Büro. Als keine Antwort kam, öffnete er vorsichtig die Tür und stellte fest, dass sein Chef telefonierte. Er wollte gerade wieder gehen, da gab ihm Erpentrup mit einer Handbewegung zu verstehen, dass er bleiben solle. Hartel setzte sich still auf einen der vier Stühle an Erpentrups Besprechungstisch und wartete ab. Von dem Telefongespräch verstand er so gut wie nichts, weil es sich nur noch um Verabschiedungsfloskeln handelte. Dann legte Erpentrup den Hörer auf, schaute Hartel strahlend an, stieß ein kurzes, zufriedenes Lachen aus und sagte:

„Tja, wenn der richtige Mann die Sache anpackt, dann wird das auch was.“

Er nahm einen Schluck aus seiner Kaffeetasse und verzog das Gesicht.

„Kalte Plörre. Wären Sie so nett, uns zwei frische Tassen zu holen, Hartel?“

Hartel stand widerwillig auf und besorgte aus dem Kaffeeautomaten auf dem Flur zwei dampfende Tassen. War er jetzt auch noch zum Butler seines Chefs geworden? Das wurde ja immer schlimmer. Missmutig stellte er Erpentrup eine Tasse auf den Schreibtisch, während er selbst wieder zurück zum Besprechungstisch ging und sich setzte. Während Erpentrup, der offenbar bester Laune war, sich reichlich Zucker in den Kaffee schüttete, seine einzige Schwäche, wie er stets betonte, nippte Hartel bereits an der Tasse. Er verbrannte sich den Mund und fluchte leise.

„Hartel, Sie sind einfach zu ungestüm“, bemerkte Erpentrup lachend. „Immer Volldampf voraus. Nehmen Sie sich ein Beispiel an mir. Alles der Reihe nach, immer clever sein. Wenn es geradeaus nicht geht, dann eben um die Kurve. Hinten sticht die Biene, merken Sie sich das, Hartel. Haben Sie schon was herausgefunden?“

„Wissen Sie, die Kollegen mauern ganz gewaltig. Da ist es schwer, sich …“

„Lassen Sie’s gut sein, Hartel!“ Erpentrup winkte ab. Dann rückte er seine Krawatte zurecht, lehnte sich in seinem komfortablen Schreibtischstuhl zurück und erklärte selbstgefällig: „Machen Sie sich keine Sorgen. Der Chef hat schon alles gerichtet. Ich habe heute einige sehr interessante Telefonate geführt und bin nun auf dem Laufenden. Nachdem Sie mir erzählt haben, dass Schulte und der Bundestagsabgeordnete Brenke früher Klassenkameraden waren, habe ich zwei und zwei zusammengezählt. Ich habe recherchiert, womit dieser Abgeordnete so seine Zeit verbringt. Irgendwie müssen diese Leute ja auch ihren Tag rumkriegen.“

Erpentrup grinste. Offenbar genoss er sich gerade selbst in vollen Zügen.

„Selbst bei minimalem Einsatz von Hirnschmalz war naheliegend, dass Brenke irgendein Problem hat und Schulte angeheuert hat, ihm zu helfen. Wozu hat man einen Kumpel bei der Polizei? Dass dieses Problem mit seiner Rolle als Verteidigungspolitiker zu tun hat, lag ebenfalls nahe und wurde dadurch bestätigt, dass Schultes Einsatzbefehl von ganz oben kam. Und wenn ich ganz oben sage, Hartel, dann meine ich ganz oben. Das wäre nicht so gekommen, wenn Brenke nur ein privates Problem hätte. Von Ihnen weiß ich, dass Schulte nach Berlin gefahren ist. Ein weiteres Indiz. Also habe ich ein paar Beziehungen spielen lassen und mit verschiedenen Leuten telefoniert. Und siehe da – ich habe offenbar in ein Wespennest gestochen."

Erpentrup schaute Hartel erwartungsvoll an, als rechne er damit, dass der vor Begeisterung aufspringen und jubeln würde. Dass Hartel mit unbewegter Miene einfach sitzen blieb, schien ihm nicht zu gefallen.

„Gerade, als Sie hereinkamen, habe ich mit einem Staatssekretär aus dem Verteidigungsministerium gesprochen. Mit einem gewissen Herrn Miekatz. Fragen Sie mich nicht, wie ich an diese Verbindung gekommen bin. Ich sage nur Beziehungen, Hartel, nichts geht über Beziehungen. Die muss man pflegen, dann ist alles möglich. Diesen arroganten Kerl habe ich ganz schön geschockt. Ich habe einfach mal einen Versuchsballon steigen lassen und ein paar Hypothesen aufgestellt – und prompt ist er darauf angesprungen. Ha! Ganz aufgeregt war er. Ich glaube, dieser Brenke hat irgendein krummes Ding am Laufen, und Schulte hilft ihm dabei. Ich habe dem Staatssekretär jedenfalls von Schulte und seiner Beziehung zu Brenke erzählt. Jetzt schauen wir doch mal ganz in Ruhe, wie sich die Dinge entwickeln." Erpentrup lehnte sich selbstzufrieden in seinem Stuhl zurück. „Wollen wir doch mal sehen, wer am Ende die Fäden in der Hand hält. Was meinen Sie, Hartel?"

Langsam, aber sicher wirkten die Schmerzmittel. Doch noch immmer dröhnte Schultes Schädel. Die Rippen taten ihm weh, und die vielen Schürfwunden schmerzten höllisch. Am meisten ärgerte ihn, dass er sich so dumm angestellt hatte und nicht einen Millimeter weitergekommen war. Was hatte ihn nur geritten, sein Versteck zu verlassen, als auf seinen Informanten geschossen worden war? Von seinem Standort aus hätte er ihm niemals helfen können. Und er selbst hatte wirklich Glück, dass er noch am Leben war.

Dass der Heckenschütze ihm dieses Tablet abgejagt hatte, war ärgerlich, doch das Schlimmste war, dass der Killer ihn auch noch gesehen hatte. Wahrscheinlich hatte der Kerl alle Zeit der Welt gehabt, sich Schultes Gesicht einzuprägen. Es war nur eine Frage der Zeit, bis die Gegenseite herausfand, mit wem sie es zu tun hatte. Zwar hatte auch Schulte eine vage Vorstellung von dem Mann gewonnen, der ihn überfallen hatte. Aber ob die reichen würde, um den Kerl wiederzuerkennen, da war er sich nicht sicher. Das Einzige, was er hatte, war ein Schlüssel, ein Schlüssel, den er nicht zuordnen konnte. Wahrscheinlich gehörte er zu einem Schließfach. Aber wo befand sich selbiges?

„Verdammt, Rudolf", fluchte Schulte. „Ich habe mich so dumm wie ein Schuljunge angestellt. Da wird auf einen Mann geschossen, und ich Blödmann gehe in aller Seelenruhe zu der Leiche, als wenn nichts geschehen wäre. Wäre ich einfach nur in meinem Versteck geblieben, dann hätte ich den Kerl erwischt. Ich habe mich verhalten wie ein blutiger Amateur, wie ein Anfänger. Ich bin eben doch nur ein Dorfbulle. Nicht mehr und nicht weniger."

Brenke versuchte ihn ein wenig aufzubauen. „Na komm, Jupp, jetzt lass mal gut sein. Okay, das Treffen ist in die Hose gegangen, aber du lebst, und das ist die Hauptsache. Wenn ich darüber nachdenke, mit welcher Brutalität diese Bande vorgeht, dann wird mir ganz anders. Wie eiskalt muss man sein, um jemanden so kaltblütig zu ermorden wie meinen Nachbarn Krois oder wie diesen armen Kerl mit dem USB-Stick. Langsam bekomme ich das Gefühl, wer sich mit mir einlässt, ist innerhalb kürzester Zeit ein toter Mann. Aber was sollen wir machen? Jetzt aufgeben, das geht mir irgendwie gegen den Strich."

Schulte sah seinen alten Schulkollegen entgeistert an.

„Aufgeben? Wir können doch gar nicht mehr aufgeben. Wenn wir das tun, sind wir beide tot. Wir hängen da bis zum Hals mit drin. Jetzt, wo dieser verdammte Killer mich auch kennt, bin ich keinen Fatzen besser dran als du. Wenn wir diese Sache nicht irgendwie erfolgreich zu Ende bringen, dann gute Nacht, Marie."

„Wirklich, Jupp, es war in keiner Weise meine Absicht, dich in solche Schwierigkeiten zu bringen."

Schulte unterbrach ihn. „Ich bin Polizist, Rudolf. Das, was ich hier gerade erlebe, gehört zwar nicht zu meinem polizeilichen Alltag, aber es ist mein Job, und den ziehe ich jetzt durch. Du konntest doch mit den Angaben, die dieser Fremde dir bei eurem ersten Treffen gegeben hat, etwas anfangen. Du konntest den Briefen Namen und manchmal auch Absender oder Empfänger zuordnen. Ich brauche die Namen und alle Angaben zu den Personen, die du kennst."

Brenke überlegte einen Moment, dann suchte er sich ein Blatt Papier und fing an zu schreiben.

„Da ist zunächst einmal Roland Horn", erklärte Brenke. „Der ist, nachdem er bei der Bundeswehr pensioniert wurde, zu Firmness Consulting and Business gegangen. Hochintelligent und ein Offizier durch und durch. Er kennt das Verteidigungsministerium wie kein zweiter. Hat aber auch einige Kampfeinsätze hinter sich gebracht. Während dieser Einsätze hat er nicht nur hinter der Front am Schreibtisch gesessen. Der kann auch Drecksarbeit."

Er schwieg einen Moment und dachte nach, bevor er weiterschrieb.

„Okay, und dann wäre da Bernhard Dietz. Er ist einer der Topmanager der Bundesrepublik Deutschland und aalglatt. Hat bei einigen Rüstungskonzernen den Hut aufgehabt und ist seit fünf Jahren der Chef von FCB. Er hält sein Privatleben so ziemlich aus der Öffentlichkeit heraus, dazu kann ich nicht viel sagen. Aber er ist sicher einer der mächtigsten Männer in Deutschland. Und zu guter Letzt hätten wir noch Markus Miekatz. In Politikerkreisen nennt man ihn auch MM. Er ist Jurist, hat damals eines der besten Examen Deutschlands gemacht. MM war schon an der Hochschule im RCDS schwer aktiv und hat sich erst gar nicht lange mit Berufsleben aufgehalten, sondern ist gleich in die Politik gegangen. Es wird hier in Berlin niemanden geben, der sich auf dem Parkett des Bundestages sicherer bewegt als Miekatz. Den kannst du vom Verteidigungsministerium ins Wirtschaftsministerium versetzen – und am nächsten Tag ist der Mann gleich wieder Chef an Bord. Ein politisches Supertalent. Der hört das Gras wachsen und ist, wenn es sein muss, verkommen bis zum Gehtnichtmehr. Und das in der Regel, ohne dass man ihm auch nur die kleinste Schweinerei nachweisen kann."

„Also keine Leichtgewichte, mit denen wir es zu tun haben", fasste Schulte zusammen.

Brenke lachte freudlos. „Nein Jupp, keine Leichtgewichte! Weiß Gott nicht. Das sind richtige Gegner."

Die beiden Männer überlegten lange, dachten über verschiedene Möglichkeiten nach. Dann klatschte Schulte entschlossen in die Hände.

„Ich hab's, so machen wir es! Wir haben zwar nichts, was wir verwenden können. Aber wir tun so, als hätten wir etwas. Ich werde meinem Kollegen Lindemann gleich einige der Briefe vom und ans Verteidigungsministerium mailen, die sich auf dem USB-Stick befinden. Der soll sich die Schreiben vornehmen und an den geschwärzten Stellen wieder Namen und Adresse einsetzen. Sieh dir die Briefe gleich noch mal an und sag mir, welche an diesen Staatssekretär Miekatz gegangen sein könnten und welche der wohl an FCB zurückgeschrieben hat."

Brenke nickte. „Okay, das mache ich gleich."

„Prima!" Schulte rieb sich die Hände. Er war jetzt in den Modus des Jägers eingestiegen. Für ihn hatte das Treiben begonnen. „Und mit diesen gefakten Briefen marschiere ich dann schnurstracks ins Verteidigungsministerium und knalle diesem Miekatz die Schreiben auf den Tisch. Wir wollen doch mal sehen, wie der Kerl dann reagiert."

„Du meinst, wir sollten einfach mal in die Luft schießen und abwarten, was runterfällt?", fragte Brenke.

Schulte nickte. „Genau so machen wir es. Und meine Kollegin Meier soll sich um diesen mysteriösen Schlüssel kümmern. Vielleicht finden wir da noch brauchbare Dinge."

30

Als Oliver Hartel das Büro seines Chefs verlassen hatte, schossen ihm viele widersprüchliche Gedankenblitze durch den Kopf. Was bedeutete das alles? Welche Folgen hatte es? Wenn Schulte in hochoffizieller Mission unterwegs war, dürfte Erpentrups Initiative keine Rolle spielen. Aber das war eher unwahrscheinlich. Warum sollte ein Politiker wie Brenke sich einen völlig unbedeutenden Ermittler aus der tiefsten Provinz nach Berlin holen? Wenn es um den politischen Bereich ging, dann gab es dafür sehr spezialisierte Leute im Land. Wieso gerade Schulte?

Doch genau darin lag, das erkannte Hartel plötzlich, Schultes Vorteil: Niemand in Berlin kannte ihn, keiner hatte ihn auf der Rechnung. Also operierte Schulte im Stillen, auf seine eigene, ganz spezielle Art. Vermutlich wusste niemand im offiziellen Berlin etwas von ihm. Auch kein Staatssekretär. Erpentrups Anruf hatte Schulte vielleicht enttarnt, ihn sogar in Gefahr gebracht. Das war nicht nur leichtfertig gewesen, das war fahrlässig. Grob fahrlässig sogar. Erpentrup hatte sich so sehr in seiner verletzten Eitelkeit verfangen, dass er nicht mehr sah, was er angerichtet hatte. Erpentrup hatte einen groben Fehler gemacht, den Schulte vielleicht bitter bezahlen musste. Hartel wurde ganz flau zumute.

Zehn Minuten lang quälte er sich mit seinem inneren Gedankenwirrwarr. Dann ging er in Maren Kösters Büro und bat um Schultes Handynummer.

„Was willst du denn damit?“, fragte sie misstrauisch.

„Irgendeiner muss ihn warnen“, brummte Hartel. „Hätte nie gedacht, dass ich das mal machen würde.“

Was war das denn? So einfach hatte Brenke noch nie einen Termin im Verteidigungsministerium organisieren können. Es schien fast so, als wenn das Vorzimmer von Miekatz auf den Anruf gewartet hätte. Die Gunst der Stunde hatte Schulte natürlich genutzt und war gleich losgefahren.

Jetzt wartete er schon seit geraumer Zeit auf den Staatssekretär. Dessen Besprechung dauerte anscheinend länger als erwartet. Gerade als sich Schulte sichtlich genervt und unverrichteter Dinge auf den Heimweg machen wollte, kam eine junge Frau auf ihn zu und entschuldigte sich, dass er so lange habe warten müssen, aber die Ministerin finde manchmal einfach kein Ende. Doch jetzt hätte der Herr Staatssekretär Zeit für ihn.

„Darf ich vorgehen?“

Schulte folgte der jungen Frau brav den langen Flur entlang. Nach den ersten Metern meldete sein Handy den Eingang einer Nachricht. Er kramte sein Smartphone aus der Tasche und sah nach, wer da etwas von ihm wollte. Hartel? Doch bevor er nachsehen konnte, worum es ging, bat seine Begleiterin ihn, das Telefon auszustellen.

„Der Herr Staatssekretär reagiert auf solche Störungen hin und wieder sehr empfindlich.“

Schulte stellte das Gerät auf lautlos und ließ es in den Tiefen seiner Tasche verschwinden.

Die junge Frau öffnete für Schulte eine Tür und bat ihn in ein geräumiges, helles Zimmer. Ein feister Mann saß hinter einem Schreibtisch und blätterte in einer Akte. Selbst beim Sitzen schnaufte er ein bisschen, und oberhalb seiner schwülstigen Lippe hatten sich kleine Schweißperlen gebildet.

„Herr Staatssekretär, Ihr Gast Herr Schulte“, meldete die junge Frau. Der Dicke nickte nur und deutete auf einen Stuhl vor seinem Schreibtisch.

Wieso kannte diese Frau seinen Namen? Er hatte sich ihr nicht vorgestellt. Gerade klingelten die ersten Alarmglocken, da beantwortete ihm dieser Miekatz schon die unausgesprochene Frage.

„Ach, der Polizist aus Detmold! Ihr Chef Herr Erpentrup hat Sie schon angekündigt.“

Schulte wurde immer verwirrter. Was war hier los? Wieso hatte Erpentrup diesen Typen angerufen? Eigentlich wollte er hier für ein gewaltiges Durcheinander sorgen, doch anscheinend hatte sich das Blatt gewendet. Er hatte erst gar nicht die Chance bekommen, seinen Auftritt zu inszenieren.

„So sprachlos, Herr Schulte?“, lächelte Miekatz süffisant. „Ihr Chef hat Sie mir völlig anders angekündigt. Der war der Meinung, Sie kommen hier herein und machen einen auf dicke Hose.“

„Ja, die Chefs“, brachte Schulte stammelnd hervor und griente dabei dämlich. „Die Chefs glauben immer alles zu wissen. Doch meistens sind sie ziemlich ahnungslos. Und mein Vorgesetzter verkörpert in dieser Frage sogar den Superlativ der Ahnungslosigkeit.“

Miekatz schmunzelte, während sich in Schultes Kopf nur ein Gedanke geradezu rhythmisch manifestierte. Ich brauche einen Plan, ich brauche einen Plan. Um Zeit zu gewinnen, schob Schulte einfach einen dummen Spruch nach.

„Wissen Sie, Herr Miekatz, wer glaubt, dass ein Mann wie Herr Erpentrup unsere Polizeibehörde leitet, der glaubt auch, dass ein Zitronenfalter Zitronen faltet. Aber ich denke, hier im Verteidigungsministerium werden ähnliche Zustände herrschen. Erpentrups gibt es überall. Oder wie sehen Sie das, Herr Miekatz?“

Jetzt war es an Miekatz, sich neu zu orientieren. Dieser Dorfbulle aus Detmold war doch nicht so ohne.

„Als Fachmann für interne Verwaltungsprozesse hat Ihr Chef Sie gar nicht angekündigt“, meinte Miekatz.

„Nicht?“ Schulte bemerkte, dass er Oberwasser gewann. „Als was hat mein Chef mich denn angekündigt?“

„Jeder gute Politiker weiß, dass man in der Regel seine Informanten nicht preisgeben darf. Dagegen habe ich dummerweise eben verstoßen, und das nur um den Preis, Sie zu überraschen. Aber auch noch alle Informationen an Sie weitergeben, Herr Schulte, das mache ich nicht. Warum sollte ich irgendwelchen Spekulationen nachgehen, wenn Sie mir doch sicher gleich verraten werden, warum Sie hier sind.“

Schulte griff in eine Aktenmappe und legte einen Brief auf den Tisch. Der dicke Staatssekretär nahm ihn an sich und las ihn. Dabei begann seine fleischige Hand zu zittern. Nach gründlichem Studium des Briefes legte er ihn vor sich auf den Schreibtisch und räusperte sich.

„Herr Schulte, woher haben Sie diesen Brief?“, fragte er streng, aber in sachlichem Ton.

Bingo! Gedanklich ballte Schulte seine Siegerfaust. Der Kerl wusste nicht, welche Informationen er hatte und welche nicht. Zum jetzigen Zeitpunkt wissen wir also doch noch mehr als die Gegenseite, dachte er. Und der Dicke hält den Brief für echt. Er scheint das Ursprungsexemplar wirklich selbst verfasst zu haben. Im Moment habe ich ihn am Haken. Jetzt nur keinen Fehler machen. Und schon breitete sich der nächste erfreuliche Gedanke in seinem Kopf aus: Zum ersten Mal, seitdem mich Brenke auf diesen Fall angesetzt hat, habe ich die Nase vorn.

„Den habe ich in einer Telefonzelle gefunden“, erklärte er unschuldig.

Miekatz funkelte ihn zornig an. „Ich rate Ihnen, machen Sie keine Mätzchen. Ein kurzes Telefongespräch und meine MAD-Leute nehmen Sie so dermaßen auseinander, dass Sie morgen schon nicht mehr wissen, ob Sie Männchen oder Weibchen sind.“

Schulte lächelte und erwiderte: „Ein kurzer Anruf von mir und Ihre MAD-Leute verkommen zu zahnlosen Tigern.“

Miekatz starrte Schulte wütend an. Der war aufgestanden und wollte gerade zur Tür gehen. Dann drehte er sich noch einmal um.

„Die Kopie des Briefes können Sie selbstverständlich behalten. Ich besitze übrigens noch weitere. Ach – und noch etwas. Ich werde jetzt dieses gastliche Gebäude verlassen. Sie haben also noch einmal die Möglichkeit, zu überprüfen, wer von uns beiden in der komfortableren Position ist. Sie müssen nur versuchen, mich von irgendwelchen Wachleuten aufhalten zu lassen, und Sie werden Ihr blaues Wunder erleben, Herr Staatssekretär!“

31

Maren Köster hatte sich eben kräftig gedehnt und starrte nun müde und mit leerem Blick auf ihren Computer. Sie war mit sich und der Welt unzufrieden. Seit ihrem letzten Gespräch mit Jupp Schulte hatte sie sich immer wieder gefragt, ob sie richtig gehandelt hatte oder wieder einmal, wie so oft schon in ihrem Leben, überhitzt und voreilig. Es gab Momente, da verfluchte sie ihr Temperament. Zwischendurch quoll immer wieder mal die Wut auf Schulte hoch, und in diesen Momenten gab es für sie keinen Zweifel daran, dass sie richtig gelegen hatte. Im Augenblick war sie einfach nur platt und wollte ihre Ruhe. Doch nun flog die Bürotür auf, und ihr junger Kollege Lindemann kam ungewohnt aufgeregt herein.

„Schau mal, Maren!“ Mit diesen Worten legte er ihr den Ausdruck eines Fotos auf den Schreibtisch. „Wenn das kein Glückstreffer ist, dann weiß ich es nicht besser.“

Sie betrachtete das Foto und konnte sich keinen Reim auf Lindemanns Erregung machen. Sie sah nur das Gesicht eines ihr unbekannten Mannes, der offenbar geblitzt worden war. Mit einer bewusst dramatischen Geste legte ihr Lindemann ein zweites Foto hin. Wieder ein Blitzerfoto. Wieder ein Männergesicht. Aber dieses kannte sie.

„Das ist ja Hans-Werner Krois, der Fahrer von Brenke. Wo habt ihr das denn her? Und wer ist der andere?“

Lindemanns Aufregung war spürbar.

„Ich habe alles gecheckt. Es gibt keinen Zweifel. Dieses Blitzerfoto wurde zweihundert Meter vor der Stelle gemacht, an der Krois erschossen wurde. Es muss unmittelbar vor dem Anschlag aufgenommen worden sein. Dieses zweite Foto, und nun halt dich fest, ist so direkt nach dem ersten aufgenommen worden, dass es sich nur um das Auto hinter ihm handeln kann. Also vermutlich um den Mörder. Denn wir haben ja die Zeugenaussage, dass Krois aus einem Auto heraus beim Überholvorgang erschossen wurde. Verstehst du?“

Langsam dämmerte es ihr. Sie sprang, nun hellwach, aus ihrem Stuhl auf, nahm das Foto mit dem Unbekannten noch einmal zur Hand und sagte, nun ebenso aufgeregt wie Lindemann:

„Dann haben wir hier das Foto des Mörders? Ich fass es nicht!“

Das Gesicht sagte ihr nichts. „Der Typ sieht ja aus wie ein Konfirmand“, meinte sie. „Was für ein Milchgesicht, ein richtiges Babyface.“

„Aber trotzdem ein ausgewachsener Mörder“, warf Lindemann ein.

„Habt ihr schon seinen Namen herausgefunden?“

„Wir haben es versucht, es gibt aber Komplikationen. Den Halter des Autos haben wir natürlich herausbekommen, ist ja kein Problem. Aber der Wagen ist bereits einen Tag vor dem Mord als gestohlen gemeldet worden. Wir haben das überprüft, es ist alles glaubwürdig."

„Das heißt, unser Babyface ist sowohl ein Mörder als auch ein Autodieb. Wir müssen dieses Auto finden und es auf Spuren untersuchen. Irgendwo muss er es zurückgelassen haben. Es wäre auf Dauer für ihn viel zu belastend. Bagger dich durch sämtliche Meldungen über aufgefundene herrenlose Autos in der Republik. Irgendwann musst du einfach was finden."

Nun mache ich diesen Job schon so lange, dachte sie, als sie wieder allein war, aber einen so blöden Zufall habe ich auch noch nicht erlebt. Jetzt weiß ich endlich, wozu diese Blitzerei gut sein kann.

Hier lief etwas gerade gewaltig aus dem Ruder. Miekatz hatte Roland Horn angerufen und diesen lauthals beschimpft. Er hatte ihn als hirnlosen Rambo tituliert, als unzuverlässigen Partner und als taube Nuss. Der Staatssekretär hatte sich gar nicht mehr beruhigen wollen. Und nachdem auch das letzte Schimpfwort über seine Lippen gekommen war, wollte Miekatz nur noch eins, nämlich Klarheit! Er wollte endlich reinen Wein eingeschenkt bekommen, und zwar nicht von irgendwelchen abgehalfterten Offizieren, die sich jetzt in der Wirtschaft versuchten. Nein, er wollte die Tatsachen von niemandem Geringeren hören als von Bernhard Dietz, dem Chef von Firmness Consulting and Business höchstpersönlich.

Horn war es gelungen, den wütenden Miekatz zu vertrösten. Doch damit hatte er nur einen Aufschub von wenigen Stunden erwirkt. Direkt nach dem Telefonat hatte Horn mit Dietz gesprochen. Der hatte sich alles zu dem Auftritt von Miekatz angehört, hatte lange überlegt und dann Horn mit einer Reihe von Erledigungen beauftragt und ihn um elf Uhr zu sich bestellt.

Die Zeit war schnell vergangen. Jetzt war es kurz vor elf. Horn hatte erst die Hälfte seiner Hausaufgaben erledigt. Das würde Ärger geben, denn Dietz hasste es, wenn Aufträge nicht ausgeführt wurden, und noch mehr hasste der Mann Unpünktlichkeit. Daher entschied Horn, dass es besser sei, mit dem, was er in der kurzen Zeit schaffen konnte, vor den Chef zu treten, als ihn gänzlich zu vertrösten. Als der Manager das Vorzimmer von Dietz betrat, winkte ihn die Sekretärin mit den Worten: „Der Chef wartet schon", gleich durch in einen angrenzenden Besprechungsraum.

Wie erwartet hielt sich Dietz nicht mit langen Vorreden auf.

„Wie weit ist unser IT-Mann mit dem Tablet von Wolf?", schoss er die erste Frage ab.

Horn versuchte erst gar nicht, etwas schönzureden.

„Nicht einen Millimeter weit. Die EDV-Abteilung hat nie zuvor einen so dermaßen abgesicherten Computer zu Gesicht bekommen. Der IT-Kollege behauptet, das Teil bekäme man mit den bekannten Methoden in den nächsten Jahren nicht geknackt."

„Wenn das so ist, woher hat der Detmolder Polizist diese Briefe?", schob Dietz nach.

„Keine Ahnung. Meine Kontaktperson behauptet ja, dieser Wolf habe Brenke während des beobachteten Treffens auf der Kurfürstenstraße in der Nähe des Einstein einen Stick zugesteckt."

Dietz überlegte. „Und wenn das so war, warum haben Brenke und sein Detmolder Freund diese Informationen dann so lange zurückgehalten? Wenn die wirklich diesen Brief hatten, den Schulte dem Dicken heute Morgen auf den Tisch geknallt hat, und vielleicht noch andere mit möglicherweise brisanterem Inhalt, dann begreife ich nicht, warum die erst jetzt aktiv werden."

„Erklären kann ich mir das auch nicht. Aber vielleicht ist dieser Brenke ja wirklich so unorganisiert, wie Miekatz immer behauptet."

Dietz schüttelte den Kopf. „Ich glaube vielmehr, dass Brenkes Selbstdarstellung als faulster Bundestagsabgeordneter, der nichts auf die Reihe kriegt, außer sich in den angesagten Kneipen Berlins herumzutreiben, lediglich eine Masche ist. Ich denke, dieser Brenke ist ein ganz ausgeschlafenes Bürschchen. Ich bin mir nur nicht im Klaren darüber, für wen der Kerl arbeitet. Ich wette, es ist nur eine Frage der Zeit, bis dieser Bulle aus Detmold hier bei uns auftaucht. Doch an der Stelle spucken wir ihm in die Suppe, mein lieber Horn. Weißt du, was wir machen? Wir drehen den Spieß einfach um. Wir warten nicht, bis dieser Schulte zu uns kommt, nein, wir rücken ihm auf die Bude."

Horn ahnte, dass diese Aufgabe ihm zugedacht war.

„In Ordnung, das erledige ich gleich heute Nachmittag", antwortete er in vorauseilendem Gehorsam.

Dietz nickte. „Okay, und dann wird es Zeit, dass wir den Brenke endlich aus dem Verkehr ziehen."

32

War die SMS wirklich von Hartel? Schulte wunderte sich, als er in seinem Hotelzimmer auf dem Bett lag, sein Smartphone kontrollierte und über die Ereignisse der letzten Stunden nachdachte. Sie war kurz vor seinem Treffen mit Miekatz bei ihm angekommen. Er konnte sich genau an den Zeitpunkt erinnern. Die Sekretärin oder Referentin von diesem dicken Staatssekretär hatte ihn noch darauf hingewiesen, dass Miekatz auf Störungen durch Handygeräusche äußerst empfindlich reagierte. Da die Nachricht „nur" von Hartel kam, hatte Schulte ihr keine weitere Aufmerksamkeit gewidmet und sein Telefon auf lautlos gestellt. Doch das war, wie sich jetzt herausstellte, ein Fehler gewesen. Schulte wäre in Unkenntnis von Erpentrups Hinterrücksaktionen Miekatz beinahe auf den Leim gegangen.

Wieder wanderten seine Gedanken zu seinem Kollegen Hartel. Wieso war es bei ihm plötzlich zu diesem Sinneswandel gekommen? Warum versuchte er Schulte auf einmal zu warnen? Jahrelang hatte Hartel ihn bei Erpentrup verpfiffen, wo es nur ging, und jetzt diese Warnung. Stellte man ihm gerade eine Falle?

Schulte wollte nicht mehr darüber nachdenken. Er lag auf dem Rücken und starrte unter die Decke. Langsam stellte sich ein angenehmes Gefühl bei ihm ein. Die Arme waren schwer geworden, anschließend die Beine, und dann kam die Müdigkeit. Erst ganz zaghaft und dann mit Macht nahm sie von Schulte Besitz.

Doch kaum hatte der Schlaf ihn überwältigt, da riss ein widerlicher Klingelton ihn aus seinen Träumen. Einen Moment dachte Schulte, er befände sich in seinem alten Zimmer in Warburg und seine Mutter hätte gerade einen Telefonanruf bekommen. Doch dann, nach dem zweiten Schrillen, wurde ihm klar, dass er in voller Montur auf dem Bett seines Hotelzimmers lag und von diesem unangenehmen, lärmenden Geräusch aus dem Schlaf gerissen wurde. Obwohl ihm der Klingelton fremd war, griff Schulte nach seinem Handy. Doch das Gerät war abgeschaltet.

Wieder dieses Schrillen. Schulte ließ seinen von Schlaf getrübten Blick durch den Raum wandern, und dann begriff er. Jemand versuchte ihn über das Zimmertelefon zu erreichen. Bevor er aufstand, rieb er sich noch einmal durch das Gesicht, um die Wirkung des Schlafes loszuwerden. Erst dann meldete er sich.

Mit freundlicher Stimme teilte ihm die Rezeptionistin mit, dass ihn ein Herr Horn sprechen wolle, und fragte, ob sie den Herrn zu ihm aufs Zimmer schicken solle.

Schulte drehte den Kopf einmal von links nach rechts und inspizierte die Umgebung. Mehr oder weniger sein gesamter Kofferinhalt war im Raum verteilt. Dazu kamen einige leere Coladosen, Bier- und Weinflaschen. Kurz gesagt, es war so dermaßen unordentlich in diesem Zimmer, dass es selbst Schulte unangenehm war, hier jemanden zu empfangen.

„Nee, lassen Sie mal“, brummte er in den Hörer. „Der Mann soll warten. Ich komme runter.“

Horn? Den Namen hatte er doch vor Kurzem noch gehört. Und dann fiel ihm der Zettel wieder ein, auf dem Brenke ihm Notizen zu den handelnden Personen rund um Firmness Consulting and Business gemacht hatte.

Hastig durchsuchte er seine Hosentaschen. Und endlich, nach zwei hektischen Minuten, fand er die Aufzeichnungen. Horn war der Ex-Offizier und Zuschläger vom Chef des Unternehmens, diesem Dietz.

Einmal mehr war Schulte an diesem Tag verblüfft. Zunächst hatte Miekatz ihn mit der Nachricht in Erstaunen versetzt, dass sein Chef ihn beim Verteidigungsministerium verraten hatte, und jetzt stand jemand von Firmness Consulting and Business unten in der Lobby des Hotels, der eigentlich nicht wissen konnte, dass Schulte in diesem Haus untergeschlüpft war. Entweder musste FCB verdammt gute Kontakte haben, oder er wurde mittlerweile auch beschattet.

Schulte überlegte. Er hätte heute Nachmittag dem Unternehmen sowieso einen Besuch abgestattet. Das war nun nicht mehr nötig. Wahrscheinlich hatte dieser dicke Staatssekretär gleich seine Kumpel bei FCB angerufen, und die hatten sich dazu entschlossen, die Flucht nach vorne anzutreten.

Bei Firmness Consulting and Business wäre er der Gast oder Eindringling gewesen. Hier im Hotel hingegen war er der Chef. Schulte hielt sich jedenfalls dafür, und so beschloss er, diesen Horn erst einmal warten zu lassen. Genauso, wie Schulte es heute Morgen bei diesem dicken Miekatz hatte aushalten müssen. Irgendwann war er ziemlich angefressen gewesen, und genau da wollte er Horn haben. Also zückte Schulte erst einmal sein Smartphone und checkte seine Mails. Nichts Besonderes war da zu lesen.

Bis auf eine Nachricht. Meier zu Klüt hatte das Schließfach gefunden und einen Haufen Papier mit ins Hotel gebracht. Schulte rief die Kollegin an und berichtete ihr von Horns Besuch. Er schlug ihr vor, den Kerl gemeinsam in die Mangel zu nehmen.

„Hast du schon mal einen Blick auf die Unterlagen geworfen, Meier?“

„Nicht wirklich. Aber ein paar interessante Dinge habe ich schon gelesen. So hat unser guter Miekatz mindestens hundertfünfzigtausend Euro auf ein privates Konto überwiesen bekommen. Und dieses Konto wird von keiner deutschen Bank geführt.“

Schulte pfiff durch die Zähne. „Na, das ist doch schon mal was. Meier, wir treffen uns in fünf Minuten in der Lobby.“

Ein drahtiger Mann unbestimmbaren Alters tigerte angespannt in der Lobby des Hotels auf und ab. Schulte wusste beim ersten Hinsehen, wer das sein musste. Dennoch ging er geradewegs zum Empfang und meldete sich dort. Er bat die Rezeptionistin, den Mann, der mit Schulte sprechen wollte, auszurufen. Da das nicht möglich war, ließ Schulte sich ein freies Besprechungszimmer zuweisen und bat die Frau, den immer ärgerlicher werdenden Horn dorthin zu bestellen.

Inzwischen war auch Pauline Meier zu Klüt eingetroffen. Sie zwinkerte ihrem Chef zu, und die beiden machten sich auf den Weg ins Besprechungszimmer.

Als Roland Horn Minuten später den Raum betrat, war ihm anzumerken, dass das Warten nicht unbedingt zu seiner guten Laune beigetragen hatte, ebenso wenig wie die Tatsache, dass er im Besprechungsraum nicht nur Schulte gegenübersaß, sondern auch noch einer Frau, die vermutlich eine Kollegin war.

Pauline Meier zu Klüt lächelte Horn an, während Schulte einen grimmigen Gesichtsausdruck an den Tag legte.

„Ich muss mich schon wundern", ergriff Schulte das Wort und ließ eine Pause folgen, die so lange andauerte, bis Horn scheinbar verblüfft fragte: „Wieso?"

„Weil eine persönliche Vorstellung anscheinend nicht nötig ist", lautete Schultes ruppige Antwort.

Horn wollte etwas erwidern, doch schon fiel Schulte ihm harsch in die Parade.

„Erzählen Sie mir jetzt nicht, Sie wären über die Warschauer Straße gebummelt, und da wäre Ihnen dieser berühmte Polizist aus Detmold über den Weg gelaufen, den Sie schon immer mal kennenlernen wollten."

Schulte machte eine Kunstpause.

„Und dann haben Sie sich überlegt: Mensch, dieser Schulte, der hat doch heute Morgen meinem Freund Miekatz einen Brief von Firmness Consulting and Business vorgelegt, der ihn gar nicht gutaussehen lässt und unsere Firma auch nicht. Da rede ich doch mal mit dem Schulte und sage ihm, er soll bloß die Füße ruhig halten. Sonst gibt es was auf die Finger."

Horn war ein knallharter Typ. Die Attacken, die Schulte gegen ihn ritt, ließ er, so schien es, an sich abprallen. Sein Körper zeigte keine Regung. Allerdings hatten ihn der verbale Angriff und das lange Warten wohl etwas dünnhäutig gemacht. Denn in seiner Stimme war ein leicht schriller Unterton zu hören, der dort nicht hingehörte.

„Ja, Herr Schulte, Herr Miekatz hat mich informiert. Und er hat mir auch Ihre Hoteladresse genannt. Diesbezüglich sind die vom Verteidigungsministerium doch noch etwas besser aufgestellt. Wie Sie mit Herrn Miekatz umspringen, das will ich gar nicht kommentieren. Aber mit uns machen Sie das nicht. Und ich rate Ihnen, rücken Sie schnell mit der Information heraus, von wem Sie besagten Brief bekommen haben. Sollten Sie damit hinterm Berg halten, dann werden Ihnen unsere Rechtsanwälte einen solchen Ärger machen, dass Sie in zehn Jahren noch nicht wieder ruhig schlafen können."

Schulte grinste den Mann vor sich unverschämt an.

„Junge, Junge, jetzt bekomme ich aber Angst.“ Er zeigte mit dem Finger auf sein Gegenüber. „Hören Sie zu, Horn, Ihre Rechtsanwälte interessieren mich einen Scheißdreck. Sie haben es hier nicht mit irgendeinem Privatschnüffler zu tun, sondern mit einem Polizisten des Landes Nordrhein-Westfalen. Ich kann noch nicht genau abschätzen, ob es nötig sein wird, Ihren Laden mal so richtig umzudrehen. Sollte es wirklich dazu kommen, spätestens dann werden Sie merken, dass Ihre Anwälte hier gar nichts bewegen können. Sie wissen, dass ich in zwei Mordfällen ermittle. Und wenn ich der Firmness Consulting and Business eine Beteiligung an diesen Tötungsdelikten nachweisen kann, ja, sie sich vielleicht sogar als Auftraggeberin erweist, dann werden Sie es sein, der in zehn Jahren noch schlaflose Nächte hat, weil Sie gesiebte Luft atmen werden, sauber aufbereitet durch die Gitter vor Ihrer Gefängniszelle.“

Horn gab ein freudloses Lachen von sich.

Doch Schulte fuhr unbeeindruckt fort. „Und nun kommen wir noch mal auf den Begriff Angst zurück. Man muss in der Tat Angst haben, dass Organisationen wie die Ihre, die ihre Gegner einfach durch Heckenschützen abknallen lässt, in unserem Land eines Tages die Oberhand bekommen könnten. Wenn Sie jetzt schon im Verteidigungsministerium ein- und ausgehen und so tun, als würde der Laden Ihnen gehören, dann frage ich mich, wie das Ganze enden soll.“

Horn war fuchsteufelswild. Es brodelte in ihm wie in einem Vulkan kurz vor dem Ausbruch. Wenn dieser Schulte ihm weiter so zusetzte, dann würde er sich vergessen. Musste er sich von diesem Dorfbullen so in die Mangel nehmen lassen? Nein, das war unter seiner Würde. Wortlos stand er auf und verließ grußlos den Raum.

Nach dem gemeinsamen Abendessen im Hotel war Pauline Meier zu Klüt kurz auf ihr Zimmer gegangen, um ihre virtuelle Post durchzuschauen. Kurz darauf kam sie, mit ihrem Notebook unter dem Arm, zu Schulte, der immer noch an der Bar saß. Es ging ihm nicht gut. Die letzten Tage hatten gewaltigen Raubbau an ihm betrieben. Er war Augenzeuge eines Mordes geworden, hatte um sein Leben gekämpft, war dabei verletzt worden und hatte dennoch keine Stunde Zeit gefunden, sich auszuruhen und zu pflegen. Ein großes Glas Whisky sollte nun die Regeneration einleiten.

Sie deutete ihm an, dass sie ungestört mit ihm sprechen müsse. Die beiden verließen die Bar und begaben sich in ihr Zimmer.

„Lindemann hat mir gerade ein Foto gemailt“, begann sie. „Ein ganz seltener Glückstreffer.“

Sie klappte ihr Gerät auf und zeigte Schulte die Mail. Darin teilte der Kollege ihnen mit, dass das Blitzerfoto im Anhang mit allergrößter Wahrscheinlichkeit den Mann zeige, der den Nachbarn von Brenke erschossen hatte.

Sofort schaltete Schultes Betriebssystem um von träger, erschöpfter Gleichgültigkeit auf die höchste Aufmerksamkeitsstufe. Als seine Kollegin das Foto im Anhang öffnete, stieß er einen Ruf der Überraschung aus.

„Das ist er!“ Schulte wirkte plötzlich wie aufgedreht. „Das ist der Mann, der im Park unseren Informanten erschossen hat und mit dem ich mich geprügelt habe. Eindeutig. Dieses Babyface werde ich immer und überall wiedererkennen.“

Immer wieder starrte er auf das Foto, als könne er es gar nicht fassen. „Was für ein komischer Typ. Der sieht ja aus, als ginge er gerade zu seiner ersten Tanzstunde. Dabei murkst er die Leute reihenweise ab. Gibt es schon irgendwelche Informationen über ihn?“

„Nein“, antwortete Pauline Meier zu Klüt. „Sein Auto war natürlich gestohlen. Deshalb konnte er noch nicht identifiziert werden. Sein Bild taucht auch in keiner Datei auf. Er scheint ein unbeschriebenes Blatt zu sein.“

„Großartig, hat mindestens zwei Morde auf dem Gewissen und ist ein unbeschriebenes Blatt.“

Schulte hatte sich ein Polizistenleben lang darum bemüht, seine Fälle nicht zu nahe an sich heranzulassen. Innere Distanz war ihm immer wichtig gewesen, obwohl sie nicht seinem Temperament entsprach und ihm stets schwerfiel. Aber hier war er nun einmal ganz persönlich betroffen, hier ließ sich keine Distanz herstellen.

„Er weiß, dass ich ihn gesehen habe. Wenn er so tickt, wie ich es vermute, dann wird er alles daran setzen, mich als gefährlichen Zeugen auszuschalten. Ich werde ab und zu mal über die Schulter schauen müssen, wenn ich vor die Tür gehe.“

Nervös sprang er auf und lief im Zimmer umher.

„Meier, wir müssen umdenken! Alles, was ich bis jetzt unternommen habe, hat mehr Schaden als Nutzen angerichtet.“

„Meine Rede, Chef“, antwortete sie lächelnd. „Ich habe das Ganze von Anfang an für eine Schnapsidee gehalten. Wissen Sie ja.“

Schulte winkte ab und drehte eine weitere Runde durchs Zimmer.

„Wir müssen das alles ganz anders anpacken, Meier. Vielleicht ist Angriff die beste Verteidigung. Mal sehen. Aber nicht mehr heute. Heute schütte ich noch ein paar große Gläser von diesem atemberaubenden Whisky in mich hinein. Und dann ab ins Bett. Ich bin schließlich verletzt und traumatisiert.“

33

Schulte und Pauline Meier zu Klüt hatten den ganzen Fall noch einmal durchdiskutiert und waren letztendlich zu dem Schluss gekommen, dass sie ihre Zelte in Berlin erst einmal abbrechen sollten. Schulte war froh über diese Entscheidung. Sein Bedürfnis nach Großstadt war fürs Erste gedeckt. Er hatte Heimweh. Ja, es war kaum zu glauben, aber er freute sich auf seine Kollegen, auf sein Zuhause und vor allem auf seinen Enkel. Auf den freute er sich eigentlich immer.

Pauline Meier zu Klüt würde schon heute den Zug nehmen, während er selbst noch einiges regeln und dann in den nächsten Tagen nach Hause fahren wollte.

Nach der gemeinsamen Besprechung war er gemütlich durch Kreuzberg flaniert, um Fritzmeier seine Entscheidung und den Termin der Heimreise mitzuteilen. Doch der alte Bauer und seine Mitbewohner waren ausgeflogen. Margaritha Bönisch, die er beim Zusammentreffen in der Kreuzberger Wohnung nur kurz gesehen hatte, würde er heute Abend richtig kennenlernen. Brenke hatte nämlich zu einem kleinen Essen eingeladen, um sich bei Schulte zu bedanken und um mit ihm das weitere Vorgehen zu besprechen.

Dieser alte Sack, dachte Schulte. Wenn Brenke nicht gerade als „Spion der Kanzlerin“ unterwegs ist, lässt es sich der alte Schwerenöter hier in Berlin gutgehen. Okay, mit Cordula Brenke würde er auch nicht klarkommen. Das war ein Fall für sich. Aber, ach, Schulte wollte sich keine Gedanken über das Leben und das Handeln anderer machen. Seine Art zu leben hatte Brenke selbst zu verantworten. Und wenn der mit dem, was er tat, zufrieden war, dann sollte er damit selig werden. Schulte war kein Moralapostel.

Er grinste in sich hinein. Nein, das war er wirklich nicht. Schließlich war sein eigenes Leben von einer Menge Extravaganz und Egozentrik geprägt, und seine Eltern hatten, als sie noch lebten, so manches Mal die Hände über dem Kopf zusammengeschlagen. Seine Mutter hatte ein Vermögen für Kerzen ausgegeben, die sie in der Warburger Kirche und an verschiedenen Wallfahrtsstätten für ihren Sohn angezündet hatte, in der Hoffnung, dass der liebe Gott ihn auf den rechten Weg brächte. Doch der alte Herr da oben hatte anscheinend ein Einsehen mit dem, was Schulte tat. Denn er ließ ihn gewähren.

Schulte ging einen Kaffee trinken und machte sich erneut auf den Weg zu Fritzmeiers Unterkunft. Doch wieder öffnete niemand. Schulte beschloss, es auf dem Handy zu probieren. Und in der Tat, Fritzmeier meldete sich nach dem zweiten Signalton.

„Wat ist los, Jupp? Ich bin hier chrade im KaDeWe. Et passt jetzt nich so chut.“

Schulte fasste sich kurz und erzählte, dass sein Auftrag wahrscheinlich in zwei Tagen beendet wäre und es dann wieder zurück nach Lippe ginge. Doch nun geschah etwas, womit Schulte nicht im Mindesten gerechnet hätte.

„Nee, Jupp, das kannste jetzt wirklich nich machen. Walter und ich haben schon die chanze Woche verplant. Und jetzt kommst du und wills einfach nach Hause fahren. Du versaust einen auch wirklich jeden Spaß!“

Anschließend hatte Fritzmeier ihn verärgert weggedrückt. Na, der Alte wird sich schon wieder einkriegen, dachte Schulte und unternahm keinen weiteren Versuch, seinen Freund zu erreichen.

Den Nachmittag ließ er an sich vorüberziehen, kaufte seinem Enkel ein Mitbringsel und stand pünktlich um neunzehn Uhr vor dem Haus am Karlsplatz, wo Brenke seine Wohnung hatte. Wer hat, der hat, dachte Schulte und pfiff leise durch die Zähne, während er wenig später die Wohnung betrat.

Brenke ahnte, was Schulte dachte. „Ich habe lange nach dieser Bleibe gesucht und mir dieses Loft vor fünf Jahren gegen den Willen meiner Familie gekauft. Ich kann zu allen relevanten Orten, wo ich in Verbindung mit meiner Abgeordnetentätigkeit zu tun habe, zu Fuß gehen. Und wenn ich diesen Job irgendwann einmal an den Nagel hänge, dann werde ich hier wohnen bleiben. Mich zieht nichts zurück nach Ostwestfalen. Ich will hier in Berlin leben. Aber lassen wir das. Komm mit in die Küche, jetzt kochen wir zusammen. Was willst du trinken?“

Schulte und Brenke zauberten ein Abendessen vom Feinsten. Schließlich war alles perfekt vorbereitet. Eine Vorspeisenplatte reich belegt mit Wurst von verschiedenen Bauern aus dem Kreis Höxter. Die Kartoffeln waren geschält, das Gemüse geputzt, und auch drei Steaks lagen zum Braten bereit. Jetzt fehlte nur noch Margaritha Bönisch.

Brenke öffnete die zweite Flasche Wein. Mittlerweile waren er und Schulte die weitere Vorgehensweise in Sachen Firmness Consulting and Business durchgegangen. Wer immer noch fehlte, war Margaritha Bönisch. Brenke wurde langsam unruhig.

„Das ist seltsam. Seit ich Margaritha kenne, war sie immer verbindlich und auf die Minute pünktlich.“

Nach einer weiteren halben Stunde des Wartens versuchte Brenke sie anzurufen. Sie war nicht zu erreichen. Er wurde jetzt von Minute zu Minute angespannter.

„Da liegt etwas im Argen“, murmelte er vor sich hin. „Das ist nicht Margarithas Art.“

Abwesend betrachtete Brenke seinen Schulkollegen, als würde er durch ihn hindurchsehen. Doch dann forderte er ihn auf: „Jupp, nimm dir schon mal von der Wurst. Ich bin zu aufgeregt. Ich kann jetzt nichts essen.“

Aber in so einer knisternden Atmosphäre war auch Schulte nicht zum Essen zumute. Daher machte er einen Gegenvorschlag: „Essen können wir später, Rudolf. Komm, wir nehmen uns ein Taxi und fahren nach Kreuzberg zur Wohnung deiner Freundin.“

„Wir haben das Auto gefunden.“ Manuel Lindemann platzte mit dieser Neuigkeit ins Büro von Maren Köster, die dadurch aus ihrer Konzentration gerissen wurde.

„Hör mal, ich muss hier gerade einen ziemlich komplizierten Bericht verfassen. Du könntest wenigstens einmal kurz anklopfen."

„Sorry", entschuldigte sich der schlaksige junge Mann und wurde rot. „Aber ich dachte, das interessiert dich."

„Tut es ja auch. Aber auf die zwei Sekunden wäre es auch nicht mehr angekommen. Jetzt erzähl mal!"

„Also, das Auto wurde vor zwei Stunden auf dem Parkplatz der Raststätte Helmstedt an der A2 gefunden. Offenbar hat unser Mann es einfach stehenlassen und ist mit einem anderen Auto weitergefahren. Der BMW ist bereits abgeschleppt worden und wird nun von den dortigen Kollegen auf Spuren untersucht. Vor heute Abend werden wir wohl keine Ergebnisse bekommen."

Maren Köster seufzte. „Wenn der Kerl so dreist war, das Auto einfach auf einem öffentlichen Parkplatz abzustellen, dann hat er wahrscheinlich auch dafür gesorgt, keine verwertbaren Spuren zu hinterlassen. Sonst hätte er die Karre abgefackelt oder durch eine Müllpresse gedrückt oder sonst was. Das scheint ein ganz abgebrühter Drecksack zu sein. Hat schon jemand mit den Angestellten der Raststätte gesprochen? Vielleicht hat ja zufällig einer irgendwas gesehen."

„Das machen die Braunschweiger Kollegen gerade", berichtete Lindemann, „aber auch die glauben nicht, dass dabei etwas herauskommt."

Das war die beschissenste Nacht seines Lebens. Immer wieder hatte Brenke versucht, seine Freundin zu erreichen. Doch sie war weder zu Hause, noch ging sie an ihr Telefon. Da war doch was passiert! Um zwei Uhr hatte er sich noch einmal ein Taxi kommen lassen und war zum zweiten Mal in dieser Nacht in die Cuvrystraße gefahren. Er hatte Sturm geläutet, immer und immer wieder. Und nach unendlich langer Zeit hatte wirklich der Türöffner gesurrt. Erleichtert war Brenke die Treppe hinaufgestürmt und auf zwei schlaftrunkene alte Männer getroffen, die gewaltig nach Alkohol rochen.

„Wat wills du denn hier?“, lallte Fritzmeier.

„Ich muss Margaritha sprechen“, japste Brenke, der in solcher Eile die Treppe hinaufgestürmt war, dass ihm die nötige Luft zum Sprechen fehlte.

„Margaritha? Die habe ich seit heute Morgen nicht mehr gesehen“, berichtete Walter Holedau. „Sie hat etwas davon erzählt, dass sie nach München müsse. Am Residenztheater sei die Darstellerin ausgefallen, die in Schillers Räuber die Amalia spielt. Sie sei angerufen und gebeten worden, kurzfristig einzuspringen. Ich glaube, die ist schon heute Nachmittag los.“

Befremdlich fand Brenke es schon, dass seine neue Freundin einfach so, ohne ein Wort des Abschieds, nach München abgereist war. Aber diese Nachricht hatte ihn auch ein wenig beruhigt. Also war er wieder nach Hause gefahren und hatte versucht zu schlafen. Doch das gelang ihm nicht. Er war einfach zu aufgeregt. Ihm schwirrten zu viele unbeantwortete Fragen im Kopf herum. Also hatte Brenke sich einen ordentlichen Birnenbrand gegönnt. Doch auch der hatte weder für Entspannung noch für Schlaf gesorgt.

Jetzt war es halb zehn morgens. Brenke griff sich das Telefon und rief beim Residenztheater München an. Und als er endlich jemanden aus der Theaterverwaltung an der Strippe hatte, bat er darum, die Schauspielerin zu sprechen, die die Amalia spielte.

„Tut mir leid, mein Herr, die Nora Buzalka ist erst morgen wieder im Hause. Da müssen Sie es dann noch einmal versuchen.“

„Nora Buzalka?“ Brenke stutzte. „Nein, nein, die meine ich nicht. Die ist doch kurzfristig ausgefallen. Ich möchte ihre Vertretung, Frau Bönisch, sprechen.“

„Die Buzalka ausgefallen?“ Die Frau in München lachte. „Guter Mann, wer hat Ihnen denn diesen Bären aufgebunden?“

Brenke war sprachlos. Er starrte den Telefonhörer an. Im nächsten Augenblick hatte er tausende eiskalter kleiner Schweißtröpfchen auf Stirn und Rücken. Achtlos drückt er das Gespräch weg, ohne auch nur den geringsten Ansatz einer Verabschiedung. Er ließ sich kraftlos in einen Sessel fallen. Was war hier los? Dies war die einzige Frage, die sein gesamtes Denkvermögen in Anspruch nahm.

Das Telefon klingelte. Margaritha, Margaritha rief an! Seine Hoffnung katapultierte den eben noch so mächtigen, bedrohlichen Gedanken aus Brenkes Kopf ins Nirwana. Hastig griff er zum Hörer.

„Ja, Margaritha, bist du es?"

Die Antwort war ein metallenes Lachen wie von einer Roboterstimme aus den sechziger Jahren. Der Anrufer schien sich vor Heiterkeit gar nicht mehr einzukriegen. Dann endlich sagte die Stimme: „Hören Sie zu, Brenke. Sie pfeifen jetzt sofort den verrückt gewordenen Dorfbullen aus Detmold zurück. Wenn der Kerl nicht augenblicklich aus Berlin verschwindet, dann spielt Ihre Freundin nur noch eine einzige, eine letzte Rolle. Nämlich die tote Rosa Luxemburg, die mit dem Gesicht nach unten im Landwehrkanal schwimmt. Dieses Rollenangebot für Ihre kleine Freundin wird auch zum Tragen kommen, wenn Sie, der Dorfbulle oder sonst irgendein Idiot auch nur noch einen Finger in der Angelegenheit Firmness Consulting and Business rührt. Das verspreche ich Ihnen!" Es knackte in der Leitung. Von der blechernen Stimme war nichts mehr zu hören.

Brenke war einen Moment wie paralysiert. Doch dann wählte er hektisch Schultes Nummer. Dessen Telefon war ausgeschaltet. Hatte sich denn heute Morgen die ganze Welt gegen ihn verschworen? Wieder klingelte es. Diesmal war es das Tonsignal der Wechselsprechanlage an der Haustür. Vielleicht war es ja Schulte, der nachfragen wollte, ob Margaritha wieder aufgetaucht sei. Eilig drückte Brenke den Türöffner und ging in den Hausflur. Zwei uniformierte Polizisten nahmen ihn in Empfang und eröffneten ihm, dass er verhaftet sei. Der Antrag auf Aufhebung der Immunität sei bereits gestellt worden.

Brenke war inzwischen alles egal. Verhaftet oder nicht – wen scherte das. Nur eine einzige Angelegenheit war wichtig. Er musste Margaritha retten.

34

Schulte stand im Empfangsbereich der Polizeidirektion. Er hatte der jungen Polizistin seinen Ausweis auf den Tresen gelegt und darum gebeten, den Chef sprechen zu können. Nachdem sie das obligatorische Telefongespräch geführt hatte, nannte sie Schulte mit monotoner Stimme den Namen und die Zimmernummer des Büros, in dem der Polizeidirektor residierte. Schulte machte sich auf den Weg und stand wenige Minuten später im Arbeitszimmer eines übergewichtigen Mannes.

Der Kerl hatte seinen Stuhl von seinem Schreibtisch weggerollt und räkelte sich halb liegend in seinem Sessel. Wahrscheinlich ließ es sein überdimensionaler Bauch nicht mehr zu, einigermaßen aufrecht zu sitzen. Die Beine hatte der Dicke lässig übereinandergeschlagen. Aus dieser Position heraus fixierte er Schulte.

„Was sagen Sie, Kollege, wo kommen Sie her?"

„Aus Detmold", entgegnete Schulte grinsend. „Schon mal was von dieser Stadt gehört?"

„Na klar, irgendwo da steht doch das Hermannsdenkmal. Und außerdem habt ihr so komische Namen. Wie war der von der kleinen Blonden neulich noch?", überlegte der Dicke. „Pauline Meier zu Dingenskirchen oder so ähnlich. Die Kleine muss die Nichte der Kanzlerin sein. Denn bevor die hier bei mir im Büro saß, bekam ich einen Hinweis aus dem Bundeskanzleramt, dass ich unbedingt mit der Kleinen kooperieren müsse, sonst könnte ich die letzten Tage meiner Dienstzeit im hintersten Brandenburg fristen."

Schulte nickte.

„Hätte ich übrigens sowieso getan", behauptete der Polizeidirektor. „Die Kleine hatte nämlich was auf dem Kasten."

Wieder nickte Schulte. „Bin ich auch vom Kanzleramt angekündigt worden?", fragte er dann.

Der Dicke schüttelte eindrucksvoll seinen bulligen Kopf.

„Schade", entgegnete Schulte. „Ich hätte gut ein bisschen Schützenhilfe gebrauchen können."

Der Polizeidirektor sah ihn fragend an, und Schulte brachte seine Geschichte vor. Erzählte von dem Mord in Detmold und davon, dass Brenke ihn mit Hilfe der Kanzlerin sozusagen zu einem Under-Cover-Einsatz nach Berlin geholt hatte. Und er berichtete von seinen Erlebnissen im Görlitzer Park.

Der dicke Mann wechselte zwischen Erstaunen und Verärgerung. „Und dann haben Sie sich diesen Jogger gegriffen, haben den bei uns anrufen lassen, und Sie selbst haben sich einfach aus dem Staub gemacht!", schimpfte der Polizeidirektor. „Glauben Sie, wir hätten unsere Zeit gestohlen? Seit Tagen machen wir nichts anderes, als uns mit dem Mord im Görlitzer Park herumzuschlagen. Schließlich ist der Täter nicht irgendein Penner, sondern ein Abgeordneter des Deutschen Bundestages. Das wird ein Nachspiel haben, Kollege, das schwöre ich Ihnen. Ich lasse mich doch nicht von so einem Provinzbullen verarschen."

Schulte legte ein zerknittertes Blatt Papier auf den Tisch, auf dem sich ein Blitzerfoto befand.

„Das mit dem Nachspiel, das werden wir sehen", meinte Schulte ziemlich gelassen. „Hier haben Sie erst einmal ein Foto vom Todesschützen im Görlitzer Park. Das ist übrigens derselbe Mann, der auch den Mord bei uns in Lippe begangen hat."

Schulte erklärte dem dicken Polizeidirektor die Zusammenhänge.

„Den Abgeordneten können Sie wieder freilassen“, schloss er. „Beim ersten Mord in Lippe kann Brenke unmöglich der Todesschütze gewesen sein. Und beim zweiten Mord hier in Berlin, hat er ein Alibi, er war nämlich bei einer Frau.“

„Das behauptet dieser Brenke auch. Doch die Zeugin ist leider allem Anschein nach verschwunden“, fiel der Dicke ihm ins Wort.

Schulte wunderte sich zwar darüber, dass Margaritha Bönisch immer noch nicht aufgetaucht war, ging aber nicht weiter darauf ein.

„Ich habe den Mörder gesehen, daher hat er versucht, auch mich umzubringen. Doch die Kugel hat mich verfehlt. Der Mörder ist das Kindergesicht da auf dem Foto. Darauf schwöre ich alle Eide dieser Welt.“

„Okay, mag ja alles so sein, wie Sie das schildern. Aber wie ist der Täter an die Waffe von diesem Brenke gekommen?“

Schulte zuckte mit den Schultern. „Darauf kann ich Ihnen leider noch keine Antwort geben.“

Der Dicke schwieg einen Moment. Also ergriff Schulte noch einmal das Wort.

„Kann ich, wenn ich diese Aussage zu Protokoll gegeben habe, wieder gehen? Oder muss ich erst meine Tante, die Kanzlerin, anrufen?“

Der Dicke winkte ab. „Am liebsten würde ich Sie einsperren, zusammen mit Ihrem Kumpel, diesem Brenke. Aber so wie ich die Sache sehe, wären Sie wahrscheinlich schneller wieder draußen, als ich einen Haftbefehl bekommen würde. Aber das sage ich Ihnen, Kollege! Ich bin stinksauer auf euch Lipper! Ich hoffe, weder Sie noch die kleine Blonde, diese Meier zu Dingenskirchen, laufen mir jemals wieder über den Weg.“

Endlich wieder zurück in Detmold! Eigentlich hätte Jupp Schulte nun wieder in den Wohlfühlmodus schalten können, aber das gelang ihm nicht. Nach einer unruhig verbrachten ersten Nacht im eigenen Bett sprach er an diesem wunderbar milden Frühsommermorgen eine Weile mit seiner Tochter und ging dann rüber zu seinem Nachbarn, der ebenfalls kaum geschlafen hatte. Im Gegensatz zu Anton Fritzmeier, der ankündigte, sich nach dem Frühstück noch ein bisschen aufs Ohr zu legen, musste Schulte aber zum Dienst.

Brummig und in Erwartung großen Ärgers fuhr er in die Stadt. In den Büros seiner Abteilung war er an diesem Montagmorgen der erste. Eine für Schulte völlig ungewohnte Situation, die er auszunutzen gedachte. Er ließ sein eigenes Büro links liegen und betrat stattdessen das noch leere Büro seines Vorgesetzten. Erpentrup würde jeden Moment kommen, er galt als Frühaufsteher. So lange fläzte sich Schulte ganz dreist auf Erpentrups Schreibtischstuhl, legte die Füße auf den Schreibtisch und wartete ab. Ein unerhörter Tabubruch. Doch statt Erpentrup kam plötzlich Maren Köster zur Tür herein. Sie trug eine Akte unter dem Arm und wollte diese offenbar auf dem Schreibtisch ablegen. Völlig entsetzt blieb sie in der Tür stehen und starrte Schulte an wie eine Geistererscheinung.

„Jupp?“, stammelte sie mit heiserer Stimme. „Was machst du denn hier?“

„Warten“, lautete die knappe Antwort.

„Aber, du kannst doch nicht einfach … Erpentrup dreht durch, wenn er das sieht. Du kennst ihn doch.“

„Lass ihn durchdrehen“, brummte Schulte. „Wie geht es dir denn?“

„Mir?“ Maren Köster kam bei diesem schnellen Themenwechsel nicht mit. Sie hatte weder zu diesem Zeitpunkt mit Schultes Rückkehr gerechnet, noch konnte sie sich vorstellen, dass Schultes Auftritt zu etwas anderem als zu seiner sofortigen Suspendierung vom Dienst führen würde. Und zu Riesenärger für alle anderen.

„Jupp, überleg dir, was du tust.“

Schulte ging darauf nicht ein, sondern fragte zurück:

„Hast du dir denn in der Zwischenzeit überlegt, was du tun willst? Das ist für mich viel wichtiger als dieser Erpentrup. Gibst du mir noch eine Chance?"

Bevor sie darauf antworten konnte, schob sich von hinten eine große, schlanke und fast perfekt gekleidete Männergestalt ins Büro.

Sekundenlang stand Klaus Erpentrup, Leiter der Abteilung Gewaltverbrechen der Kreispolizeibehörde Detmold, im Türrahmen und starrte auf das Bild, das sich ihm bot. Er brachte kein Wort heraus, rührte keinen Finger. Aber er war kreideweiß geworden. Das Blut schien sich komplett aus seinem Gesicht zurückgezogen zu haben. So wie sich das Meer bei einem Tsunami in aller Stille weit zurückzieht, bevor es seine ganze todbringende Wucht in einer einzigen gewaltigen Welle an Land wirft.

Offenbar spürte Maren Köster, dass Erpentrups Tsunami unmittelbar bevorstand. Denn Schulte sah ihr an, dass sie eingreifen wollte, helfen wollte, vermitteln wollte. Aber ehe sie auch nur ein einziges Wort herausbringen konnte, schrie Erpentrup sie an:

„Raus hier! Verschwinden Sie! Sofort!"

Sie warf Schulte einen verzweifelten Blick zu, dann verschwand sie nach draußen. Erpentrup knallte die Bürotür hinter ihr zu. Dann waren die beiden Männer allein. Es herrschte für Sekunden eisige Stille.

Erpentrup machte zwei Schritte auf den Schreibtisch zu und blieb direkt davor stehen. Da, wo Schulte sonst immer stand, wenn er von seinem Chef abgekanzelt wurde. Und Schulte trieb seine Unverfrorenheit auf die Spitze:

„Setzen Sie sich doch, Erpentrup." Im gemütlichen Plauderton lud er mit einer Handbewegung seinen Vorgesetzten ein, sich auf einen der Besucherstühle zu setzen. „Machen Sie es sich bequem!"

Erste Zuckungen entstellten das glattrasierte und braungebrannte Gesicht Erpentrups. Schulte hätte schwören können, dass kleine Schaumbläschen zwischen seinen zusammengepressten Lippen hervorquollen. Dann endlich schien Erpentrup sich gefangen zu haben. Er schrie nicht, er zischte mehr als er sprach.

„Schulte, wenn Sie nicht augenblicklich verschwinden, dann mache ich Sie fertig. Ich sorge dafür, dass Sie zuerst achtkantig aus diesem Büro fliegen und dann aus dem Staatsdienst. Und zwar so gründlich, dass sich in Lippe kein Mensch mehr traut, mit Ihnen zu sprechen."

Schulte schaute ihm ruhig in die Augen.

„Ja?", fragte er zurück. „Und wie wollen Sie das machen? Wenn Sie mich persönlich hier rauswerfen wollen, wird es eine hübsche Prügelei geben, bei der noch lange nicht klar ist, wer den Kürzeren zieht. Ich bin zwar älter, kenne aber die schmutzigeren Tricks. Wenn Sie die Kollegen zu Hilfe holen, werden die alle erfahren, warum ich hier sitze und was für ein ausgemachter Idiot ihr Chef ist. Suchen Sie sich was aus, mir ist alles recht."

Erpentrup ließ die Kinnlade sinken, als wäre dort ein Scharnier ausgerastet, und starrte Schulte an. Als er nichts sagte, fuhr Schulte in seinem beunruhigend ruhigen Tonfall fort:

„Ich mache diese Arbeit jetzt seit über dreißig Jahren. Es war oft eine echte Scheißarbeit. Aber ich war immer sicher, dass wir Bullen eine große Familie sind, auf die ich mich verlassen kann. Das hat mir über Vieles hinweggeholfen. Jetzt weiß ich, dass dem nicht so ist. Dank Ihnen, Erpentrup."

Sein Chef wusste offenbar immer noch nicht, was er sagen sollte, also redete Schulte weiter.

„Wissen Sie eigentlich, was Sie angerichtet haben? Sie selbstgefälliger, aufgeblasener Kerl! Sie haben meine Anonymität auffliegen lassen und mich damit in eine lebensgefährliche Situation gebracht. Aus verletzter Eitelkeit. Wollen Sie wirklich, dass ich damit hausieren gehe? Dass ich im Rahmen eines Disziplinarverfahrens offiziell berichte, was gelaufen ist? Damit alle hier wissen, was sie von Ihnen zu halten haben? Erpentrup, meine Anweisungen kamen von ganz oben. Sie haben diese Anweisungen torpediert. Was glauben Sie, was schlimmer wiegt? Meine Füße auf Ihrem Schreibtisch oder Ihr erbärmliches Versagen? Was glauben Sie, wer am Ende den Hut nimmt, Sie oder ich?"

Beim letzten Wort stand Schulte auf, ging um den Schreibtisch herum auf Erpentrup zu und sagte:

„Halten Sie bloß den Ball flach, Erpentrup! Wenn Sie mir noch einmal dumm kommen, dann platzt die Bombe. Ab sofort habe ich hier Narrenfreiheit, verstanden?"

Damit verließ er das Büro. Zurück blieb ein völlig verdatterter Chef, der ihm noch lange hinterherschaute.

35

Als Schulte ins Gemeinschaftsbüro von Maren Köster, Pauline Meier zu Klüt und Manuel Lindemann kam, schauten ihn drei Augenpaare erwartungsvoll und besorgt an. Offensichtlich hatte Maren Köster den beiden jungen Kollegen vom Showdown im Chefbüro berichtet. Als sie sahen, dass Schulte bester Laune war, atmeten sie tief durch.

„Na, alles klar bei euch?", rief Schulte fröhlich.

Dann setzte er sich auf einen Besucherstuhl und betrachtete zufrieden seine drei Mitarbeiter. Er wusste schon, dass er sehr hoch gepokert hatte und dass das Duell mit Erpentrup noch lange nicht entschieden war. Aber immerhin hatte er mächtig Dampf abgelassen und fühlte sich nun deutlich wohler als noch vor einer halben Stunde. So sachlich wie möglich berichtete er von seinem explosiven Gespräch mit Erpentrup. Manuel Lindemann starrte ihn entsetzt an, während Pauline Meier zu Klüt ihm einen bewundernden Blick zuwarf. Maren Köster schien vor allem erleichtert zu sein.

Schulte musste angesichts der Loyalität seiner Mitarbeiter schlucken, und er fragte sich, womit er das verdient hatte.

Wie auf ein unhörbares Kommando hin verließen nun die beiden jungen Kollegen unter einem Vorwand das Büro und ließen ihn mit Maren Köster allein.

Es herrschte betretene Stille. Sie hatten sich vor seiner Berlinreise im Streit getrennt. Das ließ sich nicht einfach so mir nichts dir nichts ignorieren. Schließlich durchbrach Maren Köster das quälende Schweigen und sagte leise:

„Hast du in Berlin Zeit gefunden, dir Gedanken über uns zu machen?"

Schulte druckste herum. Er war in Berlin derart eingebunden gewesen, dass tatsächlich kein Raum für solche Überlegungen geblieben war. Diesen Themenkomplex hatte er ganz einfach beiseitegeschoben. Aus den Augen, aus dem Sinn. Nun türmte sich wieder alles unüberwindbar vor ihm auf. Er wollte diese Frau, er brauchte sie. Aber er war nicht in der Lage, ihr das zu geben, was sie verlangte. Zu Recht verlangte, wie er sich selbstkritisch eingestand. Er war das Problem in dieser Beziehung. Es tat ihm leid, diese wunderbare Frau immer wieder zu enttäuschen. Aber er konnte nicht anders.

Als Schulte nun aufsprang und kreuz und quer durch das Büro ging, wie ein Tiger im Käfig, und begann, seine wirren, widersprüchlichen Gedankengänge zu beschreiben, lächelte sie plötzlich. Auch sie stand auf, ging langsam auf ihn zu und umarmte ihn. Eine Weile standen sie engumschlungen und wortlos da. Als Schulte wieder etwas erklären wollte, legte sie ihm mit ernster Miene einen Finger auf den Mund und sagte sanft:

„Lass gut sein, Jupp! Ich kenne dich nun schon so lange, und ich weiß, was in dir vorgeht. Und wenn du ganz ehrlich zu dir bist, dann weißt du auch, dass wir keine Chance haben. Wir sind beide echte Solitärgewächse. Zusammen nehmen wir uns die Luft zum Atmen. Ich mag dich wirklich noch sehr, trotz allem. Aber es klappt einfach nicht. Auch wenn es völlig abgedroschen und bescheuert klingt, aber lass es uns in Freundschaft beenden. Noch geht es."

Er nickte traurig und drückte sie fest an sich. Sie hatte recht. Es gab nichts mehr zu sagen. Sie wussten alles voneinander, auch ohne Worte.

Dann wand sie sich aus seinen Armen und setzte sich wieder an ihren Schreibtisch. Als hätte ein Schwenk mit einem Zauberstab sie verwandelt, war sie plötzlich wieder die schwer beschäftigte Polizistin.

„Und wie geht es jetzt weiter?“, fragte sie. „Mit dem Fall Brenke, meine ich. Was ist in Berlin passiert?“

Während Schulte berichtete, kamen auch Pauline Meier zu Klüt und Lindemann wieder ins Büro zurück und hörten zu. Am Ende schwiegen alle eine Weile.

„Irgendwie hat diese Geschichte noch kein Ende“, meinte Maren Köster. „Genau genommen haben wir nichts erreicht.“

„Stimmt, es war ein Schuss in den Ofen“, brummte Schulte mürrisch. „Wahrscheinlich kommen in Berlin jetzt einige vor Lachen nicht mehr in den Schlaf. Aber wenn diese Mistkerle denken, dass der Dorftrottel aus der Provinz nun aufgegeben hat, dann werden sie sich täuschen. Die sind mich noch lange nicht los. Sollen sie sich ruhig in Sicherheit wiegen. Wollen doch mal sehen, wer zuletzt lacht.“

„Okay, Jupp“, sagte Maren Köster, „wir sind dabei. Aber ich finde, du solltest dich für den Rest des Tages besser nicht mehr hier in der Dienststelle blicken lassen. Mach irgendwas im Außendienst, besichtige alte Tatorte oder so. Aber rassele heute nicht noch einmal mit Erpentrup zusammen. Du kannst sicher sein, dass er von nun an immer einen Zeugen dabei haben wird. Wir halten derweil alle Ohren offen, um herauszufinden, wie er seine Rache plant. Einverstanden?“

Schulte nickte. Dann fiel ihm noch etwas ein.

„Apropos Zeuge, es geschehen noch Zeichen und Wunder. Unser bislang wenig geschätzter Kollege Oliver Hartel hat mich doch tatsächlich per SMS vor dem gewarnt, was Erpentrup angerichtet hat. Leider habe ich die SMS zu spät gelesen, aber das war ja nicht sein Fehler. Was ist denn in den gefahren? Nicht mehr Chefs Liebling?“

Maren Köster zuckte mit den Schultern. „Wer weiß das schon? Vielleicht wollte er das ja nie sein, und wir haben ihn bloß in diese Rolle gedrängt? Wie auch immer, gib ihm eine Chance. Ich glaube, er meint es ernst.“

Schulte hatte Maren Kösters Tipp befolgt und war den ganzen Nachmittag über unterwegs gewesen. Er hatte einige Leute besucht, die manchmal der Polizei als Informanten zur Verfügung standen. Diese Kontakte mussten schließlich gepflegt werden, und das tat Schulte an diesem Nachmittag ausgiebig.

Mit großer Sicherheit hatte derweil sein Chef schon an allen Strippen gezogen, die ihm zur Verfügung standen, und genauso sicher würde Erpentrups Rache ihn über kurz oder lang ereilen. Diesem Problem konnte er auf Dauer nicht ausweichen. Er beschloss, sich deswegen nicht verrückt zu machen. Was könnte ihm schon groß passieren? Für eine Dienstenthebung würde der heutige Eklat nicht ausreichen, und überhaupt würde Erpentrup es sich dreimal überlegen, ob er die Sache an die große Glocke hängen sollte. Erpentrup hatte hier eine Menge zu verlieren. Die Rache würde also nicht dienstrechtlich ausfallen, sondern eher privat, an einem Ort weit unterhalb der Gürtellinie.

Auf den sonnigen Tag folgte ein milder Frühsommerabend, und Schulte saß im Biergarten des Neuen Kruges in Detmold. Der Mann, auf den er wartete, war für seine Unpünktlichkeit bekannt, und deshalb machte Schulte sich keine Sorgen, als es fast eine halbe Stunde über der besprochenen Zeit war. Dann endlich sah er ihn kommen. Die kleine, fast kugelrunde Gestalt drängte sich durch die engen Tischreihen, lachte hier jemandem zu und winkte dort einem anderen. Hermann Rodehutskors war bekannt wie der sprichwörtliche bunte Hund, und so dauerte es eine Weile, bis er bei Schulte ankam. Zufrieden über beide Backen grinsend begrüßte er Schulte. Dann ließ er sich mit einem wohligen Ächzen auf die Biertischbank fallen.

„Ihnen scheint es ja gut zu gehen", empfing ihn Schulte. „Sie sehen aus wie nach einer Frischzellenkur."

„Das liegt nur daran, dass ich immer runder werde", entgegnete der ehemalige Journalist gut gelaunt. „Da wird die Haut straffer. Aber Sie sehen ziemlich erschöpft aus. Läuft es nicht so gut? Wie geht's denn unserer schönen Maren?"

Schulte bestellte zwei Weizen und gab dann Rodehutskors einen Überblick über die Geschehnisse der letzten drei Wochen. Ihm war es egal, ob er damit dienstliche Geheimnisse ausplauderte oder nicht. Er hatte einen Plan, in dem dieser dicke Gemütsmensch eine wichtige Rolle spielte. Da durfte man nicht so kleinlich sein. Als das Weizenglas leer war, bestellten sie sich ein neues.

Rodehutskors pfiff durch die Zähne, als er alles gehört hatte. „Spannende Sache. Aber was habe ich damit zu tun? Warum wollten Sie sich mit mir treffen? Ich bin doch nur ein alter, harmloser Rentner."

„Sie sind vielleicht Rentner", erwiderte Schulte lachend, „aber weder alt noch harmlos. Ich möchte gern Ihre ganz speziellen Fähigkeiten und Verbindungen anzapfen. Bestimmt juckt es Ihnen in den Fingern, mal wieder so richtig mitzumischen. Ihre Augen verraten Sie, Herr Rodehutskors, die strahlen nämlich seit ein paar Minuten heller als ein Weihnachtsbaum."

„Glauben Sie? Ich kenne Ihre Vorschläge, Schulte, und meistens gerät man dabei in einen gewaltigen Schlamassel. Vergessen Sie nicht, ich habe auch noch eine Ehefrau, die hat es gern gemütlich. Die möchte einen Ehemann, der mit ihr die Tage im Fernsehsessel verbringt, ab und zu mal eine kleine Spritztour ins Grüne macht und sich dabei Kaffee und Kuchen schmecken lässt. Sie wird nicht glücklich sein, wenn ich ihr erzähle, dass dieser Schulte mir wieder einen seiner verrückten Vorschläge unterbreitet hat. Denn das würde bedeuten, dass ich in den nächsten Tagen kaum zu Hause sein werde und wir anschließend damit rechnen müssen, dass uns irgendein Bösewicht aus Rache das Haus über dem Kopf ansteckt. Außerdem bin ich nun deutlich über siebzig, Schulte. Wissen Sie, was das heißt? Wenn Sie morgens aufstehen und alles klemmt und knirscht, wenn man nicht mehr alles essen und trinken kann, wenn man in der Nacht alle halbe Stunde pinkeln muss? Nee, mein Lieber, da bleibt wenig Energie für irgendwelche Abenteuer, ob die Augen nun strahlen oder nicht."

Mit einem großen Schluck leerte er sein Glas.

Schulte war enttäuscht. Er hatte mit einer enthusiastischen Zustimmung gerechnet und war davon ausgegangen, dass Rodehutskors begeistert die Gelegenheit ergreifen würde, seinem trostlosen Rentnerdasein zu entfliehen. Und dann diese müde, schlaffe Altmänner-Antwort.

Rodehutskors bestellte noch eine Runde. Weizenbier konnte er ja offenbar noch ganz gut vertragen, registrierte Schulte.

„Jetzt gucken Sie nicht so bedröppelt aus der Wäsche", fuhr der Alte fort. „Erklären Sie mir erst mal Ihren Plan. Aber lassen Sie nichts aus, was nachher zum Problem werden könnte. Sie sind nämlich manchmal ein ziemliches Schlitzohr, Schulte. Die Karten müssen alle auf den Tisch."

36

Wenn sich Hermann Rodehutskors einmal entschieden hatte, dann ließ er sich durch nichts mehr aufhalten. Auch wenn er am nächsten Morgen Kopfschmerzen hatte. Der Vorabend mit Jupp Schulte war wie immer verlaufen. Die beiden hatten viel geredet und ebenso viel getrunken. Am Ende hatte Rodehutskors sich mit einem Taxi nach Hause bringen lassen.

„So was bin ich nicht mehr gewohnt", hatte er beim Frühstück seiner Frau gebeichtet, die ihm daraufhin bittere Vorwürfe wegen seines ungesunden Lebensstils machte. Aber auch das gehörte dazu, da musste er durch. Er beließ es aber beim Bericht über das Trinken, von Schultes Rekrutierungsversuch und von seinem Einverständnis erzählte er lieber nichts.

Selbst die Kopfschmerzen hatten ihn nicht davon abgehalten, sofort mit der Arbeit zu beginnen. Schulte hatte ihm seinen Plan erklärt und Rodehutskors überredet, mitzumachen. Dieser verdammte Schulte kriegt mich immer wieder rum, dachte der alte Mann. Aber zugesagt war zugesagt. Hermann Rodehutskors war keiner, der sein Wort nicht hielt.

Er setzte sich an seinen Schreibtisch und machte ein paar Notizen. Dann warf er das Internet an und recherchierte fast drei Stunden. Nach dem Mittagessen und einem kurzen Mittagsschläfchen, das obligatorisch war und niemals zur Disposition stand, ging er wieder ans Werk. Am späten Nachmittag hatte er eine Menge Informationen zusammengetragen und sich Ideen notiert. Nun machte er sich daran, sein Vorgehen zu strukturieren.

„Hermann, was tust du denn den ganzen Tag in deiner Bude?", rief seine Ehefrau immer wieder mal. „Es ist herrliches Wetter, und du hockst im Halbdunkeln. Außerdem muss der Rasen gemäht werden. Und einkaufen müssen wir auch noch. Ich will das nicht allein machen. Du weißt doch, ich fahre nicht mehr so gern in die Stadt."

„Mein alter Arbeitgeber, die Heimatzeitung, hat mich gebeten, etwas über die Biergartenkultur in Detmold zu schreiben. Sie denken, ich wäre da Spezialist. Den Artikel muss ich bis heute Abend fertig haben", log er dreist.

Brummig zog seine Frau ab. Er hörte sie noch leise murmeln: „Dieser verrückte alte Kerl. Dann gehe ich eben allein einkaufen. Alles muss man selber machen."

Gleich nachdem seine Frau das Haus verlassen hatte, griff Rodehutskors zum Telefon. Als sich eine schnippische

Frauenstimme meldete, verlangte er, zum Staatssekretär Markus Miekatz durchgestellt zu werden. Die Frau schien Mühe zu haben, ihn nicht ob seines naiven Wunsches offen auszulachen.

„Der Herr Staatssekretär ist ein vielbeschäftigter Mann", trällerte sie mit vorwurfsvollem Unterton. „Ich kann gern eine Notiz an sein Vorzimmer weiterleiten. Wer sind Sie denn überhaupt?"

„Sie sprechen mit Hermanns Pressedienst aus Detmold. Wir sind ein investigativ ausgerichtetes Pressebüro und arbeiten für verschiedene Tageszeitungen und Radiosender." Rodehutskors hatte große Übung darin, schamlos zu übertreiben. Diese Vorzimmerdrachen ließen sich nur durch einen dreisten Bluff überwinden, das wusste er aus seiner jahrelangen journalistischen Erfahrung. Dabei hatte er bislang noch gar nichts Falsches gesagt. Das Pressebüro mit diesem Namen war seit vielen Jahren eine eingetragene Gesellschaft bürgerlichen Rechts, und man konnte alles darüber im Internet lesen, wenn man wusste, wo man suchen musste. Allerdings lag Hermanns Pressedienst seit mindestens fünf Jahren mehr oder weniger im tiefsten Dornröschenschlaf. Rodehutskors hatte es nur aus Sentimentalität nicht übers Herz gebracht, die Firma zu liquidieren.

Jetzt holte er tief Luft und fuhr fort: „Sagen Sie dem Herrn Staatssekretär bitte, dass wir an einer Geschichte über den Truppenübungsplatz Senne arbeiten. Uns liegen hier einige sehr brisante Informationen vor, die das Verteidigungsministerium betreffen, wirklich sehr brisant, glauben Sie mir. Selbstverständlich wollen wir vor einer Veröffentlichung unserer journalistischen Sorgfaltspflicht nachkommen und auch die andere Seite zu Wort kommen lassen. Der Herr Staatssekretär wird Ihnen dankbar sein, wenn Sie diese Gesprächsanfrage so schnell wie möglich an ihn weiterleiten. Ich habe dieses Gespräch aufgezeichnet. Wenn sich also niemand zurückmelden sollte, habe ich dennoch meiner Sorgfaltspflicht genügt und kann veröffentlichen, denn ich habe mich ja um ein Gespräch bemüht. Es liegt also an Ihnen, junge Frau.“

Auch Schulte war an diesem Vormittag nicht in Bestform. Der alte Journalist brachte ihn bei jedem Treffen dazu, mehr zu trinken, als für ihn gut war. Nun saß Schulte an seinem Schreibtisch und war froh, gerade mal seine Ruhe zu haben. Sein Auftritt bei Erpentrup war noch lange nicht abgehakt, jeden Moment konnte die Rache des Chefs über ihn hereinbrechen. Auch wenn er sich deswegen keine echten Sorgen machte, konnte doch von entspannter Atmosphäre nicht die Rede sein.

Auch zu Maren Köster hielt er Distanz. Nach ihrer Aussprache gestern war zwar vieles klarer geworden, vielleicht sogar leichter, trotzdem musste er die aktuelle Entwicklung erst mal verkraften. Diese Frau war in den letzten fünfzehn Jahren Ziel seiner Träume und seines Begehrens gewesen. Ihre Gegenwart war es, die ihm den oft grauen Arbeitsalltag erhellt hatte, die ihn großen Stress und Frust hatte ertragen lassen. Ohne Maren Köster wäre er schon lange kein Polizist mehr.

Mitten in diese schwermütigen Überlegungen hinein bimmelte das Telefon. Ärgerlich schaute er auf das Display und sah eine Berliner Vorwahl. Am Apparat war Rudolf Brenke.

„Na, haben Sie dich wieder freigelassen?“, versuchte Schulte einen müden Scherz. Doch Brenke war offenbar nicht nach Scherzen zumute.

„Jupp, ich muss mit dir reden. Ich hatte in den letzten Tagen viel Zeit zum Nachdenken. Du hast es ja selbst letztens so deutlich auf den Punkt gebracht: Es war eine Schnapsidee, dich hier in Berlin ermitteln zu lassen. Du hattest absolut keine Chance, und es hat einen armen Kerl das Leben gekostet, auch wenn das natürlich nicht deine Schuld war. Versteh mich nicht falsch. Ich habe mit der Chefin gesprochen, du weißt, wen ich meine. Auch die sieht das mittlerweile so."

Schulte wartete, dass Brenke weitersprach. Als nichts kam, fasste er nach: „Ja, und? Was willst du mir nun sagen?"

Brenke seufzte so laut, dass es von Berlin bis Detmold zu hören war.

„Sagen eigentlich gar nichts. Ich möchte nur den Druck von deinen Schultern nehmen. Du musst dich nicht mehr verpflichtet fühlen. Du hast deinen Auftrag erledigt, du hast dein Bestes gegeben. Wir, also die Chefin und ich, sind dir unendlich dankbar dafür. Das wollte ich dir nur mitteilen, auch im Namen der Chefin, bevor du nun wieder an deine normale Arbeit in Detmold gehst. Da ist ja vermutlich auch ohne mich genug zu tun, oder?"

„Rudolf, jetzt hör mir mal zu. Hier in unserem Bereich ist vor gar nicht langer Zeit ein Mordanschlag auf dich verübt worden. Auch wenn es durch einen grausamen Zufall einen anderen getroffen hat, dieser Mord ist bis heute noch nicht aufgeklärt. Den Fall können wir nicht einfach in die Schublade stecken und so tun, als wäre nichts gewesen. Die Ermittlungen nehmen nun ihren Lauf, Rudolf, ich kann das nicht stoppen, selbst wenn ich es wollte. Ich kann es nicht ertragen, wenn ein eiskalter Killer frei herumläuft. Zumal dieser Killer direkt vor meinen Augen einen anderen Menschen kaltblütig erschossen hat. Von meiner eigenen Verletzung will ich gar nicht reden. Nee, mein Lieber. Den Kerl greife ich mir, und wenn es das Letzte ist, was ich tue."

Wieder so ein Stoßseufzer aus Berlin.

„Ich kann dich ja gut verstehen, Jupp. Aber nimm die Sache nicht so persönlich. Bring dich nicht in Schwierigkeiten. Denn ich fürchte, die wirst du bekommen, wenn du weitermachst. Ich habe dich in die Sache reingezogen, ich fühle mich für dich verantwortlich, und ich mache mir Sorgen. Denk nochmal über alles nach."

Schulte schnaubte verärgert. „Nett von dir, aber ich bin schon erwachsen. Übrigens, wie geht es denn deiner Freundin, der schönen Margaritha? Ist sie mittlerweile wieder aufgetaucht?"

Ein noch größerer Seufzer drang durch den Hörer.

„Nein. Sie hat sich noch nicht wieder gemeldet. Nicht mal eine kurze WhatsApp-Nachricht oder so. Auch das macht mir Sorgen. Ich glaube, ich werde alt."

37

Vor einer Stunde hatte eine der Vorzimmerdamen ihm den Gesprächswunsch eines Journalisten angetragen. Das war nichts Besonderes, solche Wünsche bekam er mehrmals täglich weitergeleitet. In der Regel ging Markus Miekatz auf derartige Anfragen gar nicht erst ein, sondern ließ sie gleich durch seine Mitarbeiter abwimmeln. Nur in seltenen Fällen sprach er selbst mit Journalisten. So ein seltener Fall schien ihm hier vorzuliegen. Dieses Pressebüro aus Detmold machte ihm Sorgen. Zwei, drei Stichwörter hatten ausgereicht, um ihn nervös werden zu lassen. Diese Sache musste er selbst erledigen. Er hatte die Stunde genutzt, um sich über dieses Pressebüro zu informieren und festgestellt, dass es tatsächlich seit fast sechs Jahren existierte und schon mehrfach für Aufsehen gesorgt hatte. Der Inhaber, ein gewisser Hermann Rodehutskors, war offenbar stets gut informiert, wenn er ein Thema aufgriff. Also ein zwar kleiner, aber durchaus ernst zu nehmender Gegner. Als er diesen Rodehutskors nun in der Leitung hatte, schaltete Miekatz um von Besorgnis auf Unbeschwertheit und begrüßte seinen Gesprächspartner so jovial und fröhlich, wie es ihm möglich war.

„Womit kann ich Ihnen weiterhelfen?", fragte er scheinheilig. Seine Stimme war, auch wenn er immer wieder daran arbeitete, für einen Mann viel zu weich und etwas zu hoch.

Sein Gegenüber hingegen sprach langsam und bedächtig und mit einem leicht rauen Bass, als er antwortete:

„Es geht um den Truppenübungsplatz in der Senne. Uns liegen Informationen vor, die wir etwas beunruhigend finden. Unsere Informanten sprechen davon, dass Investoren daran arbeiten, den Truppenübungsplatz auf privatwirtschaftlicher Basis zu betreiben. Mit dem Staat als zahlenden Kunden. Können Sie uns solche Bestrebungen bestätigen?"

„Nein", log Miekatz schamlos. „Das ist völlig undenkbar. Da haben Sie offenbar etwas falsch verstanden. Sicher, in Zeiten, in denen die Bundeswehr umgebaut wird und in Zukunft völlig veränderten Ansprüchen genügen muss, wird natürlich auch über Sinn und Nutzen dieser riesigen Truppenübungsplätze gesprochen werden müssen. Durchaus vollstellbar, dass zukünftig, ich betone zukünftig, Teile davon nicht mehr durch die Bundeswehr genutzt werden. Was dann damit geschieht, wird sich zeigen. Aber das ist alles noch Zukunftsmusik. Eine Umwandlung, wie Sie sie beschreiben, ist zurzeit überhaupt kein Thema und wäre auch ohne die Einbeziehung der demokratischen Institutionen nicht vorstellbar. Nein, zahlen Sie Ihrem Informanten besser nichts für diese angebliche Nachricht. Sie ist es nicht wert, gedruckt zu werden. Kann ich Ihnen sonst noch weiterhelfen?"

„Ich kenne meinen Informanten seit vielen Jahren und bin von ihm noch nie enttäuscht worden. Er hegt sogar die Vermutung, dass diese Entwicklung nur ein erster Schritt ist – mit dem Ziel, langfristig die Aufgaben der Bundeswehr komplett in private Hände zu legen. So wie es dies bereits durch die Firma Academi gibt, besser bekannt unter dem berüchtigten alten Namen Blackwater."

Miekatz lachte laut und etwas schrill, ein irritierend dünner, fast hysterischer Ton.

„Da hat Sie aber einer total verladen, lieber Herr Rodehutskors. Wir sind hier in Deutschland und nicht in irgendeiner

Bananenrepublik. Wie stellen Sie sich denn das alles vor? Nein, Sie sind auf einen Wichtigtuer hereingefallen, finden Sie sich damit ab."

Da nun einige Sekunden lang keine Antwort aus dem Hörer kam, atmete Miekatz erleichtert durch. Anscheinend gab sich dieser Rodehutskors nun zufrieden. Doch dann kam wieder diese tiefe, ruhige Stimme:

„Habe ich auch falsch verstanden, dass erhebliche Zahlungen von der Firma Firmness Consulting and Business, kurz FCB, an Sie ganz persönlich geflossen sind, Herr Miekatz? Welche Gegenleistung von Ihnen hat man sich dadurch versprochen?"

Miekatz war sprachlos und schockiert. Seine Strategie, dieses Gespräch in bester Politikermanier durch nette Floskeln und gespielte Unbeschwertheit ins Leere laufen zu lassen, war gescheitert. Dieser Rodehutskors war besser im Bilde als erwartet.

„Dieses Gespräch nimmt eine Wendung, die mir nicht gefällt, Herr Rodehutskors. Wenn Sie weitere Fragen haben, wenden Sie sich bitte schriftlich an unsere Pressestelle. Dort wird man Ihnen gern behilflich sein."

Doch wieder musste Miekatz feststellen, dass sein Gesprächspartner nicht so einfach abzuschütteln war.

„Danke für das Angebot, Herr Staatssekretär. Hoffentlich habe ich nicht allzu viel von Ihrer wertvollen Zeit gestohlen."

Endlich, dachte Miekatz, endlich gibt der Kerl Ruhe. Er würde sofort nach diesem Gespräch einen seiner Referenten damit beauftragen, weitere Informationen über diesen Rodehutskors einzuholen. Vielleicht käme dabei auch heraus, wer hinter diesen Informationen steckte. Das war viel wichtiger, als sich über diesen Presseheini aufzuregen.

Doch Rodehutskors meldete sich noch einmal zu Wort. „Ach ja, bevor ich's vergesse, haben Sie eigentlich gewusst, dass vor einigen Tagen im Görlitzer Park ein Mann erschossen wurde? Der Mann war gerade dabei, wichtige Informationen über diese Firma FCB weiterzugeben. Whistleblower nennt man solche Leute heutzutage. Der Täter konnte unerkannt fliehen. Aber das ist nicht das erste Mal. Vor drei Wochen wurde bereits ein Mann erschossen, weil man ihn offenbar mit einem Bundestagsabgeordneten verwechselt hatte. Den wiederum kennen Sie ganz gut, Herr Miekatz. Nichts für ungut, ich möchte Ihnen den Tag nicht verderben, aber ich finde, Sie sollten über solche Dinge Bescheid wissen. Guten Tag!“

Das war knapp. Die Jacke war hin, zerrissen. Die konnte er in den Müll schmeißen. Mein Gott, was hatte dieser Brenke für eine Kraft und dazu Pranken so groß wie Klodeckel. Diese riesigen Hände waren Miekatz noch nie aufgefallen. Erst seitdem Brenke sie um seinen Hals gelegt und seine Kehle zugedrückt hatte.

Vor nicht einmal fünf Minuten war seine Bürotür aufgestoßen worden, und Brenke war wie ein Irrwisch hereingestürmt. Der Kerl war die entfesselte Urgewalt, als er sich Miekatz gegriffen und ihn gewürgt hatte.

„Wenn ihr Margaritha auch nur ein Haar krümmt, ich bringe euch alle um! Und du, Miekatz, du fettes, verkommenes Schwein, bist der Erste, den ich mir vornehme. Ihr könnt mich zwar jetzt unter Druck setzen, aber die Zeit arbeitet für mich. Und wehe euch, wenn ich euch erwische! Ich werde jedem Einzelnen die Haut bei lebendigem Leibe abziehen, wenn ihr meiner Freundin auch nur ein Haar gekrümmt habt. Ihr habt meinen Nachbarn umgebracht, ihr habt diesen Wolf ermordet, diesen Whistleblower, und ihr habt meine Freundin entführt! Und jetzt erpresst ihr mich. Es reicht, Miekatz, es reicht! Setz deinen dicken Arsch in Bewegung, und geh zu deinen Freunden von Firmness Consulting and Business, diesem Horn und diesem Dietz. Sag ihnen, dass ich den ganzen Laden hochgehen lasse, wenn ihr meine Freundin nicht augenblicklich freilasst.“

Brenke verließ den Raum genau so schnell, wie er gekommen war. Mit drei riesigen Schritten hastete er hinaus in den Flur und knallte die Tür hinter sich ins Schloss, sodass die Fensterscheiben in Miekatz' Büro vibrierten.

Der Staatsekretär saß allein in seinem Büro. Er zitterte wie Espenlaub. Wieso war dieser Brenke zu ihm gekommen und faselte etwas von der Entführung seiner Freundin Margaritha? War das etwa diese Bönisch, Margaritha Bönisch? Kaum zu glauben. Und wer war dieser Whistleblower, der angeblich umgebracht worden war? Was hatte Brenke gesagt, wie hieß dieser Mann? Wolf? Hier lief alles aus dem Ruder, und er, Miekatz, saß bis zum Hals in der Scheiße.

Erst dieser widerliche Journalist mit dem seltsamen Namen, der viel zu viel wusste und ihm heftig zusetzte. Und jetzt auch noch dieser Hinterbänkler, dieser Brenke, der seine Konflikte anscheinend nicht mit dem feinen Florett und dem geschliffenen Diskurs austrug, sondern lieber gleich zuschlug.

Langsam, aber sicher stieg in ihm der Ärger hoch. Er war von Horn und Dietz über den Tisch gezogen worden, das wurde ihm von Minute zu Minute deutlicher. Diese Männer waren Verbrecher, und er hatte sich mit ihnen eingelassen. Damals, als er Horn zur Rede stellen wollte, nachdem er von dem Mord in Lippe erfahren hatte, da hatte er, Miekatz, sich von dem FCB-Mann einlullen lassen. Er hatte sich sogar anschließend für sein Misstrauen entschuldigt. Wo war nur sein politisches Gespür geblieben? Er war diesen aalglatten Kerlen auf den Leim gegangen, und wenn er jetzt nicht verdammt aufpasste, dann würde er vermutlich so dermaßen auf die Schnauze fallen, dass er in seinem Leben nicht mehr auf die Beine käme.

Er musste mit Dietz reden, musste ihm drohen, ihm auf die Füße treten und ihn dazu bringen, mit ihm einen Krisenplan zu entwickeln. Er musste wieder Herr des Geschehens werden. Aber ein Kopf musste rollen, das war ihm mittlerweile klar geworden. Vielleicht war dieser Horn das geeignete Bauernopfer? Ob er wohl den Chef der Firmness Consulting and Business dazu bringen konnte, diesen Mann über die Klinge springen zu lassen?

Miekatz griff zum Hörer und wählte die persönliche Nummer von Dietz. Die hatten nur wenige Menschen in der Republik, und er war einer der Auserwählten. Doch er landete nur im Vorzimmer von Dietz. Seine Assistentin meldete sich, und Miekatz hielt sich, anders als gewöhnlich, nicht mit Komplimenten, Smalltalk oder sonstigen langen Vorreden auf.

„Ich muss Ihren Chef sprechen! Wenn Sie so nett wären?"

Miekatz hörte sie im Hintergrund zu jemandem sagen: „Der Staatssekretär ist dran." Und dieser Jemand, eindeutig Dietz, erwiderte: „Für den bin ich nicht zu sprechen. Jetzt nicht und auch nicht später."

„Tut mir leid, Herr Staatssekretär, mein Chef ist im Moment nicht erreichbar", erklärte die Assistentin.

Miekatz war empört. „Aber er ist doch in Ihrem Büro! Ich habe doch eben das Gespräch zwischen Ihnen mitgehört!"

„Na, dann wissen Sie ja Bescheid, Herr Miekatz", lautete die lakonische Antwort. „Und wenn mein Chef Nein sagt, dann meint er Nein. Rufen Sie also bitte nicht mehr an. Schicken Sie keine Blumen, keine Schokolade und keine Gummibärchen. Sie sind aus dem Geschäft." Die Assistentin legte grußlos auf.

Na, das war doch mal eine Ansage, dachte Miekatz durchaus mit Bewunderung, doch dann griff die blanke Angst nach ihm.

38

Da lag sie, diese vermaledeite Akte. Und daneben lag ein kleines Päckchen, das ihr Rudolf Brenke geschickt hatte. Maren Köster hatte nach dem Eklat mit dessen Frau Cordula die Nachforschungen, wie der Mörder an die Waffen gekommen sein mochte, auf den Schreibtisch gelegt und sie dann ständig von links nach rechts geschoben. Mit anderen Worten, sie hatte nicht weiter daran gearbeitet.

Schon als man Frau Brenke aus dem Vernehmungszimmer abgeholt hatte, war sich Maren Köster ziemlich klar darüber gewesen, dass sie bei dieser Frau auf dem Holzweg sein würde, wenn es um die Täterschaft ging. Aber diese Frau Brenke hatte sich so dermaßen danebenbenommen, dass Maren Köster irgendwann die Machtkarte gezogen und die Frau des Bundestagsabgeordneten vorübergehend hinter Schloss und Riegel gebracht hatte. Danach war alles ziemlich schnell gegangen. Cordula Brenke hatte ihren Anwalt benachrichtigt, und der wiederum hatte ruckzuck dafür gesorgt, dass er für die Verdächtige Cordula Brenke sowie für ihren Vater, der ebenfalls Zugang zum Waffenschrank hatte, ein lückenloses und vor allem wasserdichtes Alibi auf den Tisch legen konnte.

Die kleine Denkpause hatte Cordula Brenke zur Vernunft gebracht. Jedenfalls war sie ab diesem Zeitpunkt höflich zu Maren Köster gewesen und hatte sich sogar bei ihr entschuldigt.

Dennoch war das Problem noch nicht gelöst. Schließlich hatte Maren Köster sich entschlossen, Rudolf Brenke anzurufen. In diesem Gespräch hatte sich herausgestellt, dass dieser den Zweitschlüssel des Tresors in seinem Abgeordnetenbüro aufbewahrte. Er hatte diesen Ort für besonders sicher gehalten und daher den Schlüssel mit nach Berlin genommen. Allerdings hatte er in dem Gespräch auch verlauten lassen, dass das mit dem sicheren Aufbewahrungsort nicht ganz zutreffend gewesen war. Schließlich sei vor einigen Wochen bei ihm im Büro eingebrochen worden. Man habe jedoch nichts entwendet, und auch das Schlüsselbund, an dem der Tresorschlüssel hing, sei noch an Ort und Stelle gewesen.

Als Maren Köster sich darüber wunderte, dass in ein Abgeordnetenbüro so mir nichts dir nichts eingebrochen werden konnte, hatte Brenke ihr verraten, was ihm der Chef der Wachmannschaft des Bundestages unter vier Augen gesteckt hatte. Der Mann habe behauptet, wenn es sich wirklich um einen Einbruch gehandelt hätte, dann hätte ihn nur jemand begehen können, der einen berechtigten Zugang zu dem Gebäude gehabt hätte.

Das schränkte die Anzahl der Verdächtigen schon mal erheblich ein. Leider gehörte ein Teil dieser potenziell Verdächtigen zu den am besten geschützten Personen der Bundesrepublik. Schließlich hatte jedes Mitglied des deutschen Parlaments den Immunitätsstatus. Da war es mit den Ermittlungen nicht so einfach.

Jedenfalls lag jetzt das Päckchen mit dem Schlüsselbund, das ihr Brenke geschickt hatte, vor Maren Köster auf dem Schreibtisch. Sie würde es gleich an die Spurensicherung weitergeben. Mal sehen, was Renate Burghausen herausfinden würde.

Am frühen Morgen kam Oliver Hartel etwas verlegen in Schultes Büro. „Jupp, ich muss dich kurz sprechen."

„Ich bin eigentlich auf dem Sprung", erklärte Schulte. „Die Besprechung beginnt doch jede Sekunde."

„Eben um die geht es", murmelte Hartel.

Bevor er weiterreden konnte, wies ihm Schulte einen Stuhl zu und sagte: „Ich habe mich noch gar nicht bei dir für deine Warnung bedankt. Ich konnte sie zwar erst lesen, nachdem ich auf die Schnauze gefallen war, aber das war ja nicht deine Schuld. Was hat dich dazu gebracht? Hattest du Ärger mit Erpentrup?"

Hartel war nun noch verlegener.

„Das ist eine längere Geschichte. Lass uns ein anderes Mal darüber sprechen. Erpentrup weiß nichts von meinem Verrat, und ich habe auch nicht vor, ihm davon zu erzählen. In seinen Augen bin ich immer noch der einzig Anständige in dieser Abteilung. Vielleicht etwas dämlich, aber anständig. Und deshalb ist er immer noch ziemlich offen zu mir. So wie eben. Da hat er mir ganz beiläufig etwas erzählt, was dich wahrscheinlich interessiert. Mach bitte in der Besprechung keine Andeutungen, sonst weiß er gleich, woher die Info kommt.“

Schulte versprach es ihm und lauschte interessiert.

„Morgen um vierzehn Uhr gibt es auf dem Truppenübungsplatz Senne einen ungewöhnlichen Lokaltermin. Einige hohe Militärs treffen sich mit ein paar Politikern und besichtigen eine der Schießbahnen. Und nun rate mal, wer auch dabei sein wird. Zwei Herren von der Firma Firmness Consulting and Business, kurz FCB, aus Berlin. Es sind wohl, so meinte Erpentrup, die beiden Chefs dieser Firma. Vielleicht hast du ja Lust, mal ein Wort mit den Herren zu wechseln. Aber bitte ohne mich ins Spiel zu bringen. Bis gleich in der Besprechung.“

Nichts anderes hatte Maren Köster erwartet. Vor ihr lag ein Briefumschlag mit den Untersuchungsergebnissen der Spurensicherung. Renate Burghausen hatte wie immer schnell und zuverlässig geliefert.

Maren Köster war ein bisschen aufgeregt, als sie das Kuvert aufriss. Nachdem sie den Bericht gelesen hatte, ballte sie ihre Faust, als hätte sie ein Tennisspiel gewonnen. „Ja!“, rief sie in den Raum und griff zum Telefon.

Einige Minuten später hatte sie einen niedergeschlagenen Brenke an der Strippe. Nach den allgemeinen Höflichkeitsfloskeln kam Maren Köster schnell zur Sache.

„Ob Sie es glauben oder nicht, es gibt einen nicht identifizierten, aber lupenreinen Fingerabdruck auf dem Schlüsselbund“, berichtete sie. „Ich vermute, da ist jemand ganz systematisch vorgegangen. Denn an dem Tresorschlüssel befanden sich nicht nur dieser saubere Fingerabdruck, sondern auch noch Reste von Plastilin. Irgendjemand hat wahrscheinlich einen Abdruck von dem Schlüssel genommen und ihn dann kopiert.“

In Brenkes Kopf ratterten die Gedanken.

„Mit dem Schlüssel hat man die Waffen aus meinem Schrank geholt und damit die Morde begangen. Die Kurzwaffe hat der Täter nach dem Mord an Krois wieder in meinen Tresor zurückgelegt, und die Langwaffe hat der Mörder ganz bewusst im Görlitzer Park zurückgelassen, um den Verdacht auf mich zu lenken." Brenke überlegte. „Das würde also bedeuten, dass irgendjemand versucht hat, mir und meiner Familie die Morde in die Schuhe zu schieben."

„Es gibt meiner Meinung nach nur eine einzige Ungereimtheit bei der ganzen Angelegenheit", bemerkte Maren Köster.

„Nämlich?"

„Bei dem Mörder handelt es sich um einen gerissenen Profikiller. Wer so systematisch vorgeht, dem unterläuft kein solcher Anfängerfehler. Jemand, der so strukturiert arbeitet oder besser gesagt mordet, der hinterlässt keinen Fingerabdruck auf einem Schlüssel, der im unmittelbaren Zusammenhang mit den Tatwaffen steht. So einen offensichtlichen Zufall wird es bei einem Profi einfach nicht geben. Mit diesem Fingerabdruck soll noch jemand aus dem Weg geräumt werden. Und diese Aufgabe versucht der Täter an uns weiterzureichen. Aber dennoch, wenn wir die Person finden, von der der Abdruck stammt, dann kommen wir dem eigentlichen Täter ein gutes Stück näher. Auf wen würden Sie tippen, Herr Brenke?"

Der überlegte lange und sagte schließlich: „Nun, meine Gegenspieler haben sich mittlerweile herauskristallisiert. Das sind Horn und Dietz, die beiden Manager von Firmness Consulting and Business, sowie Miekatz, der Staatssekretär. Wenn das so ist, dann müsste der dicke Miekatz ganz oben auf der Verdächtigenliste stehen. Denn der hat Zugang zu allen Gebäuden des Bundestages."

Schweigen. Dann polterte Brenke los: „Dem Kerl breche ich sämtliche Knochen."

„Oh, oh, oh“, beschwichtigte Maren Köster und hob beruhigend ihre Hand, auch wenn ihr Gesprächspartner diese Geste nicht sehen konnte. „Ganz ruhig, Brenke. Sie machen gar nichts. Ich rufe die verantwortlichen Kollegen in Berlin an. Die sollen erst mal den Staatssekretär besuchen und ihm die Fingerabdrücke abnehmen, dann sehen wir weiter.“

Schweigen am anderen Ende der Leitung.

„Alles klar, Herr Brenke?“

Noch immer herrschte Stille in der Leitung.

Dann hörte Maren Köster ein leises: „Okay.“

„Herr Brenke, wir sind kurz vor unserem Ziel. Wenn Sie jetzt etwas Unbedachtes unternehmen, dann können wir einpacken. Ist Ihnen das bewusst?“

„Ja, Frau Köster“, sagte der Bundestagsabgeordnete jetzt mit fester Stimme. „Sie können sich auf mich verlassen, ich halte meine Füße still.“

39

Die anschließende Besprechung war pure Zeitverschwendung, wie Schulte fand. Schlechtgelaunt leitete Erpentrup die Sitzung und behandelte Schulte wie Luft. Er richtete nicht ein einziges Wort an ihn, überhörte dessen Beiträge, sah ihn nicht einmal an. Schulte hatte das Gefühl, eine Tarnkappe zu tragen. Unter anderen Umständen hätte er sich nun energisch Gehör verschafft. Ein Leisetreter war Schulte noch nie gewesen. Aber diesmal amüsierte ihn Erpentrups Verhalten sogar, zeigte es doch sehr deutlich dessen tiefe Verunsicherung. Offenbar war Erpentrups Rache im Ansatz steckengeblieben. Die Sorge, dass sein fahrlässiges Verhalten auf ihn selbst zurückfallen könnte, war vermutlich stärker als die Wut auf Schulte.

Im Anschluss hatte Erpentrup einen Termin beim Landrat und verließ das Gebäude direkt nach der Besprechung.

Schulte nutzte dies und scharte seine Leute um sich. Als sie sich alle in seinem Büro versammelt hatten, schaute er sie prüfend an.

Mit Maren Köster hatte er, ohne dass er dies explizit mit ihr besprochen hätte, einen Modus gefunden, mit dem beide gut zurechtkamen. Sie pflegten einen rein kollegialen Umgangston, von der ehemaligen Liebesbeziehung war für Außenstehende nichts zu spüren, aber auch nichts von Enttäuschung oder gar von Verletzung.

Neu in dieser Runde war Oliver Hartel. Während man früher mit den wirklich wichtigen Themen gewartet hatte, bis er den Raum verlassen hatte, gehörte Hartel nun in den Kreis der Vertrauten.

Schulte erzählte vom geplanten Treffen auf dem Truppenübungsplatz und erklärte seinen Mitarbeitern: „Ich werde diese Gelegenheit nicht ungenutzt verstreichen lassen. Wenn mir diese feinen Herren schon auf dem Silbertablett präsentiert werden, dann werde ich ihnen auch ein paar Fragen stellen. Immerhin suchen wir einen Mörder, sogar einen Doppelmörder. Und ich wette um meine Pension, dass dieser Mörder auf der Gehaltsliste der FCB steht. Irgendwie muss doch mal Schwung in die Sache kommen. Meine Auftritte in Berlin haben die Herren lächelnd über sich ergehen lassen. Die Aktion von Rodehutskors ist an ihnen abgeperlt, als wären sie mit Teflon beschichtet. Ich habe vor, sie so hart wie möglich anzugehen. Und zwar vor diesem ganzen Jahrmarkt der Eitelkeiten, den Politikern, den Offizieren und allen anderen, die da herumlaufen. Irgendeine Reaktion muss dann einfach kommen. Das sind doch auch nur Menschen."

Schulte sah in den Augen seiner Leute viel Zustimmung. Offenbar konnten sie sich alle gut in seine Frustration einfühlen. Ermutigt fuhr er fort: „Ich kann das nicht allein machen. Wer weiß, was dabei passiert. Ich brauche auch ein paar Zeugen. Aber nicht alle, denn der Laden hier muss in der Zeit möglichst normal weiterlaufen, sonst wird Erpentrup misstrauisch und legt mich an die Kette. Aber ich muss euch warnen: Es gibt keinen offiziellen Auftrag. Ich mache das auf eigene Faust. Vielleicht gibt es gewaltigen Ärger. Für eure Karriere kann es fatale Folgen haben, wenn ihr dabei seid."

Als seine Kollegen das Büro wieder verlassen hatten, griff Schulte zum Telefon. Er wählte die private Nummer von Rudolf Brenke, der sich wieder auf freiem Fuß befand und nun zu Hause auf seinem Hof auf bessere Zeiten wartete. Brenke meldete sich schon nach dem dritten Klingeln, und Schulte erzählte ihm von seinen Plänen. Es stellte sich heraus, dass Brenke von der bevorstehenden Besichtigung des Truppenübungsplatzes wusste. Allerdings zeigte er sich nicht begeistert, als Schulte ihn bat mitzukommen.

„Ich dachte immer, ein Politiker lässt keine Gelegenheit aus, sich zu profilieren. Warum bist du nicht dabei? Ist doch dein Ressort."

„Ich bin krankgeschrieben, Jupp, und will mal eine Weile den Kopf in den Sand stecken. Solange die Geschichte mit meiner Knarre noch nicht aus der Welt ist, halte ich mich bedeckt. Das kannst du doch verstehen, oder?" Schulte versuchte, ihn dennoch umzustimmen, aber Brenke schien fest entschlossen, der Welt und ihren Ungerechtigkeiten zu entsagen.

„Verdammter Feigling", brummte Schulte, als er den Hörer auflegte.

„Was? Von wo aus rufen Sie an? Aus Detmold? Sind Sie diese Frau Meier zu Dingenskirchen?" Der Kollege in Berlin schien jede Contenance verloren zu haben, als er den Ortsnamen Detmold hörte.

„Hören Sie, Herr Kollege, ich heiße nicht Meier zu Dingenskirchen. Mein Name ist Maren Köster. Hauptkommissarin Maren Köster."

„Der Name hört sich ja ganz normal an – im Gegensatz zu Meier zu Dingenskirchen. Immerhin scheint die Kollegin

Meier ganz normal zu sein. Anders als dieser Schulte. Was dieser Typ mir zugemutet hat, obwohl der ja einen Allerweltsnamen hat, das habe ich nie zuvor in meinem Leben erlebt."

Maren Köster betrachtete den Hörer, den sie in der Hand hielt, und fragte sich gerade, ob sie falsch verbunden war. Vielleicht mit einer Irrenanstalt? In dem Moment hörte sie aus dem Lautsprecher ihres Telefons ein schallendes Gelächter.

„Hallo, habe ich wirklich die richtige Telefonnummer gewählt?", vergewisserte sie sich. „Spreche ich mit der Polizeidirektion in der Friesenstraße?"

Der Mann auf der anderen Seite beruhigte sich offenbar langsam. Vor ihrem geistigen Auge sah Maren Köster, wie er sich die Lachtränen von der Wange wischte.

„Ja, Kollegin, Sie haben den Polizeidirektor persönlich an der Strippe. Alles in Ordnung! Ich werde jetzt auch gleich wieder ernst." Maren Köster hörte wieder ein prustendes Lachen. Als sich der Kollege aus Berlin wieder unter Kontrolle hatte, sagte er: „Wissen Sie, was ich in den letzten Tagen mit Ihren Kollegen hier in Berlin erlebt habe, das glaubt mir keiner."

„Doch, ich", erwiderte Maren Köster nüchtern. „Ich habe die jeden Tag am Kopf. Und ich sage Ihnen, das ist manchmal nicht ganz einfach."

„Das glaube ich Ihnen gerne. Wie war noch Ihr Name? Maren?"

Maren Köster konnte sich nicht helfen, aber dieser Berliner Polizist erinnerte sie irgendwie an Schulte. Na, egal, dachte sie und nannte noch einmal ihren Namen und ihren Dienstgrad. Dann schilderte sie dem Polizeidirektor die Sachlage und schloss: „Und deshalb benötige ich jetzt so schnell wie möglich die Fingerabdrücke von diesem Staatssekretär, diesem Miekatz."

Dem Mann in Berlin schien es die Sprache verschlagen zu haben.

„Sagen Sie das noch einmal! Sie wollen, dass ich zu diesem Staatssekretär gehe und ihm die Finger schmutzig mache?"

„Genau", antwortete Maren Köster. „Ich maile Ihnen die Fingerabdrücke mal eben rüber, und dann können Sie die gleich mit denen von diesem Miekatz abgleichen."

Der Berliner Polizeidirektor schien zu hyperventilieren.

„Sagen Sie mal, spinnen Sie eigentlich? Haben Sie schon jemals einem Staatssekretär Fingerabdrücke abgenommen?"

Er schien auf eine Antwort zu warten. Als Maren Köster nichts sagte, fuhr er fort: „Wenn das, was Sie gegen den Kerl in der Hand haben, nicht ganz wasserdicht ist, dann werden wir alle in den hintersten Teil von Brandenburg versetzt. Wollen Sie das, Kollegin?"

„Soll das jetzt heißen, Sie trauen sich nicht, bei einem Politiker ein paar Fingerabdrücke zu nehmen? Muss ich selbst nach Berlin kommen, um die Angelegenheit zu erledigen?"

„Nein, bloß das nicht, Kollegin Köster. Nachher gibt es vielleicht wieder wilde Schießereien, ein paar Tote oder so etwas. Bleiben Sie, wo Sie sind!" Der Polizeidirektor seufzte. „Ihr da in der Provinz habt wirklich alle einen Lattenschuss. Was meinen Sie, was das für ein Theater gibt, wenn ich zu dem Staatsekretär ins Büro marschiere und das Stempelkissen für die Fingerabdrücke auf den Tisch lege?" Wieder hörte Maren Köster dieses schwere Atmen im Lautsprecher des Telefonhörers. „Aber egal, ich mache es", vernahm sie jetzt seine entschlossene Stimme. „Los, Kollegin, schicken Sie die Fingerabdrücke rüber. Ich erledige das mit dem Staatssekretär. Wir sehen uns dann demnächst vermutlich in Storkow, Beskow, Zossen oder Wendisch-Rietz. In den Orten gibt es zwar viele Mücken, aber sonst ist es da ganz nett."

Maren Köster runzelte ihre Stirn. „Wo sehen wir uns?", fragte sie verwundert.

„Ach, ich habe mir nur gerade überlegt, wohin man uns wohl strafversetzen wird, wenn die Fingerabdrücke von dem Staatssekretär nicht mit denen übereinstimmen, die Sie mir gleich schicken werden."

Eine Stunde später – Maren Köster wollte gerade zum Mittagessen – läutete ihr Telefon. Es war der Berliner Kollege, der sich zurückmeldete. Er wirkte immer noch ziemlich verstört.

„Kollegin Köster?", fragte er zaghaft.

„Ja?"

„Tja, Kollegin, was soll ich sagen? Der Fingerabdruck ist in der Tat von diesem Miekatz. Der tobt, das kann ich Ihnen sagen. Der hat schon getobt, als ich mit dem Stempelkissen vor ihm stand. Doch als dann auch noch die Übereinstimmung festgestellt wurde … Mein lieber Scholli, ich habe selten einen Mann so schreien hören."

Eine längere Pause entstand. „Und was mache ich jetzt, Kollegin?"

„Vorladen und befragen!"

„Bleibt mir wohl nichts anderes übrig." Und nach einer weiteren Pause: „Was würde ich dafür geben, wenn ich keinem von euch da unten aus Lippe jemals begegnet wäre."

40

An diesem Abend kam Schulte erst spät nach Hause. Er schmierte sich zwei Scheiben Brot und holte eine Flasche Bier aus dem Kühlschrank. Das musste als Abendessen reichen. Er hoffte, dass Fritzmeier ihn heute Abend einmal nicht besuchen würde. Der alte Mann war immer noch voll mit Berliner Eindrücken und wollte ständig mit ihm darüber reden. Aber es regnete, und da bestand Hoffnung, dass Fritzmeier sich nicht aus dem Haus traute. Heute brauchte Schulte

Ruhe. Zum Glück waren seine Tochter und sein Enkel nicht zu Hause, von dort drohte also auch keine Gefahr für seinen Abendfrieden. Nur sein Hund Lümmel forderte seine Aufmerksamkeit. Als auch der tierische Mitbewohner satt und zufrieden vor dem Sofa lag, konnte eigentlich nichts mehr schiefgehen.

Bis plötzlich ein fremdes Auto auf den Hofplatz fuhr und anhielt. Neugierig und leicht verärgert über die Störung schaute Schulte aus dem Küchenfenster und staunte, als Rudolf Brenke aus dem Auto stieg. Das hatte ihm gerade noch gefehlt. Am liebsten hätte Schulte so getan, als wäre er nicht zu Hause. Aber da nun der Hund einen Riesenlärm machte, gab er den Gedanken auf und öffnete widerwillig die Haustür.

Rudolf Brenke wirkte extrem angespannt. Er sah aus, als hätte er einige Nächte nicht geschlafen. Die regennassen Haare hingen ihm wirr ins Gesicht. Nachdem Brenke die begeisterten Willkommensgrüße des Hundes abgewehrt hatte, schaute er sich in der wie immer völlig chaotischen Küche um.

„Hier wohnst du also", murmelte er leise. Schulte wusste nicht recht, wie er diesen Kommentar interpretieren sollte, und beschloss dann, sie einfach wörtlich zu nehmen, als Feststellung. Er bot Brenke ein Bier an, aber der winkte ab.

Nervös druckste er herum und schien nicht recht zu wissen, wie er anfangen sollte.

„Willst du morgen doch dabei sein?", fragte Schulte.

„Dabei sein, in der Senne? Glaubst du etwa, ich hätte eine Einladung bekommen? Seitdem ich im Knast gesessen habe, glauben doch alle, ich wäre politisch tot. Die hoffen doch, dass ab sofort von mir keiner mehr ein Stück Brot nimmt", gab er mit verächtlicher Stimme von sich. „Das ist schon eine verrückte Welt. Mich sperren sie ein, und die eigentlichen Kandidaten, für die diese Art von Einrichtungen geschaffen wurden, saufen morgen Schampus und fressen Kaviarhäppchen. Dabei denken die darüber nach, wie sie dem Bürger noch mehr Geld aus den Rippen leiern können, um noch reicher zu werden – und das alles unter dem Deckmantel, nur das Beste für die Menschen und unser Land zu tun."

Brenke war die Zornesröte ins Gesicht gestiegen. „Aber weißt du, Jupp, das alles interessiert mich nicht mehr. Ich habe den Kampf aufgegeben. Und du hörst jetzt endlich auch auf, in dem verdammten Dreck herumzuwühlen."

Schulte sah Brenke mit echter Verwunderung an.

„Sag mal, geht's noch, Rudolf? Erst setzt du alle Hebel in Bewegung, dass ich mit dir nach Berlin komme, um dir zur Seite zu stehen. Wir haben beide unser Leben riskiert. Und dann sagst du: ‚Es reicht, Jupp, das war es! Du bist jetzt wieder der Dorfbulle. Vergiss alles, was du mittlerweile in Erfahrung gebracht hast. Wir lassen die Großen mal wieder laufen.'"

„Hör mal zu, Jupp, du kannst hier nicht den wilden Mann spielen und alles durcheinanderbringen. Du zerschlägst mehr Porzellan, als du glaubst. Wenn du …"

„Moment", rief Schulte empört dazwischen. „Was meinst du denn damit?"

Nun war es mit Brenkes Unsicherheit vorbei. Er argumentierte jetzt sehr erregt, aber flüssig: „Du hast das ganze Verteidigungsministerium in Aufruhr versetzt. Miekatz ist fast durchgedreht. Wenn jetzt aufgrund deiner Aktivitäten dieser Riesendeal mit der FCB platzt, dann brennt die Hütte. Hast du eine Ahnung, was das alles nach sich zieht?"

Schulte beschlich das böse Gefühl, im falschen Film zu sein.

„Vielleicht solltest du doch erstmal in aller Ruhe ein Bier trinken. Du redest ja wirr. Denk mal kurz nach. Wer hat mich denn in die ganze Geschichte reingezogen? Wer hat denn mit aller Macht dafür gesorgt, dass ich abkommandiert wurde? Doch wohl du und niemand sonst. Was soll denn das jetzt?"

Als Brenke nicht sofort antwortete, fuhr Schulte, nun deutlich lauter, fort: „Und wer hat in Berlin die Drecksarbeit gemacht? Wer musste sich einen Mord ansehen, wer wurde verletzt, wer hat das Arschloch spielen müssen? Ich und sonst keiner. Und das alles für dich. Was ist los mit dir?"

Brenkes Energie schien nun vollends zu implodieren. Er sackte zusammen, setzte sich endlich auf einen Stuhl und spielte nervös mit einer leeren Kaffeetasse. Schultes Wut verrauchte ebenso schnell, wie sie gekommen war, als er vor sich ein seelisches Wrack sitzen sah.

„Jupp, ich bin am Ende." Brenke sprach so leise, dass Schulte ihn kaum verstand. „Alle lassen mich fallen. Die Chefin ist sauer auf mich wegen dieser Waffengeschichte. Jetzt werden meine Verbindungen zu Miekatz auf einmal nicht mehr als Vorteil, sondern als Schwachstelle gesehen. Und Miekatz kann sich wohl auch einen anderen Job suchen, dem gibt keiner mehr ein Stück Brot. Im Ausschuss spricht man kaum noch mit mir, ich gelte als Risikofaktor. Jupp, es ist nur eine Frage der Zeit, bis man mich überall rausgeekelt hat. Dann ist es vorbei mit der Abgeordnetenherrlichkeit. Dann geht es wieder zurück auf den heimischen Hof. In der tiefsten Provinz, wo zu allem Überfluss auch noch ein Drache von Ehefrau auf mich wartet und mir das Leben zur Hölle macht. Wenn ich nicht so ein erbärmlicher Feigling wäre, dann würde ich mir jetzt die Kugel geben."

Schulte bekam Mitleid mit ihm. Brenke war nie sein Freund gewesen, sondern nur ein einfacher Klassenkamerad. Aber diesen gutaussehenden Strahlemann nun so jämmerlich vor sich zu sehen, das ging ihm ans Herz. Er fand keine Worte des Trostes. Sowas lag ihm nicht. Schließlich riss sich Brenke wieder zusammen, hob den Kopf und sah Schulte fragend an. Und plötzlich kam die völlig unerwartete Frage:

„Was ist nun? Hörst du auf mit dem Scheiß oder nicht?"

Schulte war perplex. Diesem atemberaubenden Wechsel zwischen Depression und Aggression konnte er nicht folgen. Da er nur rat- und sprachlos dasaß, schien er Brenke noch mehr anzustacheln. Als hätte Brenke einen geheimen Turbo eingeschaltet, sprang er nun hoch, baute sich direkt vor Schulte auf und schrie ihn an:

„Hast du immer noch nicht kapiert? Du sollst aufhören! Lass uns endlich alle in Ruhe!“

Das war zu viel für Schulte. Er schlug mit der flachen Hand auf den Tisch, drehte sich auf dem Stuhl zu Brenke um und wollte gerade ebenfalls aufspringen, als seine Bewegung im Keim erstickt wurde. Denn er blickte plötzlich in den dunklen Lauf eines Revolvers. Mechanisch setzte er sich wieder hin.

„Tut mir leid, Jupp“, sagte Rudolf Brenke mit zusammengebissenen Zähnen, „aber ich kann nicht anders. Wenn ich dich nicht durch Vernunft überzeugen kann, muss ich dich eben so stoppen. Aber stoppen muss ich dich, ich habe keine Wahl. Es hängt zu viel davon ab.“

Er hob die Waffe etwas höher, zielte nun auf Schultes Stirn. Die Hand zitterte, der ganze Mann wirkte wie ferngesteuert. Ein furchtbarer Druck schien auf ihm zu lasten. Ein Druck, der jede Konvention, jede Überzeugung, jedes bisschen Menschlichkeit aus ihm herauspresste.

Schulte wusste, dass Menschen in einer solchen Situation zu allem fähig waren. Fieberhaft suchte er nach einer Lösung. Aber kein einziger Gedanke kam ans Ziel. Jeder Geistesblitz wurde sofort von einem anderen überlagert und damit ausgelöscht. Ein gewaltiges Unwetter tobte in Schultes Hirn, weit entfernt von so etwas wie einer Strategie. Bis er plötzlich einen dieser vielen Blitze auffing und, ohne weiter nachzudenken, sagte: „Sie haben dich in der Hand, stimmt's?“

„Ja!“, schrie Brenke. Wieder überschlug sich seine Stimme. Die Hand mit der Waffe schwankte hin und her. Offenbar gingen nun die Nerven völlig mit ihm durch. Er war auf dem Wege, komplett die Kontrolle über sich zu verlieren.

„Sie haben Margaritha!“, schrie er.

Während Schulte fieberhaft nachdachte, was zu tun sei, ertönte von draußen lautes Hundebellen. Anscheinend wollte Lümmel ins Haus.

„Es war alles in Ordnung", fuhr Brenke fort. „Ich hatte Miekatz und den FCB-Chefs klargemacht, dass von mir kein Ärger mehr zu erwarten ist. Wir waren uns einig. Alles hätte in ruhigen Bahnen ablaufen können. Aber dann … dann hast du Idiot alles kaputtgemacht. Warum hast du diesen schmierigen Reporter auf uns gehetzt? Was willst du denn noch von uns?"

Das Hundegebell draußen wurde lauter, während Schulte einhakte: „Wieso von uns? Gehörst du neuerdings zu diesen Leuten? Haben sie dich eingekauft?"

„Du Schwachkopf!", schrie Brenke. „Dann hätten sie nicht Magaritha entführt. Sie haben mich nicht eingekauft, wir hatten nur eine Art Nichtangriffspakt geschlossen. Und den hast du zerstört. Wenn Margaritha etwas passiert, ist es deine Schuld. Dein verdammter Bullenehrgeiz, du …"

Vor Erregung fuchtelte er mit der Waffe vor Schultes Nase herum. Der konnte den hektischen Bewegungen gar nicht schnell genug folgen. Ihm war klar, dass eine entsicherte Waffe in der Hand eines Menschen, der völlig die Beherrschung verloren hatte, auch ohne Absicht tödlich wirken konnte. Wieder versuchte er, einen klaren Gedanken zu fassen. Zu allem Überfluss machte der Hund draußen auch noch diesen Höllenlärm.

„Morgen ist die Besichtigung des Truppenübungsplatzes", sagte Brenke, „da muss alles glattgehen. Ich kann nicht riskieren, dass du dazwischenfunkst und alles zerstörst. Margarithas Leben hängt davon ab. Und da ich weiß, dass du durch Vernunft nicht zugänglich bist, bleibt mir …"

„Jupp, wat is denn mit dem Köter los?", war von draußen Anton Fritzmeiers Stimme zu vernehmen. „Der macht ja 'n Heidenspektakel."

Brenke unterbrach seine Drohung und schaute irritiert in die Richtung, aus der die Stimme kam. Blitzschnell schlug Schulte mit der Handkante gegen Brenkes Arm. Laut polternd schlug der Revolver auf dem Holzfußboden auf.

Schulte sprang vom Stuhl auf und rammte dem völlig verdatterten Brenke eine Faust in den Magen. Brenke klappte zusammen, wankte durch die Küche und schnappte nach Luft. Schulte hob die Waffe auf und sicherte sie. Dann ging er zur Tür und ließ den winselnden Hund ein. Den schimpfenden Fritzmeier fertigte er nur kurz ab.

„Ich habe Besuch, Anton. Wir müssen arbeiten, da habe ich den Hund gar nicht gehört. Sorry!"

Als Fritzmeier gegangen war, wandte sich Schulte wieder Brenke zu, der immer noch nach vorn gebeugt um Luft rang.

„Setz dich!", forderte er ihn auf. „Wir haben einiges zu besprechen."

41

Es hatte Schulte einige Mühe gekostet, die ganze Aktion an seinem Vorgesetzten vorbei vorzubereiten. Aber nun war alles startklar. Es war fast vierzehn Uhr. Der Bus, mit dem einige ausgewählte Männer und Frauen gleich zu einer Rundreise über den Truppenübungsplatz Senne starten würden, wartete bereits mit laufendem Motor auf dem Parkplatz hinter der Senne-Lounge, dem Clubhaus des British Army Golf Clubs. Die meisten Gäste waren bereits anwesend und ließen sich auf der Terrasse des Clubhauses Leckeres vom Grill schmecken. Landtagsabgeordnete, Verbandsfunktionäre, britische und deutsche Militärs, Journalisten, die übliche bunte Runde.

Nur die wichtigsten Gäste fehlten noch, wie Schulte feststellte. Sie hatten aus Berlin zweifellos den weitesten Anfahrtsweg zurückzulegen, aber das war nicht der Grund, warum niemand ihnen die kleine Verspätung übelnahm. Die Zukunft des Truppenübungsplatzes Senne stand immer noch in den Sternen. Die Briten würden in spätestens zwei Jahren ihre Truppen komplett abgezogen haben. Die Bundeswehr würde weiter große Teile nutzen, aber eben nur Teile. Was mit dem riesigen Areal geschehen würde, das war die große Frage. Auf die womöglich eben diese beiden Männer aus Berlin eine Antwort wussten.

Das Personal des Clubhauses, an dem zu Schultes Verwunderung ein großes Werbebanner der Detmolder Brauerei hing, hatte bei durchwachsenem Wetter draußen auf der Terrasse den Besuchern einen kleinen Empfang vorbereitet. Gleich nach Eintreffen der beiden Berliner würde man geschlossen zum Bus gehen und die Rundreise beginnen.

Schulte lehnte so lässig wie möglich an seinem Landrover. Neben ihm standen Oliver Hartel und Manuel Lindemann. Hartel hatte, durch welche Beziehungen auch immer, jedem eine komplette Golfausrüstung besorgt. Für eine Observierung am Rande eines Golfplatzes nicht die schlechteste Tarnung. Sie standen dort wie drei etwas lustlose Golfer, deren Begeisterung für das Spiel schon lange einer nüchternen Routine gewichen war und die sich nicht durchringen konnten, endlich mit dem Spiel zu beginnen. Von ihrem Standort aus, dem hinter mächtigen Büschen gelegenen Parkplatz, hatten sie einen guten Blick sowohl auf die Terrasse als auch auf den Parkplatz des Busses und den Fußweg dazwischen. Eigentlich konnte ihnen nichts entgehen.

Schulte sah von seinem Beobachtungsposten aus das Auto von Rudolf Brenke, das sich langsam näherte. Nach ihrer heftigen Auseinandersetzung gestern Abend hatte Brenke zugesagt, heute als Zaungast der Veranstaltung zu erscheinen. Brenke fand mit Mühe einen freien Parkplatz, blieb aber vereinbarungsgemäß im Auto sitzen. Schulte wunderte sich etwas, dass nirgendwo Sicherheitspersonal zu sehen war. Aber offenbar waren die Teilnehmer dieser Begehung nicht wichtig genug, um als gefährdet zu gelten. So ließen die englischen Militärs dem ganz normalen Golfplatzbetrieb seinen Lauf. Schulte staunte über die britische Lässigkeit, die ihm durchaus entgegenkam.

Es war 14.35 Uhr, als endlich eine große, dunkle Limousine aus Richtung des Sportplatzes kam. Sie fuhr langsam an Schultes Standort vorbei und rollte auf den großen Busparkplatz. Die getönten Scheiben verhinderten jede Sicht in den Innenraum. Offenbar hatte man für den Mercedes einen Platz freigehalten, denn der Fahrer wurde sofort von diensteifrigen Leuten eingewiesen. Dann stiegen die beiden Männer aus, auf die Schulte so sehnsüchtig gewartet hatte.

Sie waren elegant gekleidet und gingen mit ruhigen Schritten, als seien sie sich ihrer Schlüsselposition vollkommen bewusst, in Richtung Terrasse. Roland Horn, den Schulte ja schon bei der Besprechung im Hotel in Berlin kennengelernt hatte, gab sich heute mit seinem kahlrasierten Kopf, dem gepflegten Dreitagebart, der straffen Körperhaltung und dem maßgeschneiderten Anzug als Offizier und Gentleman. Der andere Mann musste Bernhard Dietz sein, der oberste Boss der FCB. Dietz war der Prototyp eines Managers. Mit seiner fast schon provozierenden Sonnenbräune und seinem betont lässigen Auftreten wirkte er hier in der ostwestfälischen Provinz wie ein Paradiesvogel. Der Fahrer ihrer Limousine war im Auto geblieben, er schien keine Funktion auf dieser Veranstaltung zu haben und durfte sich wohl ausruhen.

Die beiden Männer waren erst einige wenige Schritte gegangen, als ihnen bereits etliche dienstbare Geister entgegenliefen und ihnen den Weg wiesen. Sie wurden tatsächlich empfangen wie Ehrengäste und schienen dies zu genießen. Dann wurden auf der Terrasse Sektgläser verteilt, und alle Gäste stellten sich in Positur, um der Rede irgendeines Lokalpolitikers zu lauschen, den Schulte nicht kannte und den er auch gar nicht kennenlernen wollte. Die Ansprache dauerte einige zähe Minuten. Als Lob und Hudel verklungen waren, folgte beflissener, aber dünner Applaus. Damit war der offizielle Begrüßungsteil der Veranstaltung erledigt.

Nun machten sich die ersten auf den Weg zum wartenden Bus. Die beiden Berliner Stargäste unterhielten sich äußerst intensiv mit drei Herren vom britischen Militär und zeigten überhaupt keine Eile, ebenfalls zum Bus zu kommen. Das passte Schulte gut in den Plan, denn er wollte die beiden möglichst isoliert ansprechen und nicht in einem dichten Pulk.

Mittlerweile hatten fast alle anderen Gäste die Terrasse verlassen, nur die fünf Männer standen noch beisammen und redeten. Um sie herum begannen die Bediensteten des Clubhauses die Tische abzuräumen und für das Abschlusstreffen nach der Besichtigungstour neu einzudecken. Schulte nickte seinen beiden Kollegen zu und bereitete sich darauf vor, die Initiative zu ergreifen. Er ließ seinen Golftrolley mitsamt den Schlägern und anderem Schnickschnack fallen und wollte gerade losmarschieren, als er plötzlich innehielt. Mit einer Handbewegung bremste er auch Hartel und Lindemann.

Im allgemeinen Trubel war der Mercedes, mit dem Dietz und Horn gekommen waren, ein wenig aus Schultes Blickfeld geraten. Jetzt aber sah er, wie die Fahrertür aufgestoßen wurde und der Fahrer sich anschickte, auszusteigen. Fast gleichzeitig flog die Beifahrertür auf, und eine Frau stieg aus. Schulte traute seinen Augen nicht. Der Fahrer, wie seine beiden Chefs im dunklen, eleganten Anzug, schloss die Tür, umrundete die große Limousine und legte der Frau den Arm um die Hüfte. Die Frau jedoch verhielt sich seltsam distanziert, als suchte sie nach einer Möglichkeit, sich der Umarmung zu entwinden. Dies allein hätte Schulte weder überrascht noch gestört. Aber als er die Frau erkannte, wurde ihm vorübergehend schwindelig.

Es handelte sich um Margaritha Bönisch, die er in Berlin als Geliebte von Rudolf Brenke kennengelernt hatte. Und damit um die Frau, von der Brenke noch gestern Abend behauptet hatte, sie sei entführt und als Druckmittel gegen ihn benutzt worden. Was geschah hier eigentlich?

Schulte schüttelte sich, schaute genauer hin und erkannte nun auch den Fahrer. Es war niemand anderer als der Mann, den man durch das Blitzerfoto als mutmaßlichen Mörder von Brenkes Nachbarn identifiziert hatte und der vor Schultes Augen den Informanten im Görlitzer Park erschossen hatte.

Mittlerweile war das Paar an der Terrasse angekommen. Dietz wandte sich an den Fahrer und sagte etwas, was Schulte auf die Entfernung nicht verstand. Dafür hörte er, wie sich hinter ihm eine Autotür öffnete und kurz darauf wieder zufiel. Bevor er reagieren konnte, rannte Rudolf Brenke an ihm vorbei Richtung Terrasse. Schreiend und gestikulierend näherte er sich dem Paar, das ihn noch gar nicht bemerkt hatte. Horn hingegen sah ihn kommen, reagierte sofort und rief dem Fahrer etwas zu, der sich daraufhin blitzschnell von der Frau an seiner Seite löste und sich umdrehte.

Endlich erwachte Jupp Schulte aus seiner Schockstarre und lief hinter Brenke her, aber ohne jede Chance, ihn noch zu stoppen. Das durfte alles nicht wahr sein. Brenke hatte Schultes kompletten Aktionsplan innerhalb weniger Sekunden restlos zunichte gemacht. Nun gab es für Schulte keine Strategie mehr, es gab nur noch einen verzweifelten Versuch, den Schaden zu begrenzen.

Brenke, der wie ein waidwund geschossener Büffel immer weitergerannt war, hatte nur Blicke für die Frau. Ihren Fahrer und Begleiter nahm er offenbar gar nicht zur Kenntnis. Margaritha Bönisch stand zur Salzsäule erstarrt da. Der Schock war ihr anzusehen. Sie hatte wohl ebenso wenig mit Brenkes Erscheinen gerechnet, wie dieser mit ihrem. Als Brenke auf Höhe des Fahrers war, fuhr dieser sein rechtes Bein aus, Brenke knallte dagegen, geriet aus dem Gleichgewicht und schlug mit einem widerlich klatschenden Geräusch auf dem gepflasterten Boden der Terrasse auf. Dort blieb er, direkt vor den Füßen der Frau, regungslos liegen.

42

Der Mann mit dem auffälligen Babyface lachte zufrieden, als er Brenke vor sich liegen sah. Margaritha Bönisch brachte immer noch kein Wort heraus. Auch Dietz starrte wie paralysiert auf den leise jammernden, aber immer noch regungslosen Brenke. Nur der hellwache Ex-Soldat Horn behielt offenbar den Überblick. Er rief seinem Fahrer erneut eine Warnung zu, und die kam keine Sekunde zu spät. Denn in diesem Moment stürmte Jupp Schulte auf die Terrasse und stürzte sich auf den Fahrer.

„Sie sind festgenommen!“, rief Schulte, kam aber in dem nun folgenden Handgemenge nicht weiter. Der Mann reagierte blitzartig, drehte sich etwas seitlich weg, nahm dadurch Schultes Angriff einiges von seiner Wucht und verpasste ihm anschließend einen Handkantenschlag gegen den Nacken. Er traf ihn nicht richtig, aber es reichte aus, um Schulte kurz wanken zu lassen. Diesen winzigen Moment nutzte der Fahrer aus, machte einen schnellen Schritt auf Margaritha Bönisch zu, klemmte einen Arm um ihren Hals und zog sie etwas von Schulte weg.

Dietz, Horn und die drei britischen Offiziere standen, offenbar fassungslos, daneben. Auch das Personal, das eben noch mit den Tischen beschäftigt gewesen war, stand reglos da und starrte auf die Szene. Schulte fing sich wieder und wollte erneut auf den Fahrer einstürmen, als er plötzlich abrupt alle Bewegungen stoppte. Der Fahrer, der immer noch mit dem linken Arm die Frau fest umklammert hielt, zog nun mit einer schnellen Bewegung eine Pistole aus der Innentasche seines Sakkos und führte den Lauf direkt an die Schläfe von Margaritha Bönisch, die entsetzt aufschrie.

„Eine falsche Bewegung und ich schieße“, sagte er laut und schaute drohend in die Runde. Gesichtsausdruck und Körperspannung ließen keinen Zweifel an der Ernsthaftigkeit seiner Ankündigung.

Schulte warf einen schnellen Blick auf die Frau. Aber auch deren Gesichtsausdruck machte ihm klar, dass hier niemand schauspielerte. Dieser Mann war offenbar so abgebrüht, dass er bedenkenlos die erstbeste greifbare Person als Geisel nahm. Langsam, aber stetig schob er Margaritha Bönisch von der Terrasse in Richtung Parkplatz vor sich her.

Der Entführer hatte schnell einige Meter zwischen sich und die Gruppe auf der Terrasse gebracht, da begann Schulte ihm langsam zu folgen. Schritt für Schritt. Immer darauf bedacht, den Abstand nicht geringer werden zu lassen. Der Geiselnehmer schien dies nicht zu bemerken, denn er war vollkommen damit beschäftigt, Margaritha Bönisch in Schach zu halten und den Menschen, die in der Nähe des Busses herumstanden und unwissentlich seinen Fluchtweg behinderten, Anweisungen zu geben. Endlich erkannten auch die am tiefsten in Gespräche verwickelten Gäste die Gefahr und flüchteten sich in den noch immer wartenden Bus.

Wieder stieß Babyface die Frau ruppig vor sich her und hielt ihr dabei weiterhin die Pistole an die Schläfe. Schulte folgte ihm, langsam, geräuschlos und ohne jeden Plan. Er hatte keine Ahnung, was zu tun war. Er wollte einfach nur so nah wie möglich dranbleiben, den Kontakt nicht abreißen lassen, wollte jederzeit eingreifen können. Er spürte, dass ihm jemand im selben Tempo folgte. Als er sich kurz umschaute, erkannte er Roland Horn, der finster entschlossen schien, seinen Angestellten damit nicht durchkommen zu lassen. Dietz und die drei Briten waren auf der Terrasse in sicherer Deckung geblieben. Schulte, der nicht wollte, dass Horn ihm folgte, gab ihm dies mit Handzeichen zu verstehen. Doch der ehemalige Soldat blieb ihm hartnäckig auf den Fersen.

Geisel und Geiselnehmer hatten nun den Bus hinter sich gelassen und näherten sich dem dunklen Mercedes. Um die Türen aus der Entfernung zu öffnen, musste Babyface für einen kurzen Moment den Autoschlüssel aus seiner Hosentasche ziehen. Als Margaritha Bönisch spürte, dass seine Hand nicht mehr ihre Schulter berührte, versuchte sie, sich blitzschnell zu drehen und ihm ins Gesicht zu schlagen. Doch der Killer war ein Profi durch und durch. Er reagierte sofort, hielt sich den Arm schützend vors Gesicht und blockte dadurch ihren Schlag ab. Dann schlug er hart zurück. Sie sackte zusammen, stürzte aber nicht.

Als Babyface sie an einem Arm fasste und hochriss, rief Schulte, der etwa drei Meter entfernt stehengeblieben war, ihm zu: „Machen Sie keinen Mist! Sie haben keine Chance. Lassen Sie die Frau frei!"

Natürlich war das alles sinnlos. Schulte wusste es, aber er konnte einfach nicht völlig tatenlos zuschauen. Wieder schubste der Entführer die Frau vor sich her bis zum Auto.

Er riss die Beifahrertür auf und stieß sie rüde hinein. Dann kletterte er selbst hinterher, ebenfalls auf den Beifahrersitz, und krabbelte über Margaritha Bönisch hinweg auf den Fahrersitz. Was auf den ersten Blick völlig idiotisch aussah, hatte für ihn den Vorteil, dass er dabei den direkten Kontakt zu ihr nicht verlor. Wäre er um das Auto herumgelaufen und hätte versucht, die Fahrertür zu erreichen, wäre er für kurze Zeit ohne die Sicherheit durch seine Geisel gewesen. So aber blieb seine Pistole in unmittelbarer Nähe der Frau, und niemand wagte es, etwas zu unternehmen. Schließlich saß er hinter dem Lenkrad und startete das Auto.

Fast im gleichen Augenblick setzte sich die schwere Limousine in Bewegung. Mit kreischenden Reifen wendete der Fahrer, nahm Kurs auf die schmale Straße, die zur B1 führte, und gab Vollgas. Der Mercesdes verschwand in einer Staubwolke.

Schulte musste kurz gegen das lähmende Gefühl ankämpfen, auf voller Strecke versagt zu haben. Dann riss er sich zusammen und rannte zu seinem eigenen Auto. Während er einstieg, rief er Hartel zu: „Gib Bescheid, dass die Zufahrt zur B1 und die nach Bad Lippspringe gesperrt wird. Aber sofort!"

Schulte schob den Schlüssel in die Zündung. Völlig verblüfft bemerkte er, dass Roland Horn plötzlich neben ihm auf dem Beifahrersitz saß und mit angespannter Miene darauf wartete, dass Schulte endlich startete.

„Raus hier!“, rief Schulte, startete aber gleichzeitig, um keine Zeit zu verlieren. Doch Horn rührte sich nicht. Laut fluchend gab Schulte Gas. Er hatte jetzt keine Zeit für Auseinandersetzungen. Babyface hatte bereits einen großen Vorsprung, den galt es zu verringern.

Er holte aus dem alten Landrover heraus, was Motor, Getriebe und Reifen hergaben. Auf Höhe des britischen Sportplatzes sah er, weit vor sich, die Staubwolke des Mercedes, der gerade in einer extrem scharfen Linkskurve verschwand. Einige Sekunden später kam Schulte an derselben Stelle an und stellte fest, dass Babyface nicht etwa, wie zu erwarten gewesen wäre, nach rechts zur B1 oder nach Bad Lippspringe abgebogen war, sondern nach links auf die Alte Bielefelder Poststraße, mitten hinein in die Senne. Das war Schulte nur recht, denn auf dieser nicht besonders gut ausgebauten Straße konnte der Mercedes seinen Geschwindigkeitsvorteil kaum nutzen.

Mit halsbrecherischer Kurventechnik versuchte Schulte, den Vorsprung des Entführers zu verringern. Er war nicht sicher, ob es ihm gelungen war, aber als auch er in die Alte Bielefelder Poststraße einbog, konnte er den Mercedes schon recht deutlich vor sich sehen. Die beiden Autos donnerten im Abstand von etwa zweihundert Metern über die schmale Straße, die keine befestigten Seitenränder kannte. Auf der linken Seite flog das riesige Gelände des Golfplatzes an ihnen vorbei, rechts tauchte ein Wäldchen auf.

Kurz nachdem Schulte einen kleinen Bach überquert hatte, öffnete sich der Wald zur Linken, und Schulte erkannte eine Schießbahn, die sich gut einen Kilometer an der Straße entlang erstreckte. Am Ende der Schießbahn wurde der Mercedes wieder von einer gewaltigen Staubwolke eingehüllt,

Schulte konnte ihn kaum noch erkennen. Dennoch drückte er weiter aufs Gaspedal.

„Er biegt ab!“, rief Roland Horn plötzlich neben ihm. „Nach links! Fahren Sie links!“

Schulte widerstrebte es, den Anweisungen dieses Mannes zu folgen, aber nun erkannte auch er, dass der Mercedes im Begriff war, links abzubiegen. Er trat voll auf die Bremse und nahm die Linkskurve ins Visier.

„Nochmal links!“, rief Horn wieder. „Da, er fährt ins Gelände!“

Die Staubwolke vor ihm verstärkte sich. Sekunden später rauschte auch Schulte durch eine große Sandgrube und schöpfte wieder Hoffnung. Hier war sein Allrad dem eleganten Mercedes deutlich überlegen. Der Mercedes vor ihm kam zum Stehen, und die Fahrertür öffnete sich. Babyface sprang heraus, rannte um die Motorhaube herum und riss die Beifahrertür auf. Im selben Augenblick stoppte Schulte seinen Geländewagen direkt vor dem Mercedes. Der Geiselnehmer zerrte Margaritha Bönisch aus dem Auto und hielt ihr sofort wieder die Pistole an den Kopf. Da Schulte durch den Sand auf der Frontscheibe fast nichts erkennen konnte, sprang auch er aus dem Auto. Babyface zog seine Geisel ein paar Meter vom Mercedes weg und rief Schulte zu:

„Ihr passiert nichts, wenn Sie mir den Geländewagen geben. Los, werfen Sie mir den Schlüssel zu!“

Schulte erkannte den Plan des Entführers. Während dieser mit dem Mercedes auf die wenigen asphaltierten Straßen der Senne angewiesen war, ergaben sich in diesem riesigen, wüsten Gelände mit einem Allradfahrzeug ungeahnte Fluchtmöglichkeiten.

„Los, gehen Sie ein Stück zur Seite, und werfen Sie mir den Schlüssel zu! Dann passiert ihr nichts“, rief der Mann erneut.

Schulte überlegte fieberhaft, entschied sich jedoch, den Anweisungen zu folgen. Er entfernte sich ein paar Meter vom Landrover und warf dem Geiselgangster das Schlüsselbund im hohen Bogen zu. Der fing es geschickt mit der linken Hand auf. Wieder schob er die Frau rüde vor sich her und näherte sich Schultes Wagen. Als er mit seiner Geisel am Landrover angekommen war, riss er die Beifahrertür auf.

In diesem Moment krachte ein Schuss. Der Geiselnehmer mit dem Kindergesicht flog rückwärts in den Sand, der sich augenblicklich rot färbte. Margaritha Bönisch blickte entsetzt auf den Mann, der nun reglos vor ihren Füßen lag. Die Pistole war ihm aus der Hand gerutscht, sein teures Oberhemd war durch ein stark blutendes Einschussloch für immer ruiniert.

Während Schulte langsam seinen Schock überwand und sich behutsam der Frau näherte, stieg Roland Horn ganz lässig durch die Beifahrertür aus. Er hielt eine kleine Pistole in der Hand, die er aber schnell in der Innentasche seines edlen Sakkos verschwinden ließ.

„Die ist legal", erklärte er. „Ich habe einen Waffenschein."

Schulte hätte wetten können, dass Horn bei diesen Worten innerlich schmunzelte. Eine Woge von Wut und Abscheu erfasste ihn.

„Das wird ein Nachspiel haben!", schrie Schulte wütend und wusste im gleichen Augenblick, dass er sich diesen Satz auch hätte sparen können.

„Herr Schulte, nun lassen Sie mal den Amtsschimmel im Stall. Ich habe Ihnen und der großartigen Schauspielerin Frau Bönisch das Leben gerettet. Dafür sollten Sie mir für immer dankbar sein."

Schulte hatte große Mühe, sich zurückzuhalten. Alles in ihm verlangte danach, sich auf Horn zu stürzen, um ihm sämtliche Knochen im Leib zu brechen. Dagegen sprach nur das Gesetz, das hier mal wieder an seine Grenzen kam. Schulte wusste, dass vor ihm ein Mörder und Verbrecher stand. Doch dieser Mann würde ungeschoren davonkommen. Niemand würde ihm je etwas nachweisen können. Eins konnte Schulte sich nicht verkneifen: Er spuckte seinem vermeintlichen Lebensretter vor die Füße. Dann hob er seinen Autoschlüssel auf, der dem Geiselnehmer aus der Hand gefallen war. Er brachte die unter Schock stehende Margaritha Bönisch zu seinem Landrover und ließ sie auf dem Beifahrersitz Platz nehmen.

Dann ging Schulte zum Mercedes hinüber, zog den Zündschlüssel ab und ließ ihn, von Horn unbemerkt, in seine Hosentasche gleiten. Erst als Schulte wenig später seinen Geländewagen startete, begriff Horn, was passiert war. Doch es war zu spät. Ihm blieb nur noch, den Rücklichtern des Landrovers nachzusehen, während Schulte zufrieden feststellte, dass sich der Teil der Senne, in dem sie sich gerade befanden, ein einziges Funkloch war.

43

Der Mercedes-Maybach war von der A2 auf die Landstraße abgebogen. Bernhard Dietz saß im Fond des Wagens und bereitete sich auf das Zusammentreffen mit Schulte vor. Der Kerl hatte ihn doch glatt in die Kreispolizeibehörde Detmold einbestellt. Dietz hatte versucht, dieser erneuten Reise in die Provinz zu entgehen, und ein Treffen in Berlin vorgeschlagen. Firmness Consulting and Business würde selbstverständlich für alle anfallenden Kosten aufkommen. Ein Zimmer im *Adlon* sei schon für Schulte gebucht, und wenn er einige seiner Leute mitbringen wolle, so würden auch diese angemessen untergebracht.

Doch entweder wusste dieser Schulte nicht, um was für ein Hotel es sich beim *Adlon* handelte, oder man konnte diesen Kerl wirklich mit nichts beindrucken. Denn der Detmolder Polizist hatte keinen Moment gezögert, sondern nur gesagt: „Derzeit bestimme ich, wo die Musik spielt, und ich sage: In Detmold, und zwar morgen früh um neun Uhr. Wenn Sie nicht erscheinen, lasse ich Sie holen."

Und Dietz war sich darüber im Klaren, dass dies keine leere Drohung war. Dieser Schulte würde sogar den Bundepräsidenten einsperren, wenn er es für nötig hielt.

Der Detmolder Polizist, der aussah wie ein Penner, war nicht zu unterschätzen. Er hatte keinen Respekt, hielt sich an keinerlei Regeln und Konventionen. Das machte ihn so gefährlich.

In Berlin hatte sich dieser Schulte wie ein Fisch im Wasser bewegt, keiner von seinen Leuten hatte ihn bemerkt. Und dennoch hatte er an den entscheidenden Stellen zugeschlagen. War die Art und Weise, wie Schulte agierte, dem Zufall geschuldet? Oder war es eine Frage des Könnens? Dietz konnte es nicht einschätzen.

Als die beiden Kleinkriminellen in der Wohnung von Margaritha Bönisch fast geschnappt worden wären, da hatte dieser Schulte zwar mitgemischt, aber keiner der beiden Idioten hatte ihn gesehen. Als Baby diesen verdammten Whistleblower im Görlitzer Park erschossen hatte, da war dieser Schulte nicht etwa zum nächsten Telefon gerannt. Nein, er hatte dafür gesorgt, dass dies ein anderer für ihn tat, während er selbst sich klammheimlich verdrückte.

Er hatte auch nicht mit der Berliner Polizei zusammengearbeitet. Das wäre dem Netzwerk, auf das Dietz zugreifen konnte, nicht entgangen. In der Öffentlichkeit hatte immer seine junge Kollegin agiert. Schulte war in der Deckung geblieben. Doch wenn er die verließ, hatte er eine Spur der Verwüstung hinter sich hergezogen.

Miekatz, dieser Trottel, der hatte sich was auf seinen Staatssekretär eingebildet. Hatte geglaubt, dass er einer der Mächtigen im Verteidigungsministerium sei. Doch es hatte keine zwei Minuten gedauert, da hatte dieser Schulte ihn in die Enge getrieben. Und auch der Mann fürs Grobe, den er, Dietz, auf Schulte angesetzt hatte, hatte sich an dem

Dorfbullen die Zähne ausgebissen. Dietz hatte geglaubt, wenn Horn ihn unvorbereitet erwischte, hätte man eine Chance, ihn einzuschüchtern. Doch genau umgekehrt war es gewesen. Schulte hatte seinem Mann zugesetzt wie ein junger Profi einem alternden Boxer. Er hatte Horn so dermaßen und mit einer solchen Zielsicherheit verprügelt, dass dieser mit einem blauen Auge und blutender Nase zurückgekehrt war.

Dabei war Horn ein guter Stratege. Dass musste man ihm lassen, fand Dietz. Immerhin war er auf die Idee gekommen, Margaritha Bönisch auf Brenke anzusetzen, um aus erster Hand zu erfahren, was der Bundestagsabgeordnete vorhatte, um so auf schnelle und unerwartete Handlungen Brenkes reagieren zu können. Dass diese dumme Kuh sich dann Hals über Kopf in diesen ostwestfälischen Bauern verlieben würde, war nicht vorherzusehen gewesen. Horn hatte Baby daraufhin beauftragt, die Frau erst mal aus dem Verkehr zu ziehen, um Brenke unter Druck zu setzen. Von Horn stammte der nachgerade geniale Vorschlag, die Bönisch mit in die Senne zu nehmen. Natürlich gut bewacht und ordentlich eingeschüchtert von Baby. Das hatte prima funktioniert.

„Lassen Sie uns diese Frau zur Sennebesichtigung mitnehmen“, hatte Horn gesagt. „Wenn Schulte und Brenke wirklich da auftauchen und die Bönisch sehen, dann kommt es zu einem Eklat, da bin ich mir absolut sicher. Und so ein bisschen Aufsehen, so eine nette kleine Aufregung, wer weiß, wofür so etwas gut ist.“

Horn hatte recht behalten. Es war zu dem erwünschten Skandal gekommen. Baby hatte Bönisch als Geisel genommen. Horn hatte daraufhin Baby erschossen und so der berühmten Schauspielerin und dem Detmolder Dorfbullen das Leben gerettet. So jedenfalls ließ sich die ganze Aktion darstellen. Und das Beste daran war: Firmness Consulting and Business war wieder sauber. Alle Mitwisser, die hinter die Kulissen gesehen hatten, waren zum Schweigen gebracht, und der Staatssekretär war ein wunderbares Bauernopfer. Dafür würde er, Bernhard Dietz, spätestens in einer Stunde bei der Befragung in Detmold sorgen. Auf seinem Gesicht breitete sich ein zufriedenes Lächeln aus.

Schulte hatte sich selten so intensiv auf eine Befragung vorbereitet. Er hatte sich alle Unterlagen durchgearbeitet, die der tote Whistleblower ihnen hinterlassen hatte. Gemeinsam mit Pauline Meier zu Klüt war er alles noch mal durchgegangen. Seine Kollegin machte ein skeptisches Gesicht.

„Es wird schwer werden, der Firmness Consulting and Business und insbesondere diesem Dietz etwas nachzuweisen. Mit dem Tod von Bernd Rösner ist meiner Meinung nach der wichtigste Zeuge weggefallen."

Schulte legte seine Stirn in Falten. „Rösner, wer war das denn?"

„Ach ja, das hatte ich Ihnen noch gar nicht gesagt", entschuldigte sich Pauline Meier zu Klüt. „Bernd Rösner ist der Name des toten Killers. Es war gar nicht so einfach, den herauszubekommen. Ein völlig unbeschriebenes Blatt. Der hatte bis zu dem Zeitpunkt, als er auf der Ostwestfalenstraße geblitzt wurde, nicht mal einen Punkt in Flensburg. Bis dahin war seine Weste so weiß wie ein unbeschriebenes Blatt Papier. Jedenfalls formal."

Schulte dachte nach. „Weißt du, Meier, irgendwann macht jeder seinen ersten Fehler. Dieses Kindergesicht ist geblitzt worden, während er einen Mordauftrag ausführen wollte. Wahrscheinlich war der so unter Dampf, dass er es nicht einmal gemerkt hat, als er in die Radarfalle gefahren ist. Und das wird auch heute unsere Chance sein. Selbst so ein aalglatter Typ wie dieser Dietz hat seine Schwächen."

Schulte sah auf die Uhr. Noch zehn Minuten.

„Los, Meier, wir sorgen noch ein bisschen für Atmosphäre. Wir stellen Kaffee und Kekse auf den Tisch."

Dietz war auf die Minute pünktlich. Er hatte nicht einmal einen Anwalt dabei. Als Pauline Meier zu Klüt ihn darauf ansprach, lächelte er und sagte: „Den brauche ich nicht. Bei der Firmness Consulting and Business und insbesondere da, wo ich unmittelbaren Einfluss habe, läuft alles nach Recht und Gesetz.“ Sein Lächeln wurde noch etwas breiter. „Und wissen Sie, Frau Meier zu Klüt, wenn alle Stricke reißen, kann ich mir ja immer noch selber helfen. Schließlich habe ich ja auch ein Jurastudium hinter mich gebracht.“

Schulte wunderte sich gerade, dass Dietz den Namen der Kollegin kannte. Sie hatte sich noch gar nicht vorgestellt.

Doch anscheinend war es Kalkül, denn er schob gleich nach: „Warum sind Sie eigentlich damals nicht beim BKA geblieben? Sie waren eine der vielversprechendsten Fallanalytikerinnen der Republik.“

Artig erwiderte sie: „Danke für die Blumen.“

Dumm ist unsere Pauline nicht, dachte Schulte. Der erste Punkt geht an die Kleine.

Nun wandte sich Dietz an Schulte. „Ach, bevor ich es vergesse. Schöne Grüße vom Kollegen Horn. Der war gestern Abend ganz schön sauer, als er nach mehreren Stunden völlig erschöpft und mit Blasen an den Füßen im Hotel ankam. Er hält Sie übrigens immer noch für undankbar und ist der Meinung, dass er diesen Marsch durch die Wildnis nicht verdient habe, nachdem er Ihnen das Leben gerettet hat. Und dann hatte der gute Horn nicht mal Zeit, sich frisch zu machen, da kamen schon Ihre Kollegen und haben ihn die ganze Nacht durch die Mangel gedreht. Nett war das nicht von Ihnen, wie sie da mit Ihrem Retter umgesprungen sind.“

Schulte merkte, dass der Ärger wieder in ihm hochstieg. Halt die Klappe, dachte Schulte. Wut frisst Hirn.

Pauline Meier zu Klüt schien zu merken, dass Schultes Adrenalinspiegel anstieg, denn sie übernahm das Wort.

„Ja, mein Chef“, flötete sie. „Manchmal macht der Dinge, das glaubt man gar nicht. Und wenn man ihn dann noch ärgert, dann wird er unberechenbar." Sie griff nach der Kaffeekanne. „Darf ich, Herr Dietz? Habe ich extra für Sie gekocht."

Punkt zwei für uns, dachte Schulte.

Nachdem Dietz einen Schluck getrunken hatte, eröffnete Schulte die Befragung.

„Herr Dietz, uns sind hier Unterlagen zugespielt worden, denen zu entnehmen ist, dass Sie Teile der Bundeswehr privatisieren möchten und diese Idee im Verteidigungsministerium vorangetrieben haben."

Dietz nickte. „Ja, das stimmt, Herr Schulte. Wir von der Firmness Consulting and Business erachten dieses Geschäftsmodell für sehr sinnvoll. Sowohl für das Verteidigungsministerium als auch für die Staatskasse und somit für die Bürger der Bundesrepublik Deutschland und natürlich für uns. Eine bessere Win-Win-Situation als diese kann ich mir überhaupt nicht vorstellen."

Schulte verschlug es für einen Moment die Sprache. Doch Meier zu Klüt war sofort zur Stelle.

„Das Geschäftsmodell ist die eine Sache, Herr Dietz. Wir sind keine Ökonomen und keine Juristen. Wir sind die Mordkommission. Und uns ist aufgefallen, dass Sie erhebliche Gelder an den Staatssekretär Miekatz transferiert haben. Auf ein Nummernkonto im Ausland."

Wieder nickte Dietz. „Und genau da haben wir vielleicht einen Fehler gemacht. Wir hielten Miekatz für einen ehrenwerten Politiker. Wir haben ihm in der Tat insgesamt, ich habe mir die Summe noch einmal nennen lassen, eins Komma zwei Millionen Euro überwiesen. Auf Wunsch von Miekatz gestückelt in fünfzehn Beträge. Er wollte das damals so und nannte dafür kameralistische Gründe." Dietz machte eine rhetorische Pause.

„Sie sehen mich so fragend an, Herr Schulte." Er grinste breit. „Ist Ihnen der Begriff der Kameralistik fremd? Vielleicht kennen Sie die lateinische Vukabel für Zimmer noch?

Camera – Zimmer, Gewölbe. In unserem Falle dann später so was wie die ‚fürstliche Schatztruhe'. Daraus entstand auch die Berufsbezeichnung Kämmerer. Die kameralistische Buchführung ist ein Verfahren, das in der öffentlichen und kirchlichen Verwaltung angewendet wird."

„Vielen Dank für die Belehreung", knurrte Schulte. „Sie sollten wissen, Herr Dietz, dass alle Polizisten eine Verwaltungsausbildung haben."

Dietz winkte ab. „Ich wollte hier keinem zu nahe treten. Wie auch immer. Ich jedenfalls kenne mich mit den Interna des Bundeshaushaltes nicht aus. Miekatz redete damals davon, wenn die Beträge eine bestimmte Summe überschreiten würden, dann hätte der Finanzminister da seinen Daumen drauf. Und das wolle er natürlich vermeiden. Wenn der das Geld erst mal hätte, dann wäre es ein unerträglicher Papierkrieg, um es überhaupt wieder zurückzubekommen."

Wieder folgte eine gut gesetzte Pause.

„Wissen Sie, ich habe ihm das geglaubt. Und habe meine Leute angewiesen, diese Gelder, die für die gemeinsame Öffentlichkeitsarbeit bestimmt waren, in den Beträgen anzuweisen, die Miekatz vorgegeben hatte. Sehen Sie, Frau Meier zu Klüt, und da liegt dann unser nächster Fehler. Eine Summe von eins Komma zwei Millionen Euro wäre über meinen Tisch gegangen. Doch da die Beträge gestückelt wurden, konnten sie von den Abteilungsleitern angewiesen werden. So ist dann uns Führungskräften auch nicht aufgefallen, dass das Geld auf dubiose Nummernkonten ging. Ein Abteilungsleiter kennt sich bei uns mit so etwas nicht aus. Der handelt nach Anweisung. Sehen Sie, eine Verkettung von unglücklichen Zufällen, aber so ist es Miekatz gelungen, unser Geld am Verteidigungsministerium vorbei auf seine eigenen Konten zu schieben. Na, ein Gutes hat die ganze Sache ja vielleicht. Wenn wir Glück haben, bekommt die Firmness Consulting and Business ihr Geld zurück. Da haben Sie wirklich gute Arbeit geleistet, Herr Schulte. Sie und Ihre Kollegen."

Die beiden Detmolder Polizisten kamen aus dem Staunen nicht mehr heraus.

„Wie ich von jemandem weiß, der nicht genannt werden möchte, haben Sie die Fingerabdrücke von Miekatz auf Brenkes Tresorschlüssel gefunden. Der hat zwar zu den Tatzeiten ein wasserdichtes Alibi. Auch das hat mir mein Informant berichtet. Aber ich bin mir sicher, dass Miekatz und Bernd Rösner unter einer Decke steckten. Anders kann ich mir das nicht erklären. Wie soll dieser Rösner sonst an die Waffen gekommen sein? Herr Miekatz war es auch, der uns Herrn Rösner als Leibwächter und Fahrer empfohlen hat. Sie können sich denken, Frau Meier zu Klüt, dass ich Miekatz das übelnehme. Er hat sich nicht nur an der Firmness Consulting and Business bereichert, er hat nicht nur den Staat betrogen, er hat auch versucht, ein so ehrenwertes Unternehmen wie die Firmness Consulting and Business zu kriminalisieren. Und nach diesem Eklat ist doch wohl klar, dass wir eine Privatisierung der Bundeswehr in nächster Zeit weder den politischen Parteien noch dem Bürger als den nächsten sinnvollen Schritt verkaufen können. Die Idee ist für Jahre tot. Und der Firmness Consulting and Business geht ein richtig dickes Geschäft durch die Lappen. Wir sprechen über ein paar Milliarden. Und das alles nur wegen eines korrupten Politikers."

Dietz sah auffordernd in die Runde.

„Welche Fragen darf ich Ihnen noch beantworten?"

Schulte hatte einen hochroten Kopf und klappte den Mund immer wieder auf und zu. Pauline Meier zu Klüt sah ihren Chef an und wusste, da saß eine tickende Zeitbombe.

Um Schlimmeres zu verhindern, sagte sie: „Das war alles sehr aufschlussreich, Herr Dietz, vielen Dank. Im Moment haben wir keine weiteren Fragen, würden aber gegebenenfalls auf Sie zurückkommen."

Sie begleitete den Chef der Firmness Consulting and Business zur Tür. Als Dietz schon fast auf dem Flur stand, drehte er sich noch einmal um und sagte: „Ach, Frau Meier zu Klüt, und auch Sie, Herr Schulte, wenn Sie sich mal verändern wollen: Wir suchen immer gute Leute. Sie können sich direkt an mich wenden."

Schulte sprang auf, stieß den Stuhl, auf dem er gesessen hatte, nach hinten und schrie: „Raus hier, Sie Arschloch!"

Pauline Meier zu Klüt war sich später nicht mehr sicher, ob das, was sie dann sah, wirklich so passiert war. Sie sah, wie Dietz, während er sich zum Gehen wandte, grinste und eine Beckerfaust formte.

44

Eine Woche nach diesen Ereignissen war Anton Fritzmeier nervöser als üblich. Er hatte in der letzten Zeit seinen Hofladen sträflich vernachlässigt. Seitdem Schultes Tochter Ina eine Festanstellung an der Hochschule Ostwestfalen hatte, war Fritzmeier mit dem Laden allein geblieben. Sicher, er hätte jemanden einstellen können. Aber das hätte Geld gekostet und verstieß daher gegen Fritzmeiers Prinzipien. So kam es, dass er den Laden öffnete, wenn ihm gerade danach war, und geschlossen hielt, wenn er sich müde fühlte oder etwas für ihn Wichtigeres zu tun hatte.

Das sprach sich herum, und Fritzmeiers Hofladen verlor einen Kunden nach dem anderen. Manch anderer hätte längst aufgegeben, hätte mit seinem Alter argumentiert oder mit der allgemeinen Wirtschaftslage. Nicht so Anton Fritzmeier. Er wollte es nochmal wissen. Nicht des Geldes wegen, das interessierte ihn weniger. Aber er vermisste die Leute, die wegen des Ladens auf seinen Hof kamen und immer auch ein bisschen mit ihm klönten. Durch das Geschäft war er nicht nur Teil des Dorflebens, nein, er war sogar so etwas wie dessen Mittelpunkt gewesen. Kurz und gut: Fritzmeier plante ein Comeback. An diesem Abend sollte eine große Hofladenparty steigen. Das ganze Dorf war eingeladen. Er war gespannt, wie viele Leute wohl kommen würden.

Nun stand er mit seinem Ehrengast vor der Eingangstür des Hofladens und begrüßte die ersten Besucher. Neben ihm stand, zur großen Verwunderung der Heidentaler Besucher, eine eindeutig nicht mehr junge Frau. Ziemlich groß für ein weibliches Wesen, etwas kantig und für Heidentaler Verhältnisse viel zu aufgedonnert gekleidet, grell geschminkt, aber doch ganz offensichtlich eine Frau. Nur ihre Stimme lag eine Oktave tiefer als bei Frauen gemeinhin üblich.

„Dieser verrückte olle Fritzmeier“, schimpfte Hermine Kaltenbecher, eine Dorfbewohnerin, die überall auftauchte, wo es was zu erleben gab. „Was hat er denn da für eine angeschleppt?“

Ihre lange, dürre Freundin Klara Henkemeier ergänzte kichernd: „Da will wohl eine ihre letzte Chance nutzen, noch einen abzukriegen. Torschlusspanik, sag ich nur.“

Damit kennst du dich ja aus, dachte Hans Bangemann, der Ortsvorsteher von Heidental, der neben ihr stand, hütete sich aber, diesen Gedanken laut auszusprechen. Bangemann hielt sich, wenn Fritzmeier in der Nähe war, immer etwas bedeckt, denn der alte Bauer schätzte ihn nicht sehr und machte daraus auch kein Geheimnis.

Jupp Schulte stand in einer größeren Gesprächsgruppe auf dem Hofplatz. Um ihn hatten sich einige seiner Kollegen geschart sowie sein alter Kumpel Detlev Dierkes. Den hatte er schon länger nicht mehr gesehen. Auch Schulte war schon mehrfach von Dorfbewohnern auf die ungewöhnliche Frau an Fritzmeiers Seite angesprochen worden. Aber er hatte niemandem verraten, dass hinter der schrillen weiblichen Fassade ein Mann namens Walter Holledau steckte. Er hatte sich mit Fritzmeier darauf geeinigt, aus Walter einfach Waltraud zu machen. Holledau war gern auf den Spaß eingegangen, und als Schulte nun kurz zu ihm hinübersah, stellte er fest, dass „Waltraud“ Holledau sich sichtlich amüsierte. Seinen

Kollegen konnte Schulte natürlich nichts vormachen, aber sie spielten das Spiel mit.

Fritzmeier hatte sich nicht lumpen lassen. Ein einfaches, aber reichliches Büfett und jede Menge Trinkbares. Aber was so großzügig aussah, war bei ihm reines Kalkül. Wenn es ihm gelang, den Laden wieder in Schwung zu bringen, dann bekam er diese kleine Investition locker wieder herein.

Nach kurzer Zeit war der Verkaufsraum rappelvoll, und auch auf dem Hofplatz standen eine Menge Leute herum. Fritzmeier war selig. Er erzählte jedem, der nicht schnell genug die Flucht ergriff, von seinen Abenteuern in dieser „unchlaublichen" Stadt Berlin. Dabei versäumte er aber nie zu sagen, dass für ihn der wahre Mittelpunkt der Welt nach wie vor in Heidental lag.

Drei Stunden später waren der Alkoholpegel und die Stimmung der Heidentaler beträchtlich gestiegen. Ina Schulte hatte eine Musikanlage aufgestellt, und einige Leute wagten bereits ein Tänzchen. Fritzmeier stand mit hochrotem Kopf, aber erkennbar zufrieden, wieder neben Holledau.

„Und, wat sach se?", fragte er. „Sonne Stimmung chibt es in Berlin nich, oder? Ich meine, bei euch isses auch nicht chanz schlecht. Mit eure hippen Lockäschäns, wie du immer sachs. Aber hier, sach selbst, dat is doch dat wahre Leben."

Walter Holledau wollte gerade Fritzmeiers Einschätzung geraderücken, als ihn jemand von der Seite ansprach: „Darf ich bitten, schöne Frau?"

Überrascht drehte Holledau sich um. Neben ihm stand Werner Heinemeier, ein etwas angeschickerter Endsechziger, der ihn verliebt anschaute. Holledaus erster Impuls war, den Antrag abzulehnen, dann aber schmunzelte er und sagte einen Tanz zu. Vorher aber fragte er Fritzmeier, ganz so, als wären sie ein Paar: „Erlaubst du?"

Fritzmeier nickte generös, drehte sich um und widmete sich den anderen Gästen. Allmählich verstummten die

Gespräche, und alle schauten in dieselbe Richtung. Von dem Paar auf der kleinen Tanzfläche ging eine ganz besondere Faszination aus. Der immer etwas großmäulig und dominant auftretende Heinemeier wirkte neben dieser Fregatte von Frau wie ein schüchterner Konfirmand. Die beiden legten einen Tanz aufs Parkett, der den anderen Gästen am Ende einen langen Applaus wert war. Von diesem Erfolg angestachelt folgten zwei weitere, nicht weniger schweißtreibende Tänze. Dann legten die beiden Tänzer völlig erschöpft eine Pause ein.

Als Werner Heinemann zu Fritzmeier zurückkam, bemerkte er etwas atemlos: „Tolles Weib! Ganz tolles Weib, Anton. Wo hast du die denn aufgegabelt?"

Fritzmeier erzählte ihm ganz treuherzig, es handele sich um eine Cousine zweiten Grades, die vor ein paar Jahren Witwe geworden und nun für ein paar Tage auf Besuch sei. Heinemann strahlte und drehte sich voller Vorfreude in Richtung „Waltraud".

Holledau lehnte sich gerade mit dem Rücken an eine Wand und atmete tief durch. Auch er war von den wilden Tänzen ein wenig mitgenommen. Dann zog er ein großes weißes Spitzentaschentuch aus seiner Handtasche und wischte sich damit den Schweiß aus dem Gesicht.

Heinemann verfolgte jede Bewegung mit gierigen Blicken. Doch plötzlich griff diese Frau in ihre bombastische Frisur, zog daran und … Heinemann stockte der Atem. Weg waren die Haare! Zum Vorschein kam eine gepflegte, aber sehr ausgeprägte Stirnglatze. Holledau wischte sich nun genüsslich den Schweiß von der glänzenden Platte. Dann brummte er leise: „Scheißding, viel zu heiß hier", und steckte die Perücke kurzerhand in seine Handtasche. Dann blickte er gutgelaunt in die völlig verblüfft dreinschauende, entsetzt schweigende Runde, holte sich eine Flasche Bier und trank sie in einem Zuge aus.

„Ja, so kanner auch sein", kommentierte Fritzmeier die erstaunliche Wandlung seines Bekannten von der überdrehten

Frau zum richtigen Kerl. „Iss schon in Ordnung, der Walter. Issen prima Kerl. Aber ich happ mich da auch ers ma dran chewöhnen müssen, könnter mir chlauben."

Walter Holledau schien sich bestens zu amüsieren. Er sorgte nun für Ruhe, indem er auf einen Stuhl stieg. Als gelernter Schauspieler hatte er keine Mühe, sofort die volle Aufmerksamkeit aller auf sich zu ziehen.

„Leute, eines muss ich euch mal sagen. Ich fühle mich pudelwohl bei euch. Anton Fritzmeier hatte recht: Hier ist der Nabel der Welt."

Er wartete, bis der begeisterte Zwischenapplaus verklungen war, dann hob er seine halbvolle Bierflasche zum Trinkspruch:

„Und ich sage euch: Berlin ist toll, aber die Lipper sind hipper!"